DE ZOMERS

Ronya Othmann

De zomers

Uit het Duits vertaald door Joëlle Feijen

ROMAN

TZARA

Ji bo bavê min, ji bo malbata min, ji bi xwişkên min.
Berxwedan jîyane.

Langs de hoofdweg stond een bord waarop in afgebladderde letters een naam stond: Tel Khatoun. Het bord stond scheef, misschien door de wind. Slechts een paar meter verderop boog een smal grindpad van de hoofdweg af. Het voerde langs tuinhekken het dorp in. Het dorp had vroeger een andere naam. Het heette pas Tel Khatoun sinds ook alle andere dorpen en steden in de omgeving een nieuwe naam hadden gekregen.

Het was gewoon een van de vele dorpen tussen Tirbespî en Rmelan. Een dorp waar niemand zomaar verzeild raakte. Een dorp waar je alleen kwam als je de mensen die er woonden kende.

Leyla wist de weg naar het dorp uit haar hoofd. Vanaf het metalen bord van Tel Khatoun tien stappen tot de splitsing, daarna vijftien stappen tot de tuin van haar grootouders, daar vervolgens tussen de tuin van haar grootouders en die van de buren driehonderd stappen over het grindpad, waar de kippen je meestal al tegemoetkwamen, ten slotte links voorbij de waterput naar het huis van haar grootouders.

Het huis van haar grootouders stond aan de rand van het dorp. De tuin drong als een lange groene tong het landschap binnen. Wanneer je langs de olijfbomen, sinaasappelbomen, bloembedden en tabaksplanten tot het achterste gaashek liep, kon je over je schouder een blik op de hoofdweg werpen, vanwaar je was gekomen. Overal lagen velden, en achter die velden verhief zich in de verte een bergketen: de grens met Turkije.

Als Leyla niet had geweten wat zich aan die grens had afgespeeld, zou ze de bergen misschien wel mooi hebben gevonden.

Het huis was opgetrokken uit dezelfde leem als het landschap en had ook dezelfde kleur. Maar Leyla was altijd alleen 's zomers in het dorp geweest. Van haar vader wist ze dat het land in de lente groen kleurde, dat er veel meer planten bloeiden, dat de grond vochtig en klonterig was. Het gras verbleekte pas in de loop van de zomermaanden onder de zon, de grond verdroogde door de hitte, de wind joeg steeds meer stof voor zich uit. Elk jaar werd het landschap dorder naarmate de zomer vorderde.

Hele dagen had Leyla liggend op de dunne plastic matjes in het huis doorgebracht en naar het plafond gestaard. De plafondbalken waren dikke boomstammen waarvan de takken waren afgesneden en de schors was afgeschaafd. Boven die balken welfde zich het stro. Daarboven was het dak met een laag leem bedekt, zodat er geen regen naar binnen kon sijpelen. De ramen waren klein en laag, de muren dik tegen de zomerse hitte en de winterse kou. Er waren maar twee smalle deuren. De ene was van metaal en leidde naar het erf en de straat, de andere was van hout en kwam uit op de achtertuin.

Ooit, vele jaren geleden, waren alle mannen uit het dorp samengekomen om het huis te bouwen. Ze hadden leemstenen gemaakt, versjouwd en opgestapeld. Drie dagen lang hadden ze gewerkt, tot het huis er stond.

Op het erf naast het huis scharrelden kippen rond, zoals op alle erven van het dorp. De stoffige grond lag bezaaid met hun poep. Er stonden twee hoogslapers op hoge, smalle metalen poten, dat waren de zomerbedden. In de winter sliepen ze op de matrassen van schapenwol en op de vloerkleden binnen in het huis.

Het huis was niet groot, het had maar twee kamers en een kleine verbindingsgang. Er stonden geen meubels, afgezien van de dunne matrassen lagen er op de vloer alleen kussens met gaten in de sloop. De muren waren witgeschilderd, maar de verf bladderde af. Daaronder kwam het mengsel van leem en stro tevoorschijn dat over de leemstenen heen was gestreken. In het midden van de twee kamers hingen grote ventilatoren aan het plafond, die 's zomers onophoudelijk draaiden.

Bij het erf van haar grootouders hoorden kleinere huisjes, die niet bedoeld waren om in te wonen. In een daarvan bevonden zich de keuken en de douche, in een ander de voorraadkamer. Er was een hut voor de kippen en een voor de bijen, en op een zeker moment in een latere zomer was er zelfs een buiten-wc.

Het dorp was zo vlak als het omringende landschap. Alleen in het midden was er een berg, voor de doden. Het was niet echt een berg, eerder een kleine heuvel. Leyla vroeg zich vaak af of die heuvel door mensen was gebouwd of dat mensen de heuvel hadden uitgekozen om eromheen hun dorp te bouwen. Of dat hij langzaam groter was geworden, gegroeid door generaties van doden die hier in de loop der eeuwen waren begraven. Want ook in andere dorpen waren zulke heuvels.

'De dag waarop je van kleren verwisselt', zo noemde haar grootmoeder het sterven. Leyla stelde zich telkens weer voor hoe al die stervende mensen een stapeltje frisgewassen kleren overhandigd kregen, van ruwe stof en in een aardkleur.

Die uitspraak van haar grootmoeder over de dag waarop je van kleren verwisselt, schoot haar ineens weer te binnen terwijl ze door de lege straat liep. Het regende niet, maar de lucht was vochtig.

Het bord bij de halte gaf nog maar vijf minuten aan. Behalve zij wachtten er nog drie mannen op de tram. Een van hen zat op de bank iets op zijn telefoon te typen, de tweede droeg een oranje veiligheidshesje en had een dampende beker koffie in zijn hand. De derde man stond zomaar wat te roken en tuurde naar de lucht. Ze hadden niet eens opgekeken toen Leyla zich bij hen voegde. De minuten op het aankondigingsbord sprongen van vijf naar vier, van vier naar drie, van drie naar twee, van twee naar één. Toen kwam de tram.

Leyla deed haar rugzak weer om.

Een verhaal, bedacht ze, vertel je altijd vanaf het einde. Ook al begin je bij het begin.

1

Elke zomer vlogen ze naar het land waar haar vader was opgegroeid. Dat land had twee namen. De ene naam stond op landkaarten, globes en officiële documenten.

De andere gebruikten ze in hun familie.

Aan beide namen kon telkens een gebied worden toegekend. Als je de gebieden van de twee landen op elkaar legde, waren er overlappingen.

Het ene land was Syrië, de Arabische Republiek Syrië. Het andere was Koerdistan, hun land. Koerdistan lag in de Arabische Republiek Syrië, maar strekte zich nog verder uit. Het had geen officieel erkende grenzen. Leyla's vader zei dat zij de rechtmatige eigenaren van dat land waren, maar dat ze desondanks alleen werden gedoogd, en vaak zelfs dat niet eens.

Leyla zou Koerdistan later in haar schoolatlas opzoeken, tevergeefs. Dat is de schuld van de Europeanen, zei haar vader, en hij kraakte een zonnebloempit tussen zijn tanden. Om precies te zijn van Frankrijk en Groot-Brittannië, die het honderd jaar geleden met een vulpotlood en liniaal op een tekenbord onder elkaar hebben verdeeld. Sindsdien strekt ons land zich uit over vier staten.

Je mag de naam van ons land aan niemand verklappen, zei haar vader. Als iemand je vraagt waar we heen gaan, dan zeg je dat je op weg bent naar je grootouders.

De reis naar het land van haar grootouders was lang. Ze moesten altijd op meerdere luchthavens overstappen. Soms bleven ze er maar een paar uur, soms een hele dag of nog langer. Leyla vond dat niet erg, integendeel, ze was graag langer op de luchthavens gebleven. Ze hield van de nette wachthallen met airconditioning, de transitzones met de taxfreeshops, waar je dure parfums, dure make-up en dure alcohol kon kopen, de lange gangen waar dagelijks honderden mensen doorheen liepen zonder sporen na te laten – mensen uit alle windstreken, op weg naar alle windstreken. Leyla vond het fijn dat iedereen hier even vreemd was voor elkaar, het personeel voor de passagiers, de passagiers voor de andere passagiers, in zekere zin zelfs de luchthavens voor hun omgeving. En als ze dan eindelijk aankwamen en uit het vliegtuig stapten, blies een warme wind hun tegemoet – wat was ze dol op dat moment. Ze bleef iedere keer een paar tellen op de vliegtuigtrap staan, haalde diep adem en keek naar het landschap. Ze zou daarboven ook langer zijn gebleven als de passagiers achter haar niet hadden staan dringen en haar moeder haar niet bij de arm had gepakt en met zich mee had getrokken.

De palmbomen achter de landingsbaan, de droge grond. De grote glaspartij met de stervormige ajourpatronen, de gladde tegelvloer. De levensgrote goudomrande portretten van de president en diens vader – was dat in Aleppo of in Damascus, ze wist het niet meer. Tegenwoordig waren daar alleen nog binnenlandse vluchten, als die er al waren, ze hadden immers ook op de vliegvelden gevochten. Militaire vliegtuigen waren er opgestegen en geland, ze had de beelden op televisie gezien, ze wilde er niet aan denken. Niets van dit alles had ze destijds kunnen vermoeden, toen ze jaar na jaar in de zomervakantie naar haar grootouders ging. Of toch? Plotseling moest ze denken aan de mannen daar op de luchthavens, allemaal van de geheime dienst, zo zei haar vader, met hun bandplooibroeken, gestreken overhemden en strak achterovergekamde haar. Leyla's vader kocht ze om, zodat ze ophielden met vragen stellen en hen lieten passeren. Destijds had ze niet begrepen waarom haar vader zwijgend whiskyflessen over de tafel naar de mannen toe schoof, hun aanstekers en zaklampen toestopte. De beambten verwachtten dat als een betaling, als een vergoeding die niet mondeling werd opgeëist of schriftelijk was vastgelegd, maar waarvan iedereen wist dat je daaraan moest voldoen om erdoor te mogen. Zodat ze niet moeilijk deden, zoals haar vader het uitdrukte.

Leyla besteedde nooit veel aandacht aan de pesterijen van de beambten en de steekpenningen van haar vader. De beambten en hij spraken Arabisch met elkaar, en Leyla verstond geen Arabisch. Ze was druk bezig haar nieuwe jurk glad te strijken en in haar zwarte lakschoentjes met witte strikjes over de glimmende tegels te springen. Wie de voegen raakte was dood – het spelletje dat ze onderweg altijd speelde, popelend tot de reis verderging.

Met haar nieuwe lakschoentjes, haar met tule afgewerkte witte kousen, haar nieuwe jurk met de zwierige zoom, de witte stippen en de kanten kraag voelde Leyla zich net een prinses, te mooi voor het stof in het dorp. Als ze aankwamen, moest ze zich van haar grootmoeder eerst verkleden voordat ze met haar neefjes en nichtjes mocht gaan spelen.

Haar vader had die jurk voor haar gekocht, in Qamishli. Het liefst ging Leyla met hem of met haar tante winkelen. Haar moeder zou nooit zo'n jurk voor haar hebben gekocht. Wat moet je daar nou mee, zou ze hebben gezegd, die jurk is van plastic. Die wordt meteen vuil. Die geeft geen warmte. Je gaat er alleen van zweten. Dat is niet praktisch. Voor haar moeder moesten dingen altijd praktisch zijn. Dat had ook met haar baan te maken, haar moeder was verpleegster. En in het ziekenhuis was alles praktisch, van de werkkleding, de bedden en de desinfecterende handgel tot het gebouw toe. Praktisch stond gelijk aan verstandig. Het was veel belangrijker dat iets praktisch was dan dat het mooi was. Maar wat haar moeder praktisch vond, vond Leyla lelijk. Die twee dingen sloten elkaar uit, vond ze. Je had het koud óf je zweette. Je kon je bewegen óf je was mooi. Alles tegelijk ging niet.

Niemand in de familie van haar moeder of haar vader was echt knap. In de familie van haar moeder, de Zwarte Woud-familie, waren misschien alleen Leyla's overgrootmoeder en haar zussen nog enigszins knap geweest toen ze jong waren. Leyla keek graag naar hun oude foto's in sepia. De zussen waren wasvrouwen geweest, met holle wangen, een koortsachtige glans in hun ogen en een flauwe glimlach om hun lippen.

Zelf stond ze vaak voor de spiegel in de badkamer terwijl ze die glimlach probeerde na te bootsen. Maar hoezeer ze ook haar best deed, het werd een grimas.

Na de laatste oorlog in Duitsland hadden ze in de familie van haar moeder veel gegeten, dat was in de jaren vijftig en zestig geweest. In de keuken van Leyla's ouders lag een kookboek dat haar Zwarte Woud-grootmoeder aan haar moeder cadeau had gedaan als huwelijksgeschenk, Leyla kon zich niet herinneren dat haar moeder er ooit uit had gekookt. In het keurige handschrift van haar Zwarte Woud-grootmoeder stond er in het groene, gelinieerde boek: 'Mijn favoriete recepten: Maultaschen, Schupfnudeln en aspic. Gerookte worstjes, koude schotel, sudderlappen in mierikswortelsaus. Gevulde driehoekjes met vanille, pannenkoeken, pudding.'

De zwaarlijvigheid waren ze in de familie van haar moeder niet meer kwijtgeraakt. De oudere familieleden hadden diabetes of stierven aan een hartaanval of een beroerte. De jongere probeerden het ene dieet na het andere, om het ten slotte op te geven en alleen nog wijd zittende kleren te kopen. Leyla's moeder vormde daar een uitzondering op, zij had met de tradities van haar familie gebroken. En toch was ze niet knap, vond Leyla. Ze had altijd hetzelfde efficiënte kapsel, gebruikte nooit make-up of nagellak, droeg in het ziekenhuis haar witte schorten en thuis al net zulke praktische kleren, maar dan in kleur.

In de familie van haar vader werkte iedereen op het veld, en later in Duitsland in de bouw, of – als ze het ver hadden geschopt – in hun eigen kebabzaak. Haar vaders verwanten hadden gebarsten handen, een kromme rug en verbitterde gelaatstrekken. Ze rookten bijna allemaal; ze rookten thuis, ze rookten op weg naar hun werk, ze rookten tijdens de pauzes. Hun lichaam was hun werktuig, dat algauw sporen van aftakeling en slijtage vertoonde. Ze zetten hun handen in hun zij, wreven met hun vuisten over hun schouders en zeiden: Ik heb pijn aan mijn rug. Door het vele staan hadden ze altijd zere voeten.

Nog erger waren de arbeidsongevallen. Of datgene wat oom Nuri was overkomen en wat in de familie van haar vader telkens weer werd verteld zodra het gesprek over werk ging. Destijds had oom Nuri in de wegenbouw gewerkt. Slavenarbeid noemde haar vader dat. Het was herfst, oom Nuri werd verkouden. Een onschuldige verkoudheid, dacht hij, dat zou wel overgaan. Maar de verkoudheid bleef.

Morgen ga ik naar de dokter, zei oom Nuri tegen zijn vrouw. En de volgende dag opnieuw: Morgen ga ik echt naar de dokter. Maar in plaats van naar de dokter te gaan ging hij gewoon weer naar zijn werk.

Op een zeker moment ging Leyla met haar ouders naar Hannover om oom Nuri in het ziekenhuis te bezoeken. Hij lag toen al in coma. Een verkoudheid, zeiden de artsen. Een verkoudheid die oom Nuri zo lang had verwaarloosd dat ze in zijn hoofd was geslopen en was uitgegroeid tot een hersenvliesontsteking.

Het duurde een paar dagen voordat oom Nuri uit zijn coma ontwaakte, en een paar maanden voordat hij uit het ziekenhuis werd ontslagen, maar hij werd nooit meer gezond. Hij vergat, en vergeten is het ergste wat er is, zei Leyla's vader. Als oom Nuri had geluncht, wist hij dat een uur later al niet meer.

Wanneer Leyla's vader thuiskwam van zijn werk, kwam hij zwijgend binnen, anders dan haar moeder, die telkens hard 'Ik ben er weer' riep. Zijn haar, zijn huid, zijn kleren zaten dan onder het stof van de bouwwerven. Hij douchte en trok schone kleren aan, om vervolgens moe aan de keukentafel te gaan zitten en haastig te eten.

Daarna liep hij naar de woonkamer en zette de televisie aan. Hij keek naar het avondjournaal in drie verschillende talen. Hij zei: Leyla, haal de zonnebloempitten eens uit de keuken, Leyla, haal eens een glas water voor me. En Leyla liep naar de keuken, haalde de zonnebloempitten en het glas water en mocht meekijken, net zolang tot ze moe werd, in slaap viel en door haar moeder naar haar bed werd gedragen. Een tijdlang probeerde Leyla's moeder vaste bedtijden aan te houden, zoals in het ziekenhuis, waar alle bezoektijden duidelijk waren geregeld en de nachtrust om negen uur begon. Leyla's moeder hield van duidelijke regels. Maar haar vader had er lak aan. Als haar moeder nachtdienst had, mocht Leyla zoveel snoepen als ze wilde. Ze mocht van haar vader ook cola drinken en hij kocht kebab en kipnuggets voor haar. Als haar moeder niet thuis was, viel ze voor de televisie in slaap.

Maar op sommige avonden bleef haar vader langer aan de keukentafel zitten. Hij deed een greep in de zak met de gezouten zonnebloempitten, kraakte ze tussen zijn tanden en spuwde de schillen uit op een bord. De schillen stapelden zich op terwijl haar vader praatte.

Met een balpen tekende hij kruisjes op een papieren servetje.

De kruisjes zijn mijnen, zei Leyla's vader. Er zat, zo vertelde hij, telkens maar een meter tussen de ene en de andere dood. Al die doodskansen samen vormden een vierkant patroon. Wie een vaste tred had, kon de dood te slim af zijn. Maar wie een verkeerde stap zette, verloor een arm, een been, zijn leven.

16

Haar vader vertelde dat er 's nachts vaak mensen de grens overstaken. Ze hadden familie en vrienden aan de overkant wonen en dreven handel. De grens was niet ver weg. Als er een mijn ontplofte, hoorde je dat in het dorp.

Er waren antipersoneelsmijnen en antitankmijnen, zei haar vader. De antitankmijnen zagen eruit als plastic borden. Op een keer vond mijn buurman zo'n bord. Hij dacht: zoiets komt altijd goed van pas, als waterbak voor de kippen bijvoorbeeld. Hij had geluk, hij raakte alleen een hand kwijt.

Leyla herinnerde zich hoe ze die zomer nog naar buiten was gerend, de velden in. Haar vader beweerde dat de mijnen jaren geleden waren weggehaald. Maar wat, dacht ze, als ze ook maar één mijn over het hoofd hadden gezien?

Het was alsof haar vader een boek in zijn hoofd had dat hij maar hoefde open te slaan, dacht Leyla. Zolang hij aan de keukentafel zat en nog niet naar de woonkamer was gegaan, hoefde ze hem maar één trefwoord te geven of hij barstte al in lachen uit, pakte de zak met zonnebloempitten en begon te vertellen.

Vertel me het verhaal van Aziz en de kippen, zei Leyla.

Vandaag niet meer, zei haar vader. Ik ben zo moe van het werk.

Toe nou, zei Leyla. Alleen dat ene verhaal.

Haar vader zuchtte. Goed dan, zei hij, alleen dat ene verhaal, daarna is het afgelopen, en ik houd het kort.

Maar weinig dorpelingen kenden Arabisch, begon haar vader. Hij stond op, schonk zichzelf een glas water in en ging weer zitten. Ook al had hij gezegd dat hij het kort zou houden, Leyla wist dat het langer zou duren.

Eigenlijk kenden alleen de jongere mensen in het dorp Arabisch, zei haar vader, zij die naar school waren gegaan. En onze buurman Aziz was net als mijn ouders nooit naar school gegaan.

Net als mijn vader had hij een kleine radio, die op batterijen werkte en die hij meenam naar de velden of zoals mijn vader naar het dak van het huis, waar de ontvangst het best was.

Om de paar dagen riep hij me bij zich, zodat ik het avondjournaal voor hem kon vertalen. Hij zei tegen zijn vrouw dat ze me thee en *kûlîçe* moest brengen, omdat hij wist hoe graag ik haar koekjes at. Voor *kûlîçe* was ik altijd bereid om te vertalen, zei Leyla's vader.

Het was in de late zomer van 1973. Ik was twaalf en ging al in de stad naar school. Als ik vrij had, speelde ik saz en droomde ervan om op een dag in Aleppo of Damascus te studeren. Het was oorlog tussen Israël en Syrië.

De Joden zijn meedogenloos, had de Arabische leraar op school gezegd. Ze vermoorden kinderen. Dat interesseerde me destijds niet, ik had nog nooit een Jood ontmoet. Er was in Qamishli weliswaar een Joodse familie, maar die associeerde ik niet met de Joden over wie onze leraar voortdurend sprak. Die Joden in Qamishli, dat was de familie Azra, ze zijn daar tot op de dag van vandaag kruidenier. Je kent hen, Leyla, we doen inkopen bij hen als we in Qamishli zijn. Er was niets bijzonders aan de familie Azra. Hun kruiden smaakten precies zoals alle andere kruiden.

De toestand in die tijd was gespannen, dat voelde ik zelfs. Daarom wilde Aziz dat ik elke avond langskwam om het nieuws te vertalen. Hij zat daar als een bezeten onafgebroken bij de radio, alsof hij zo de situatie onder controle kon houden, en zette het apparaat niet meer uit, en ik moest vertalen.

Na een paar dagen had ik er geen zin meer in.

Het was zomervakantie. Mijn vrienden ontmoetten elkaar elke middag achter de school om te voetballen en bleven daar tot de zon onderging.

En ik zat steeds maar met Aziz bij de radio. Op de radio bleven de nieuwslezers maar praten en praten, het regime was zo triomfantelijk dat het leek alsof de oorlog allang gewonnen was. Dat irriteerde me. En Aziz irriteerde me ook, zoals hij daar aan zijn radio gekluisterd zat, rusteloos en bang als een kind. Ik dacht niet na toen ik voor hem vertaalde: Israël is net Syrië binnengevallen.

Aziz liet zijn gebedsketting, waarvan hij de kralen net nog tussen zijn vingers heen en weer had geschoven, uit zijn hand vallen. Het was te laat.

Wat gebeurt er nu, vroeg hij en hij keek me geschrokken aan.

Wacht, stil, ze zijn nog aan het praten, ik moet me concentreren, zei ik.

Er schoot me niets te binnen.

Aziz werd ongeduldig, vertel op, wat zeggen ze.

Intussen was de nieuwslezer bij het weer aanbeland.

Ze zijn al in Damascus, zei ik. Onderweg hebben ze de schapen van zeventien herders in beslag genomen.

Aziz keek me ontzet aan. Wat nu, vroeg hij.

Wat nu, herhaalde ik.

Wat doen de Joden met de schapen?

Weet ik veel, zei ik. Wat kunnen de Israëli's met die schapen doen, opeten waarschijnlijk.

Dat klinkt niet goed, zei Aziz.

De volgende avond ging ik weer naar hem toe. Zijn vrouw bracht thee en koekjes. Hij zette de radio aan.

De Israëli's zijn nu in Homs.

Weer een dag later zei ik: Ze zijn nu in Aleppo. Ze komen recht op ons af. Morgen zullen ze in Raqqa zijn en overmorgen in Hasaké.

Hasaké, herhaalde Aziz met paniek in zijn stem, dan zijn ze al bijna hier.

Ik knikte. Overal waar ze komen, zei ik, nemen ze schapen, geiten, koeien en ezels mee.

Hoe zit het met mijn kippen, vroeg Aziz zenuwachtig. Denk je dat ze mijn kippen zullen afpakken?

Natuurlijk, zei ik. Ze zullen al je kippen afpakken.

Toen ik de volgende avond ging vertalen, was Aziz nergens in huis te vinden. Ook op het erf was het merkwaardig stil. Maar uit de achtertuin kwam lawaai en hard geschreeuw. Ik liep erheen, en op de grond lag een enorme plas bloed. Overal kippenkoppen, veren, daartussenin Aziz' vrouw met het slachtmes in haar hand en zijn kinderen, die rondrenden en de laatste nog levende kippen probeerden te vangen. Te midden van de chaos stond Aziz, die me grimmig begroette met een kip in zijn hand.

Wat is hier aan de hand, vroeg ik, hoewel ik donders goed wist wat er aan de hand was. Aziz, zijn dat al je kippen?

Aziz knikte. Kom morgen maar bij ons eten, zei hij.

Je hebt toch niet al je kippen... vroeg ik, en ik begreep wat ik had aangericht. Aziz onderbrak me. Natuurlijk, zei hij. We eten ze liever op dan dat de vijand ze in handen krijgt.

Drie dagen later – ik was net in de woonkamer – zag ik Aziz dwars over het erf op ons huis afstevenen. Zijn handen waren tot vuisten gebald. Aan zijn manier van lopen kon ik zien hoe boos hij was. Hij brulde mijn naam. Silo, waar zit je, schreeuwde hij. Kom naar buiten, Silo, ik ruk je kop eraf, zoals bij mijn kippen!

Ik sprong weg van het raam, vluchtte het huis uit langs de achtertuin, klom over het hek en rende door de velden naar het naburige dorp, waar ik op bezoek ging bij een vriend en bleef tot de volgende dag. Totdat Aziz gekalmeerd was, hoopte ik.

Leyla's moeder was vroeger klaar met haar werk. Ze had een middag vrij genomen en haalde Leyla op van school, ze gingen samen naar de binnenstad. Leyla had er geen zin in om net als elke zomer in de weken voor haar vertrek met haar moeder door warenhuizen en supermarkten te dwalen en, zoals haar moeder het noemde, 'verstandige cadeaus' te zoeken. Terwijl Leyla voortdurend achterbleef, bij het onder-goed, dat ze eigenaardig vond, en bij de stiletto's, waar ze door haar moeder werd meegetrokken met de woorden: Niks ka-potmaken, anders moeten we het nog betalen.

Eerst gingen ze naar Karstadt, daarna naar kleinere kle-dingwinkels, ze kochten gebreide vesten, T-shirts en truien, wisten met wat duw-en-trekwerk bij Kaufhof te komen en ten slotte bij Veneto. Daar kreeg Leyla twee bollen ijs, omdat ze dapper had volgehouden, zoals haar moeder het uitdrukte. Wat nog ontbrak, haalden ze in de supermarkten bij hen in de buurt, al naargelang het aanbod. Ze kochten alles waar de dor-pelingen hun het afgelopen jaar aan de telefoon om hadden gevraagd. Oliehoudende zalven voor voetkloven, medicijnen, fototoestellen, mixers, friteuses en die elektrische tandenbor-stels uit de reclame van de Duitse televisiezender die ze met hun schotelantennes ook in het dorp konden ontvangen. Iedereen in het dorp wist altijd wat er in de Duitse supermark-ten te koop was. Snoep en kinderspeelgoed, kruippakjes voor de baby's die in de loop van het jaar waren geboren en die op de videocassettes die naar Duitsland werden opgestuurd trots voor de camera werden gehouden.

De wensen veranderden ook. Het ene jaar waren vitamine-tabletten erg gewild in het dorp, het andere jaar ijzertabletten. Nu eens werd er beweerd dat de vrouw van Khalil dat jaar een magnetron van haar broer uit Duitsland had gekregen, dan weer luidde het: Ik heb van Kawa gehoord dat er bij jullie staafmixers te koop zijn.

Het bescheidenst waren de wensen van Leyla's groot-ouders. Haar vader moest er telkens meermaals naar vragen, en iedere keer zeiden ze dat ze niks nodig hadden. Met niks komen we niet, zei haar vader, en dan antwoordde Leyla's grootvader op een gegeven moment dat hij wel een zonne-hoed kon gebruiken, en Leyla's grootmoeder een nieuw zak-mes.

Als laatste kochten Leyla's ouders de flessen whisky, de blinkende aanstekers en het parfum om de douanebeambten mee om te kopen.

Thuis propte Leyla's moeder alles in koffers en tassen en erbovenop legde ze de kleren die Leyla te klein waren geworden. Voor boeken was er dan nauwelijks nog plaats, hooguit voor een of twee. Neem een boek mee dat je meer dan één keer kunt lezen, zei haar vader. Leyla kon niet kiezen, spreidde al haar boeken voor zich op de grond uit en pakte er blindelings een. *De kleine prinses.*

De bagage was beperkt tot twintig kilogram per passagier. Was het iets meer, dan viel er met Syrian Airlines te praten, maar boeken waren zwaar. Leyla rekende uit hoeveel bladzijden ze per dag zou hebben. De dagen in het dorp waren lang, en de middaghitte was drukkend. Alle families trokken zich terug in hun huizen en lagen onder de ventilatoren te slapen. Er was niets te doen, en Leyla verveelde zich. Alleen met boeken kon ze de lange middaguren vullen.

Omdat ze zoveel las, zeiden de dorpelingen dat Leyla een ernstig meisje was. Ook Zozan, haar nichtje, vond haar een arrogante wijsneus. Die indruk had Leyla althans. Maar misschien was Zozan ook gewoon jaloers. Leyla was het enige kind in het dorp dat boeken had.

Jaren later vroeg ze zich af waarom Zozan en zij nooit vriendinnen waren geworden. Alle voorwaarden waren immers vervuld. Ze waren bijna even oud, twee nichtjes die elke zomer met elkaar doorbrachten.

De boeken waren niet het enige waardoor Leyla geen aansluiting vond bij de andere kinderen. Het kwam ook door haar gestruikel als ze met Zozan in het dorp onderweg was. Ze wist niet waar de greppels lagen en waar ze bij het rennen of tikkertje spelen moest springen. De andere kinderen kenden alle greppels waar het afvalwater doorheen stroomde, de open riolering van het dorp die vanaf de lente, als het gras hoog stond, onzichtbaar was. Allemaal sprongen ze er gewoon overheen, zonder na te denken. Ook 's nachts, in het donker, als de stroom uitviel, kenden hun voeten de weg, terwijl Leyla tot haar schaamte telkens weer in de modder tuimelde. Zozan zei dat Leyla geen ogen in haar kop had, en vertelde dat tegen iedereen in het dorp, of ze dat wilden horen of niet. Dat o zo slimme nichtje uit Duitsland – *Almanya*, zo noemde Zozan het – was toch heus in de vieze modder gevallen.

Het lag ook aan de woorden die ze tijdens het praten niet kon vinden, en aan haar uitspraak, haar r, die ze niet zo kon laten rollen als alle anderen. Ze klonk zo onnozel dat Zozan haar na-aapte als ze met vriendinnen afsprak en Leyla meenam omdat haar grootmoeder had gezegd dat ze Leyla moest meenemen, wat Zozan met tegenzin deed, denkend dat Leyla haar niet zou verstaan. Leyla stond naast Zozan en haar vriendinnen en voelde zich net een stomme hond die gewoon maar wat achter hen aan draafde. Op een bepaald moment praatte ze alleen nog als ze werd aangesproken.

Zozan was twee jaar jonger, maar wist alles beter. Als Leyla in de grote tinnen teil op het erf de was deed, nam Zozan het stuk zeep uit haar handen en zei: Dat gaat zo niet, je moet dat zo doen. Als Leyla thee zette, zei Zozan: Je laat hem veel te lang trekken. Als Leyla komkommer sneed voor de salade waren de stukken te groot, als ze wijnbladeren rolde vielen ze bij het koken uiteen, als ze op haar neefje paste, die toen nog een baby was, begon hij meteen te huilen.

Behalve Zozan was iedereen vriendelijk tegen Leyla, en zelfs meer dan dat. Als de nichten in de tweede of de derde graad, de ontelbare tantes, aangetrouwde tantes, zussen en nichten van de aangetrouwde tantes uit de stad op bezoek kwamen, overlaadden ze Leyla met complimentjes en cadeaus. Ze hingen haar vol met plastic armbanden, kettingen, haarspelden in de vorm van bloemen of vlinders en glinsterende sjaals die ze aan hun polsen, om hun hals of in hun haar droegen en gewoon afdeden om ze aan Leyla op te dringen. Dat maakte haar altijd verlegen, ze voelde zich ongemakkelijk als mensen zo vrijgevig voor haar waren.

Poeh, zei Zozan, dat doen ze alleen maar omdat je vader hun families geld geeft. Als hij dat niet deed, zouden ze omkomen van de honger. Hij heeft de doktersrekening van Berivans grootvader betaald, hij heeft Kawa geld voor de mensensmokkelaar gegeven, zodat ze naar Duitsland kon gaan.

Misschien had Zozan wel gelijk, dacht Leyla later. En ze bedacht dat zijzelf ook arrogant en betweterig was geweest, minstens even erg als Zozan. Ze had op iedereen neergekeken omdat haar Engels beter was dan het beetje dorpsschoolengels van Zozan, ze had ook om Zozan gelachen omdat die steeds over haar bruiloft fantaseerde – welke jurk ze zou dragen, welk kapsel ze zou hebben, hoe mooi haar make-up zou zijn. Ik, had Leyla tijdens een van de zomers tegen Zozan gezegd, heb andere doelen in het leven dan een man vinden, zeven kinderen ter wereld brengen en broodbakken. Wat was ze verwaand geweest. Trouwen, kinderen krijgen, dat waren de enige dromen die Zozan zich kon veroorloven. Ze kon gewoon niet op tegen Leyla's door bijlessen bijgeschaafde Engels, tegen de plannen die Leyla's vader voor zijn dochter had – eindexamen doen, een studie medicijnen of rechten.

Maar Zozan had ook vaak vlechten in haar haar gemaakt, herinnerde Leyla zich. Ze zat stil terwijl Zozan haar haar kamde en bewerkte, ondertussen voor zich uit neuriënd. Toen ze Zozan een keer vroeg waar ze zoveel moeilijke vlechtkapsels had geleerd, zei ze dat ze die allemaal zelf had bedacht. Op een zeker moment, in een van de laatste zomers, vertrouwde ze Leyla toe dat ze eigenlijk graag kapster wilde worden, dat dat haar geheimpje was. Ze stak bloemen uit de tuin in Leyla's haar en vertelde: Op een dag zal ik in Al-Qahtaniyah mijn eigen kapsalon openen. En Leyla schaamde zich. Ze schaamde zich voor de manier waarop zij, het enig kind uit Almanya, elke zomer naar het dorp was gekomen, voorzichtig uit de auto was gestapt en in haar lakschoentjes en schone jurk over de stoffige grond naar de anderen toe was geschreden, als een prinses op staatsbezoek.

Maar het opvallendst aan Leyla was toch wel haar moeder. Haar moeder, die zo anders was dan alle andere moeders in het dorp, die anders rook, anders praatte, er ook anders uitzag met haar schouderlange lichtbruine haar, dat ze altijd naar achteren bond omdat dat 'praktisch' was, en die in tegenstelling tot de andere vrouwen in het dorp nooit een rok droeg. Ze sprak Arabisch en Koerdisch, omdat ze voordat ze getrouwd was als verpleegkundige bij een hulporganisatie had gewerkt en eerst voor lange tijd naar Libanon was gestuurd, en later naar Iran en Irak. Daar had ze tijdens de Al-Anfal-operatie, Saddam Hoesseins genocide op de Koerden, Koerdische vluchtelingen verpleegd en een gebrekkig Koerdisch geleerd dat anders was dan het Koerdisch dat in het dorp werd gesproken en dat haar in de ogen van de dorpelingen nog eigenaardiger maakte. Daar kwam nog eens bij dat ze zwijgzaam was, nooit roddelde en al helemaal niet praatte over de dingen die ze in Irak had gezien.

Je moeder is een spion, had Zozan eens gezegd. Wie zegt dat, had Leyla gevraagd. Iedereen in het dorp zegt dat, zei Zozan.

Toen de autoriteiten Leyla's vader op een keer geen visum gaven om het land veilig in en uit te reizen en Leyla nog te klein was om alleen te reizen, besloot haar moeder mee te gaan. Ze pakte een koffer in zoals voor een van haar vroegere missies, met medicijnen, verbandmateriaal, steriele kompressen en vaccins.

Al na een paar dagen kwamen de eerste vrouwen uit het dorp naar haar toe. Ze zeiden dat ze hadden gehoord dat er een verpleegkundige uit Almanya in het dorp was. Leyla's moeder leerde snel. Haar gebrekkige Koerdisch uit Irak vermengde zich weldra met nieuwe woorden uit het dorp. 'Eten', 'drinken', 'moe', 'pijn', 'kinderen' en 'tomaten' zei ze nu in het dorpsdialect, verder gebruikte ze de flarden Arabisch die ze in Libanon en aan de volkshogeschool had geleerd. Haar talen-mix was zo praktisch als een noodhospitaal dat zomaar ergens in het landschap was neergezet en functioneerde, hoewel er overal wel iets ontbrak, alles vlug moest gaan en er geen tijd overbleef om beleefdheden of spreekwoorden uit te wisselen. Mettertijd wende Leyla's moeder aan het dorp en het dorp aan haar. Tijdens latere zomers zeiden de dorpsvrouwen dat haar moeder weliswaar een spion was, maar wel een die ook spuiten kon zetten.

Leyla's grootvader zat het grootste deel van de tijd op een vloerkleed, sliep, rolde sigaretten, rookte en at gezouten zonnebloempitten. Hij was altijd te vinden waar de familie op dat moment was, schuifelde leunend op zijn wandelstok van het huis naar de tuin of het erf en weer terug, met zijn tabaksdoos, de ketting met de grote ronde kralen die hij als hij sprak of gewoon ergens zat voortdurend tussen zijn vingers heen en weer schoof, en met een kussen, vloerkleed en matje die achter hem aan werden gedragen.

Hij had altijd dezelfde kleren aan, *şal û şapik*, zoals de meeste oude mannen in het dorp, een wijde broek en een overhemd in bruine, olijfkleurige of grijze tinten, voor hem genaaid door Leyla's grootmoeder, met een brede, meterslange stoffen sjaal om zijn taille gewikkeld. Hij had altijd een hoed op en droeg zijn houten wandelstok overal met zich mee. Zijn ogen waren troebel, Leyla vond dat het eruitzag alsof iemand melk over de oogbollen had gegoten. Ze dacht dat het door die melk in zijn ogen kwam dat haar grootvader blind was, hij kon er niet doorheen kijken. Zijn ogen hadden niet altijd die troebele kleur gehad. Haar grootmoeder zei dat ze vroeger donkerbruin waren geweest, de kleur van walnoten, bijna zwart.

Niemand wist hoe oud hij precies was, hij wist het zelf niet eens. Ook Leyla's grootmoeder wist niet hoe oud ze was, en hetzelfde gold voor alle andere oudere dorpelingen. Lange tijd dacht Leyla dat haar grootvader de oudste mens ter wereld was. Hij herinnerde zich dingen die honderd, tweehonderd jaar geleden waren gebeurd. Hij kon over oorlogen, veldslagen en *Mem û Zin* vertellen alsof hij er zelf bij was geweest. Het kon niet anders of hij was erbij geweest, zo goed was hij op de hoogte van al die dingen. Het verhaal van Mem û Zin was het droevigste verhaal dat Leyla ooit had gehoord. Mem, hofschrijver en lid van de familie Alan, en prinses Zin van de familie Botan werden verliefd op elkaar. Ze wilden trouwen, maar dat werd verhinderd door een intrige. Bakir, een slecht mens, doodde Mem. Toen Zin hoorde van Mems dood, zakte ze bij zijn graf in elkaar en stierf ze ook. En dat was niet het einde van het verhaal: het nieuws over de dood van Mem en Zin verspreidde zich als een lopend vuurtje, het volk werd woest en wreekte zich door de slechte Bakir te vermoorden en hem bij wijze van vernedering aan de voeten van Mem en Zin te begraven. Maar er groeide een doornstruik uit Bakirs graf, gevoed door diens bloed. De wortels van de doornstruik reikten zo diep in de grond en drongen zich zo krachtig tussen de graven van Mem en Zin dat die zelfs in de dood van elkaar waren gescheiden.

Soms kreeg haar grootvader bezoek van een vriend wiens naam Leyla zich later niet meer kon herinneren. In de familie noemden ze hem gewoon 'de Armeniër'. Hij kwam naar het dorp, bleef voor de thee, en soms bleef hij zelfs een paar dagen. De Armeniër was opgegroeid in dezelfde streek als haar grootvader, Beşiri heette die, in de buurt van Batman. Of ze elkaar destijds al kenden of dat alleen hun families toen met elkaar in contact stonden, wist Leyla niet.

De Armeniër had ook andere kennissen in het dorp die hem

uitnodigden. Maar eigenlijk kwam hij alleen om haar grootvader te bezoeken. Ze zaten urenlang op het erf of in de woonkamer, rookten, dronken thee en aten fruit dat Zozan, Leyla's grootmoeder of Leyla zelf naar hen toe bracht, en soms ging Leyla bij hen zitten. Zolang ze stil was, mocht ze blijven, haar grootvader en de Armeniër sloegen verder geen acht op haar. Ze gingen volledig op in het vergelijken van hun herinneringen, praatten over families, dorpen en namen die Leyla nog nooit had gehoord. De Armeniër was een paar jaar jonger dan haar grootvader. Nu wist Leyla dat beide mannen, haar grootvader en de Armeniër, die namen, families en dorpen ook alleen uit verhalen konden kennen, omdat die allemaal allang verdwenen waren toen zij werden geboren. 1915, 1916, las ze jaren later toen ze studeerde, en plotseling had ze jaartallen voor datgene waarover de twee mannen telkens weer hadden gepraat.

Haar grootvader vertelde over de Armeniërs die hun buren waren geweest in het dorp, en over degenen die in de naburige dorpen woonden, in Kurukanah en Maribe, en in de dichtstbijzijnde steden, in Kars, Diyarbakır, Van, dat waren handwerkers geweest en ze hadden kachels gemaakt, de familie Tigran, de familie Gasparyan, de familie Gagarjah, of heette die anders? Maar dat waren meubelmakers geweest, en de familie Soundso smeden. Sommigen waren boeren en hadden vee, net als de familie van haar grootvader. Het was een goede streek voor landbouw, de bodem in de buurt van de Tigris was vruchtbaar. Tot de dag, zei Leyla's grootvader, waarop de soldaten naar de dorpen en steden kwamen. Het was zomer, ze kwamen op paarden. De hoeven van de dieren sloegen dof op de grond en wierpen stof op. De soldaten dreven de families bijeen. Er waren maar een paar mensen die zich konden verstoppen, onder wie mevrouw Sona, zelfs Leyla's vader kon zich haar nog goed herinneren. Tot op de dag van haar dood kwam ze telkens weer naar het dorp om haar familie te bezoeken, zo zei ze, haar moeder, vader, zussen en broers, die weliswaar niet haar biologische moeder, haar biologische vader, haar biologische zussen en broers waren. Ze hadden haar als klein meisje jezidische kleren aangetrokken – een lange witte broek onder een rok, een witte hoofddoek – en haar als dochter van een jezidische familie voor de soldaten verborgen. Mevrouw Sona bleef bij de familie tot ze trouwde, ze had geen andere plek waar ze naar kon terugkeren, omdat alle andere Armeniërs de massagraven in waren gejaagd die ze onder toezicht van de soldaten zelf hadden moeten delven, bij veertig graden, hartje zomer. Daar groeit tot op de dag van vandaag niets meer, zei Leyla's grootvader, omdat de bodem er met bloed is doordrenkt. En nog anderen, zei hij, stierven in de Syrische woestijn of in de Tigris, waar de soldaten met hun sabels de handen hadden afgehakt van iedereen die zich aan bosjes gras en struiken vastklampte om niet te worden meegesleurd door de stroming.

Ook de zanger Karapetê Xaço kwam uit een dorp in die streek, soms luisterden de Armeniër en Leyla's grootvader samen naar zijn liedjes en haar grootvader zong dan mee. Karapetê Xaço's dorp in de provincie Batman heette Bileyder. Behalve hij hadden alleen een broer en twee zussen de genocide overleefd, Xaço was destijds vijftien. Hij ging in het Franse vreemdelingenlegioen, bleef daar de volgende vijftien jaar, trouwde met een vrouw uit Qamishli en verhuisde ten slotte met zijn familie naar Jerevan. Hij was een van de beste *dengbêjs* ooit. Elke dag om kwart voor vier in de middag en om kwart voor negen, zei Leyla's grootvader, klom ik toen we eindelijk een radio hadden – een kleine draagbare, op batterijen, die Nuri voor me had gekocht – het dak op, omdat de ontvangst daar het best was, en luisterde ik naar de Koerdische uitzending van Radio Jerevan. Twee keer per dag een halfuur. Daar hoorde ik Xaço's stem, telkens weer. Hij is in armoede gestorven, zei haar grootvader. Ik zing voor veertig miljoen

Koerden, veertig miljoen Koerden kunnen me niet onderhouden, zou hij gezegd hebben. Hij had een stem als een nachtegaal. Leyla, heb je ooit al zoiets moois gehoord, vroeg haar grootvader, en de Armeniër en haar grootvader keken haar aan.

Hij had moeite met lopen. Hij kon nog maar een paar stappen zetten, voorovergebogen en leunend op zijn stok. Met zijn andere hand tastte hij naar de muur van het huis, naar de schouders van zijn kinderen en kleinkinderen, zoekend naar steun. Zodra hij iets had gevonden, klampte hij zich er met bevende hand aan vast, zodat zijn knokkels wit werden.

Hij riep voortdurend om Leyla's grootmoeder als hij iets nodig had of zich gewoon verveelde. En hij verveelde zich vaak, dacht Leyla, hij kon immers nauwelijks lopen en was blind, Leyla had hem nooit anders gekend.

Maar vroeger, zei haar grootmoeder, was hij net zo druk in de weer geweest als zij, met de akkers, de dieren en de thee, en met de tabak, die hij naar Turkije bracht om hem daar te verkopen. Sinds Leyla's grootvader blind en verzwakt was, zei haar vader, werkte haar grootmoeder dubbel zo hard. Of zelfs drie keer zo hard, omdat haar grootvader voortdurend haar hulp nodig had, hij kon zichzelf niet eens meer aankleden.

Leyla, ga bij je grootvader zitten, zei haar vader, hij vindt het fijn als je bij hem bent. En Leyla zat ook graag bij haar grootvader, maar na een poosje ging ze zich altijd vervelen, en dan begon ze haar muggenbulten open te krabben of draadjes van het vloerkleed te plukken. Haar grootvader tastte naar zijn tabak, Ik kan mijn tabak niet vinden, Leyla, heb je mijn tabak gezien? Hij tastte naar zijn kopje, het was leeg, Leyla, ik heb dorst, kun je me wat water brengen?

Leyla haalde water voor hem en ging weer naast hem zitten. Hij strekte zijn hand uit, voelde aan haar haar, Zozan, nee,

Leyla, jij bent het. Haar grootvader kon aan de lengte van hun vlechten zijn kleindochters uit elkaar houden.

Hij begon over zijn schoondochter Havin te praten, ze is zo lui, zei hij. Ze is altijd zo lui. Kun jij me vertellen waarom ze zo lui is, Leyla, vroeg haar grootvader. Al een dag nadat Memo met haar was getrouwd, zei ik: We sturen haar terug, ze is de bruidsprijs niet waard. Havin was een van zijn favoriete onderwerpen, hij werd het nooit moe om te vertellen wat ze nu weer verkeerd had gedaan. Haar kûlîçe zijn niet lekker, zei haar grootvader, als ze al bakt, wat ze zelden doet omdat ze zo lui is. Maar ze zijn gewoon niet lekker. En dat begreep hij niet, want kûlîçe bakken was toch echt niet moeilijk, vond hij. Zelfs Zozan kon het beter dan haar moeder.

Volgens Leyla was mopperen de favoriete bezigheid van haar grootvader, meestal over mensen die ze niet kende. Die en die loog, die en die had twee gezichten, zei haar grootvader, en Leyla, je bent het toch wel met me eens? En Leyla knikte maar wat en zei luid ja, hoewel ze niet wist over wie hij het had.

Om de haverklap riep hij Leyla's grootmoeder bij zich. Meestal kwam ze dan ook meteen, maar soms, als ze bezig was of geen zin had, deed ze alsof ze hem niet had gehoord. Ze liep dan gewoon langs hem heen terwijl hij haar riep, Hawa! Hawa! Ze liep dwars over het erf en deed alsof ze hem niet zag, en door zijn slechte ogen merkte hij daar niets van. Leyla vond dat soms zo grappig dat ze moest lachen, en dan werd haar grootvader boos: Wat is er zo grappig, hou op met lachen!

Elke ochtend bij zonsopgang, als alle anderen nog sliepen, stond Leyla's grootmoeder op om haar ochtendgebed uit te spreken. Leyla werd wakker van haar zachte stem. Het duurde altijd even voordat ze begreep wat haar grootmoeder daar deed. Haar grootmoeder was de enige in de familie die bad.

Leyla had nooit eerder iemand zien bidden. Het fascineerde haar.

Toen Leyla's grootvader nog een kind was, had hij ook gebeden, vertelde haar grootmoeder toen Leyla ernaar vroeg. Maar dan waren zijn twee zussen gestorven, ineens, aan zinloze kinderziektes. God geeft het leven en neemt het weer terug, zei haar grootmoeder. Vanaf dat moment was Leyla's grootvader enig kind. En kon hij alleen nog op God foeteren.

Ik had twee mooie zussen met lang zwart haar en een fijn gezichtje, riep haar grootvader. Waarom kon God me niet op zijn minst een van hen laten houden?

Omdat haar grootvader geen goed woord overhad voor God, was Leyla's grootmoeder verantwoordelijk voor alle religieuze verplichtingen van de familie. Ze vastte, kookte voor de feestdagen en zorgde voor de *sjeiks, pîrs* en *qewals*, zoals de religieuze leiders en zangers werden genoemd, als die op bezoek kwamen. Op woensdagen waste ze zich niet. Vele jaren geleden was ze met haar jongste zoon Memo zelfs een keer op pelgrimstocht naar Lalish gegaan, hoewel ze het dorp anders nooit verliet. Ze leerde haar kinderen en kleinkinderen de hymne van Şerfedîn te zingen, niet te vloeken, niet op de grond te spugen en nooit de kleur blauw te dragen.

Na het ochtendgebed, dat ze zittend in bed uitsprak, stond ze op, voorzichtig, om de kleinkinderen die naast haar lagen te slapen niet wakker te maken – ze klom de ladder van de hoogslaper af tot ze op het erf stond, en ging de kippen voeren, het ontbijt klaarmaken, theezetten, de tuin besproeien, broodbakken, onkruid wieden, bloembedden omspitten, zaaien, oogsten, het hek repareren. Als het warmer werd, ging ze naar binnen, verstelde kleren, maakte de lunch klaar, at en sliep, tot het weer koeler was. Dan ging ze weer naar buiten, vulde de waterjerrycan in de keuken, plukte wijndruiven, sorteerde de overrijpe druiven voor de raki, reeg okrapeultjes op garen, hing die te drogen in de voorraadkamer, bekommerde zich om de bijen. Tussendoor zette ze thee voor de buren die langskwamen, voorzag ze Leyla's grootvader van eten en drinken, waste hem en zorgde voor de kleinkinderen. Ze troostte hen als ze zich hadden bezeerd en huilden, dekte hen toe met een deken zodat ze het niet koud kregen als ze onder de ventilator in slaap waren gevallen, trok Miran en Roda uit elkaar als ze ruzie hadden en vochten, wiegde de kleine Rohat in haar armen tot hij in slaap viel.

Leyla en Zozan bleven al die tijd aan haar zijde, alsof ze de rechter- en linkerhand van hun grootmoeder waren. Als een bezoeker de woonkamer was binnengekomen en haar grootmoeder hem fruit en thee wilde brengen, duwde ze Rohat in Leyla's armen. Maar ze was nog maar net weg of de baby opende al zijn tandeloze mond en zette het op een brullen. Zijn gezicht liep rood aan, zijn ogen schoten vol tranen, en wat Leyla ook deed – klopjes op zijn rug geven, gekke bekken trekken om hem af te leiden, hem in haar armen heen en weer wiegen –, hij hield niet op met huilen. Hij brulde zo hard dat Leyla ervan schrok en zich afvroeg wat ze verkeerd had gedaan. Had ze hem per ongeluk pijn gedaan, of kon zelfs hij, nog maar een baby, haar al niet uitstaan? Ze gaf het op, zelf bijna in tranen, en droeg het kindje naar de keuken, waar het in de armen van zijn grootmoeder meteen kalmeerde.

In een van de latere zomers werd Leyla's grootmoeder plotseling ziek. Ze zakte in elkaar. Leyla kwam net terug van het voetballen met Miran, Welat en Roda, en trof haar grootmoeder liggend op de grond in de woonkamer aan. Tante Pero en oom Memo zaten naast haar. Tante Pero voelde haar pols en had haar hand op haar voorhoofd gelegd. Leyla schrok toen ze haar grootmoeder zo zag en begon te huilen. Haar grootmoeder lag er roerloos bij en had haar ogen gesloten, haar hand slap in de andere hand van tante Pero. Leyla, ga maar naar Zozan, zei haar tante. Maar Leyla wilde niet weggaan. Ze ging zitten.

Op een gegeven moment sloeg haar grootmoeder haar ogen weer open. Niks, zei tante Pero, kan jouw grootmoeder zo snel omleggen. Maar dat kon Leyla niet troosten. Ook al ging haar grootmoeder nu niet dood, toch zou ze op een dag moeten doodgaan. Leyla had er nog nooit bij stilgestaan, maar plotseling was het glashelder voor haar: haar grootmoeder was oud. Op een dag zou ze er gewoon niet meer zijn.

Haar grootmoeder bleef liggen. Leyla's tante goot lauwwarme thee in haar mond. Ik ben duizelig, zei haar grootmoeder zacht. Ze voelde zich beroerd. Haar stem klonk zwak, alsof die van ver kwam. Ze draaide haar hoofd weg en staarde naar de muur, alsof zelfs kijken vermoeiend voor haar was. Ten slotte sloot ze haar ogen weer, maar ze sliep niet. Leyla zat naast haar en keek hoe haar borstkas licht rees en daalde. Ik kan niet opstaan, zei haar grootmoeder. Leyla's tante bracht een kom kippensoep. Ik heb geen honger, zei haar grootmoeder.

Omdat haar grootmoeder ziek was, werd het huishouden meteen een chaos. Niemand wist meer wat waar in de voorraadkamer te vinden was. Tante Havin zocht weliswaar een poosje, maar gaf het toen op en zette gewoon wat brood, olie en *za'atar* op het dienblad. Dat moet maar genoeg zijn, zei ze, en ze ging weer voor de televisie zitten om verder te kijken naar haar Egyptische serie.

De kleinkinderen begonnen te kibbelen en te vechten op het erf. Oom Memo was met Leyla's vader naar de stad gereden om medicijnen te kopen. De uien bleven te lang in de zon liggen en droogden uit. Een kip werd aangereden door een auto. Twee kalkoenen raakten verdwaald in de velden, Leyla en Zozan renden achter ze aan en probeerden ze te vangen, wat niet eenvoudig was, omdat Leyla bang was voor de kalkoenen en wegrende zodra ze te dichtbij kwamen. Bovendien was ze bang voor slangen, die overal in de velden op de loer konden liggen, ze wist niet waar ze het eerst op moest letten, de grond of de kalkoenen. Op een zeker moment riep Zozan dat ze zich eindelijk eens moest vermannen, de kalkoenen zouden haar heus niet van kant maken.

Leyla liep huilend terug naar huis. Ze was duizelig van de hitte, ze moest even gaan zitten en water drinken. Maar niet te lang, want Zozan stond buiten te wachten. Leyla ging op zoek naar Miran, Welat en Roda, en liep daarna met hen weer naar buiten, de velden in, naar Zozan en de kalkoenen. Uiteindelijk kwamen ze allemaal weer naar huis, vol schrammen en uitgeput. Oom Memo en haar vader waren eindelijk terug uit de stad. We redden het niet alleen, zei Leyla.

Drie dagen lang aten ze yoghurt met brood, dat met de dag droger en minder werd. Ze moesten dringend weer gaan bakken, maar zonder de instructies van haar grootmoeder wisten ze niet hoe ze daaraan moesten beginnen. Haar vader voerde de kippen en besproeide de tuin, maar daarna kwamen er mensen op bezoek en liep alles in het honderd. Vruchten vielen van de bomen in de tuin, vogels pikten de wijndruiven open. Twee keer per dag kwam tante Pero vanuit het buurhuis naar hen toe, keek hoe het met Leyla's grootmoeder ging en probeerde samen met Zozan de belangrijkste klusjes te doen. Ze maakte met Leyla en Zozan het brooddeeg klaar, verhitte de oven. Het zou goed zijn als jullie zouden leren om dit ook alleen te doen, zei ze. Daarna vertrok ze weer, om voor haar eigen huishouden, haar tuin en haar drie kinderen te zorgen.

Zo ging het één, twee weken lang, totdat Leyla's grootmoeder zich weer beter voelde en vanaf haar ziekbed aanwijzingen kon geven. Ze was nog maar net weer op de been of ze stond alweer graan te malen, brood te bakken, te koken, in de tuin te werken en thee te zetten.

Tante Havin was geen grote hulp geweest toen haar grootmoeder ziek was, bedacht Leyla. Ze was net als Leyla en Zozan aangewezen op de instructies van Leyla's grootmoeder. Haar grootmoeder zei: Tante Havin is het niet gewend om te werken, ze is opgegroeid in de stad. Haar grootvader zei: Ze is gewoon lui.

Haar moeder, vertelde Zozan, was in juli geboren, daarom hadden ze haar Havin genoemd, wat 'zomer' betekent.

Tante Havin was naar de school in de stad gegaan, tot de negende klas. Toen ze achttien werd, leende oom Memo geld van Leyla's vader in Duitsland om de bruidsprijs te betalen. Zo konden hij en Havin trouwen, en ze kwam bij hem en zijn ouders in het dorp wonen. Het was een grote bruiloft. Er kwamen honderden gasten, een *zurna*-speler, een trommelaar, Qereçî, de mensen dansten drie dagen en drie nachten lang. Zozan en Leyla keken vaak naar hun trouwfilm. Tante Havin keek naar de grond. Haar lippen waren lichtrood geverfd en hadden een donkerrode rand, zoals destijds in de mode was, kunstige wimpers, haar gezicht licht opgemaakt. Ze glimlachte niet, een bruiloft was een ernstige aangelegenheid. Ze was gekleed zoals prinsessen er in Leyla's en Zozans verbeelding uitzagen, in een wijdvallende witte japon met veel tule en glanzende lovertjes, haar ravenzwarte haar opgestoken. Haar krullen, met haarlak gefixeerd, vielen in haar gezicht, zelfs een storm had die niet uit model kunnen brengen.

De Havin die Leyla kende, was een slome, pafferige vrouw die vijf kinderen had gekregen, over eeltvoeten klaagde en haar dagen doorbracht met haar geliefde Egyptische televisieseries. Dat waren liefdesdrama's, over mannen die arts waren, en vrouwen die elegante kleren droegen en zelfs als ze huilden – wat voortdurend voorkwam – mooi waren, liefdesdrama's die Havin met haar zussen en schoonzussen van begin tot eind becommentarieerde als ze haar vanuit de stad kwamen opzoeken.

Leyla's grootmoeder zei dat de eerste oogst op het veld een schok was geweest voor tante Havin.

Ze had bij haar aankomst geen idee gehad hoe je graan maalde, hoe je kippen slachtte, wanneer het tijd was om tomaten te planten. Op een keer had ze een zak vol knoflook in de zon laten liggen, alle knoflook was uitgedroogd. Oom Memo en zij waren nog maar drie weken getrouwd, vertelde haar grootmoeder, toen je grootvader zei: We sturen haar weer terug, ze is de bruidsprijs niet waard. Ook Leyla's grootvader vertelde dat verhaal telkens weer en somde vervolgens de dorpsvrouwen op met wie zijn zoon in haar plaats had kunnen trouwen. Die waren het zware werk op het veld gewoon, dat zou beter zijn geweest, zei hij. Maar jonge mensen waren niet verstandig meer, ze keken te veel naar films. Bij hem hadden zijn ouders toch ook beslist, ouders wisten nu eenmaal wat goed was voor hun kinderen. Een schoondochter moest immers niet alleen met de zoon kunnen opschieten, maar met de hele familie. Maar Memo wilde niet naar me luisteren, zei haar grootvader met een zucht.

Pas na haar vijfde kind begon Havin de pil te nemen. Dat wist Leyla, omdat haar moeder tijdens een zomer de pil had moeten meebrengen voor Havin. Leyla's moeder had haar ook moeten geruststellen. Mensen hebben me verteld, zei tante Havin, dat je nooit meer kinderen kunt krijgen zodra je de pil neemt. Als ik geweten had dat dat niet klopt, zou ik die natuurlijk al eerder hebben genomen.

Om de paar weken kreeg Havin bezoek van haar zussen en schoonzussen. Die hadden stromend water in hun huizen en flats in de stad, geen waterjerrycans boven de badkamer en de keuken die je elke ochtend moest vullen voordat je kon douchen of de afwas kon doen, zodat het water in de zomer altijd te warm was, en 's ochtends vroeg of in de winter veel te koud. Haar zussen en schoonzussen hadden wc's en betegelde badkamers. Omdat ze niet op de akkers hoefden te werken, hadden ze ook genoeg tijd om hun huizen schoon te maken, bij hen glansden de vloeren en lag er niet overal kippenpoep, zoals in het dorp. Ze konden elke dag bloezen dragen, rokken die niet vuil werden van het stof of de modder, sandalen met dunne riempjes, gemaakt voor straatstenen en asfalt en te mooi voor de leemgrond in het dorp.

Leyla zag tante Havin alleen echt uitgelaten wanneer ze bezoek kreeg uit de stad en alle vrouwen bij elkaar in de keuken stonden, tante Evin al rokend, tante Rengin met haar baby op de arm en Havin tussen hen in, terwijl ze haar nieuwe keukenapparaten demonstreerde. Dit is een mixer, zei Havin trots en ze haalde hem uit de doos. Hij glansde nog.

Allemaal splinternieuw, zei ze. De mixer is handig als je babypap wil maken. Haar zussen en schoonzussen knikten waarderend. Mag ik hem eens uitproberen, vroeg tante Rengin en ze duwde haar baby in de armen van tante Evin.

Tante Havin zette thee. Op zulke ogenblikken had ze bijna iets meisjesachtigs, vond Leyla, die op het werkblad naast de gootsteen zat en al zo lang zweeg dat ze haar vergeten waren. Tante Havin zag er jong uit wanneer tante Rengin en tante Evin op visite waren.

Kom, Evin, geef me ook een sigaret, zei tante Havin.

Jij rookt toch niet, antwoordde Evin lachend.

Jawel, geef er mij ook eens een, zei Havin, of ben je soms gierig?

Je man wil toch niet dat je rookt, zei tante Evin en ze trok haar pas geëpileerde wenkbrauwen spottend op.

Mijn man heeft niks over mij te zeggen, zei tante Havin, en trouwens, hij is gewoon bang dat ik zijn sigaretten oprook. Kom op, Evin, laat me ook eens proeven!

Tante Evin haalde haar pakje Marlboro tevoorschijn, trok er een sigaret uit en gaf die aan tante Havin.

Aansteker, zei tante Havin.

Zoals je wilt. Tante Evin gaf haar de aansteker, maar tante Havin was onhandig, ze moest de sigaret meermaals aansteken, hij doofde telkens weer uit. Tante Rengin stond ernaast en lachte zo hard dat de thee uit het glas in haar rechterhand gutste.

Tante Havin zoog de rook theatraal naar binnen en begon meteen te hoesten. De vrouwen barstten in lachen uit, en tante Havin, met tranen in haar ogen van het hoesten, lachte mee.

Hoewel ze was getrouwd met een man uit een dorpsfamilie, maakten de familieleden uit Almanya toch weer iets goed. Misschien kon ze in ruil daarvoor zelfs de kippenpoep verdragen, dacht Leyla. Na die bezoekjes van haar zussen en schoonzussen was tante Havin meestal nog een paar uur in een goede bui. Ze streek over Leyla's haar, en Leyla vond haar op die momenten bijna aardig.

Maar dat was voorbij zodra Leyla's grootmoeder weer naar Havin riep dat ze naar de tuin moest komen, of zodra Leyla's grootvader weer tegen haar tekeerging – Wees niet zo lui – en Havin er weer aan herinnerd werd waar ze eigenlijk was, namelijk in een dorp waar nooit iets gebeurde, behalve dat er elke dag minstens vijf uur lang geen stroom was. Daarna verviel tante Havin weer in haar gebruikelijke sloomheid, trok zich terug voor de televisie of ging slapen, waarschijnlijk hoopte ze gewoon dat ze haar in elk geval met rust zouden laten, omdat ze haar zelfgekozen ongeluk al nooit meer ongedaan kon maken.

De dagen verstreken net zo rustig en kalm als de kippen over het erf scharrelden, er gebeurde niets, en Leyla wist algauw niet meer welke weekdag het was en wanneer tante Rengin en tante Evin uit de stad op bezoek waren gekomen, vier of vijf of zes dagen geleden misschien? Leyla werd steeds rustelozer naarmate de dagen meer in elkaar overliepen en ze minder precies kon zeggen hoelang ze al in het dorp was. Als ze zaten te lunchen of laat in de middag de tuin besproeiden, beeldde Leyla zich in dat er binnenkort een ramp zou gebeuren. Ze wist dat rampen niet altijd werden aangekondigd. Ze wist dat rampen uit het niets konden komen, zoals destijds vele jaren geleden, toen de vader van haar grootmoeder in de schaduw van een boom een middagdutje deed, en er mannen waren gekomen die hem hadden vermoord. Ze wist dat de *ferman*, zoals haar grootmoeder het noemde, nooit werd aangekondigd.

Leyla stelde zich voor dat de wereld weldra zou vergaan, door een aardbeving, een watermassa. Zoals in aloude tijden, toen de zondvloed kwam, haar grootmoeder had haar verteld over de heuvel bij Sheikhan, waarop van alle mensen ter wereld alleen een oude vrouw en een koe zichzelf in veiligheid hadden weten te brengen. Als de zondvloed kwam, dacht Leyla, en ze een vliegtuig had om naar die heuvel te vliegen, en als ze dan maar één ander mens kon redden, of twee andere mensen, of drie, vier, tien, twintig, als in elk geval niet iedereen kon overleven, wie zou ze dan meenemen in haar vliegtuig, wie zou ze kiezen? En daarna schaamde ze zich voor haar gedachten. Dacht ze soms dat ze God was, die over het leven en de dood van zijn volk kon beslissen?

Ze zat in de zon en kraste de namen van de mensen die ze wilde redden met een takje in de aarde.

Ze veegde de namen weer weg, de grond was stoffig. Ze tekende patronen, die niets betekenden. 's Middags, wanneer iedereen lag te slapen, sprong ze blootsvoets van schaduwplek naar schaduwplek. Als ze er toch een keer naast sprong, in een strook zonlicht, moest ze snel zijn, de grond gloeide. Ze beeldde zich in dat ze over lava liep.

Haar grootmoeder, dacht Leyla. Ze zou haar grootmoeder als eerste meenemen in haar vliegtuig.

Van alle zussen en schoonzussen van tante Havin mocht Leyla tante Evin het meest. De dorpelingen zeiden dat Havin de knapste zou zijn als ze niet altijd zo'n gezicht trok, en tante Evin was de slimste van de twee zussen. Leyla vond dat tante Evin was wat mensen een 'verschijning' noemden. Ze had een grote neus, een diepe stem en een schaterlach. Als ze sprak, dan deed ze dat hard en met nadruk. Je kon haar nooit over het hoofd zien. Op alles gaf ze commentaar, maar Leyla had niet het gevoel dat iemand zich daaraan stoorde, integendeel, mensen leken haar mening op prijs te stellen. Als tante Evin op bezoek was in het dorp, wilden alle kinderen met haar bevriend zijn, eigenlijk wilde iedereen door haar aardig worden gevonden.

Als ze iemand aandacht gaf, was dat net zoiets als een onderscheiding.

Dat kwam doordat tante Evin volwassen was, maar anders volwassen dan Leyla's ouders en grootouders. Op onnavolgbare wijze was ze tegelijkertijd ook jong en leek ze zorgelozer dan de anderen. Ze lachte veel, maakte grapjes, en toch had iedereen respect voor haar. Misschien omdat ze ongetrouwd was en al jaren haar zieke moeder verpleegde. Leyla wist nog goed hoe vaak tante Evin, wanneer ze bij haar in de stad op bezoek waren, midden in een zin opsprong omdat haar moeder riep, dorst of pijn had of naar de wc moest. Evins moeder kon niet eens alleen naar de wc.

Leyla wist niet wat voor ziekte de moeder van tante Evin precies had. Misschien hadden ze haar dat niet verteld, of ze was het weer vergeten. Het grootste deel van de tijd lag tante Evins moeder in haar ziekenkamer te slapen. Wanneer ze met haar dunne stem om tante Evin riep, dan deed ze dat zo zacht dat Leyla het nauwelijks hoorde. Maar tante Evin hoorde het altijd, hoe zacht haar moeder ook riep. Mijn moeder, zei ze dan, en ze stond abrupt op.

Tijdens sommige bezoekjes zei haar vader: Vooruit, Leyla,

ga haar gedag zeggen, en dan praatte Evins moeder met haar. Maar nooit lang, Leyla dacht dat zelfs het kleinste gesprekje te veel voor haar was. Tante Evins moeder sprak met zwakke stem, en aan het einde van elke zin dreigde haar stem het te begeven, zodat Leyla moeite had om haar te verstaan. Maar Evins moeder zag Leyla's ontdane gezicht en herhaalde haar zinnen, waarop Leyla nog verwarder keek en Evins moeder ze nog een keer herhaalde, net zolang tot haar stem niet meer dan een gekraak was dat overging in een gesmoorde hoest. Leyla raakte dan in paniek, de arme vrouw was bijna aan het stikken omdat zij haar niet had begrepen, en de volgende keer knikte Leyla meteen ijverig, ook al begreep ze weer geen woord van wat Evins moeder zei.

Het is vast veel werk met je moeder, zei Leyla op een keer, maar tante Evin haalde alleen haar schouders op, een beetje verbaasd omdat Leyla zoiets doms vroeg. Wat kon ze anders doen dan haar moeder te eten geven en te verzorgen?

Leyla, is het heus waar dat jullie in Almanya huizen hebben waar jullie je ouders naartoe brengen als ze oud en ziek worden, vroeg tante Evin een andere keer.

Later, toen Evins moeder was gestorven, verzorgde tante Evin haar vader, die de dood van zijn vrouw niet kon verwerken, waardoor de kracht uit hem wegstroomde. Na de bruiloft van haar oudste broer zorgde ze voor diens kinderen, die in haar huishouden opgroeiden. En plotseling werd ze vijfentwintig. Toen Leyla dat hoorde, kon ze het niet geloven. Ze had tante Evin nooit met een of andere leeftijd in verband gebracht, al leek haar dat achteraf bekeken absurd, ze had er nooit bij stilgestaan dat tante Evin net als alle andere mensen ouder kon worden. In haar ogen leek tante Evin nog steeds zo jong dat ze zelfs de rimpeltjes die zich met de jaren op het gezicht van haar tante hadden afgetekend en die steeds talrijker en groter werden, niet associeerde met haar leeftijd. Voor Leyla waren het lachrimpeltjes. En toen er tijdens een van de zomers grijze lokken in tante Evins donkerbruine haar verschenen, viel het Leyla pas laat op, waarschijnlijk omdat tante Evin de eerste grijze haartjes uittrok voordat iemand ze zag. Niet veel later begon Evin haar haar te kleuren, en Leyla raakte er vlug aan gewend dat Evins haar nu een tikkeltje donkerder was, na een tijdje zag ze het niet eens meer.

Op haar vijfentwintigste, zeiden de dorpelingen, vindt Evin geen man meer. In het beste geval een weduwnaar, als ze geluk heeft.

Maar Leyla kon zich niet voorstellen dat Evin serieus op zoek was naar een weduwnaar. Daarvoor leek ze altijd te druk in de weer.

Als ze Evin in de stad gingen opzoeken, maakte ze kebab en patat voor iedereen, en om te drinken was er Pepsi en Seven Up. Ze slenterde met Leyla en Zozan naar de hoofdstraat, waar de winkels waren, en kocht ijs voor hen. Na afloop toonde ze Leyla de boeken die ze voor haar einddiploma Engels had moeten lezen en die ze op een boekenplank in haar slaapkamer bewaarde – *Kerstverhaal* van Charles Dickens, *Jane Eyre* in fragmenten van Charlotte Brontë. Opeens voelde Leyla zich verlegen. Nu ze alleen met Evin in de kamer stond – met daarin een bed, ernaast de kast met de kleren van tante Evin en tante Rengin, een spiegel aan de muur en daaronder een schap met een pakje sigaretten en flesjes nagellak – wist ze niet wat ze moest zeggen. Hier in deze kamer sliep tante Evin dus, in de winter althans, 's zomers sliep iedereen op het dak. Gelukkig bleef tante Evin gewoon doorpraten. Maar Leyla kon zich niet concentreren, staarde tante Evin alleen maar aan en knikte voortdurend. Haar wangen liepen rood aan, begonnen te gloeien. Ach, laten we weer naar beneden gaan, naar de woonkamer, zei Evin plotseling. Ze trok een pakje Marlboro uit haar spijkerbroek en streek haar strakke T-shirt glad.

Leyla had Evin nooit zonder make-up gezien, zelfs bij extreme hitte droeg ze op zijn minst oogschaduw en mascara. Ze lakte haar vingernagels, wat niemand in het dorp deed, omdat de lak toch afschilferde tijdens het werk. Om haar handen en nagels te beschermen trok tante Evin bij het schoonmaken en afwassen gele plastic handschoenen aan, en verder smeerde ze haar handen voortdurend in met een handcrème, die ze net als de Marlboro's altijd bij zich droeg.

Op een keer toen Evin bij hen in het dorp op bezoek was, vergat ze haar pakje Marlboro op de vensterbank in de woonkamer.

Leyla legde er vlug een boek op, voordat iemand anders het zag. Ze wachtte tot 's avonds en was heel onrustig. Vol ongeduld wachtte ze op een onbewaakt moment. Zulke momenten waren zeldzaam. Terwijl Leyla in Duitsland haar naschoolse middagen alleen thuis doorbracht, of een enkele keer buiten met Bernadette, was ze 's zomers bij haar grootouders zelden alleen. Ze sliepen allemaal samen op de metalen hoogslapers, helemaal aan de rand haar grootmoeder en daarnaast de kleinkinderen, een paar meter verderop Leyla's grootvader op zijn eigen kleine bed, omdat hij te oud was om de hoogslaper op te klauteren, en de andere mannen niet ver bij hem vandaan op het dak boven de keuken. Ze brachten hun dagen samen door onder de ventilator in de grote woonkamer, en 's avonds, zodra het koeler werd, zaten ze samen op het erf, Leyla's grootmoeder legde matjes en kussens neer en de buren kwamen langs om thee te drinken. Soms ging Leyla naar de tuin met het smoesje dat ze wat wilde werken, gewoon om alleen te zijn. Maar meestal kwam er ook dan iemand met haar mee, haar grootmoeder om haar te helpen, Zozan om haar te zeggen dat ze iets fout deed, Miran, Welat en Roda omdat die zich de hele tijd verveelden en niets liever deden dan Leyla op de zenuwen werken. Zelfs tijdens het douchen was ze niet veilig voor het drietal. Ook al deed ze de deur van het douchehuisje achter zich op slot, dan nog klommen Miran, Welat en Roda op de muur en gluurden ze door het raam naar binnen. Tegen de tijd dat ze het schuim uit haar haar had gespoeld, haar kleren had aangetrokken en de badkamer uit was gerend, dwars door de keuken en langs haar grootmoeder en Zozan heen, klaar om haar neefjes een draai om de oren te geven, hadden ze zich allang uit de voeten gemaakt.

Haar neefjes vonden het ook leuk om kikkers en hagedissen te vangen en die net zolang met stenen en stokken te bestoken tot ze ellendig aan hun eind kwamen. Omdat ze zagen dat Leyla daar een hekel aan had en boos werd, deden ze het nog liever.

Nooit ging Leyla alleen naar het dorp, naar de heuvel in het midden of zelfs maar naar de akkers. Het was onmogelijk om te wandelen zonder dat iemand het merkte, omdat het land vlak was, er buiten het dorp geen bomen stonden en ze altijd in het zicht bleef. Leyla vroeg zich weleens af wat ze liever had, de lange, eenzame middagen in Duitsland of de warme zomers in het dorp, voortdurend omringd door haar familie. Hoe meer weken er in het dorp verstreken, hoe meer ze ernaar verlangde om weer alleen te zijn.

Maar als het vertrek naderde, werd ze nerveus. Als Zozan haar dan uitlachte, liet Leyla het gewoon over zich heen gaan, maar wanneer haar neefjes aan haar haar trokken of haar boek verstopten, werd ze snel boos, en uiteindelijk drukte ze zich op de dag van haar vertrek snikkend tegen de gebloemde jurk van haar grootmoeder, haar *yadê*.

Die keer dat tante Evin haar sigaretten vergat, duurde het lang voordat Leyla alleen in de woonkamer was. Ze greep het pakje, stopte het in haar broekzak en duwde het later tussen twee leemstenen in de muur achter het kippenhok.

De volgende dag wachtte ze tot de middag. Uiteindelijk was het buiten zo heet dat alle anderen onder de ventilator in de woonkamer lagen te slapen, alleen Zozan en haar grootmoeder waren in de keuken al bezig met de voorbereidingen voor het eten. Leyla haalde het pakje sigaretten uit de verstopplaats in de muur, liep naar de wastafel achter de keuken, waar het roze stuk zeep lag waar ze elke ochtend haar gezicht mee waste, en ging voor de spiegel staan. Maar zonder Evins nauw aansluitende spijkerbroeken en felgekleurde T-shirts zag de sigaret in haar mond er fout uit. Het dorp was niet de juiste plek voor Marlboro's, dacht Leyla. Ze droeg de wijd zittende rok die haar tante een jaar eerder voor haar had genaaid en een door de zon verbleekt T-shirt, en ze keek naar de kippenpoep voor zich op de grond. Het dorp was een plek voor de zelfgerolde peuken van haar grootvader, Marlboro's waren sigaretten voor de stad.

Toch pakte Leyla de aansteker die ze uit de tabaksdoos van haar grootvader had gejat en stak een sigaret op. Ze nam een trek, maar durfde niet te inhaleren, elk hoestje kon haar verraden. Ze blies de rook uit en doofde de punt van de sigaret haastig tegen de huismuur.

De dagen daarna wachtte ze op een gepast moment om de Marlboro's in haar koffer te stoppen. Maar hoe moest ze de sigaretten in Duitsland weer uit haar koffer halen zonder dat haar ouders het merkten? Uiteindelijk liet ze het pakje sigaretten liggen waar het lag.

De volgende zomer liep ze na aankomst meteen naar de muur achter het kippenhok, maar de Marlboro's waren verdwenen.

Oom Memo was met Leyla en Zozan naar de stad gegaan. Ze hadden bij de ouders en de broer van tante Havin en tante Evin gegeten en waren daarna zoals altijd naar de straat met de winkels en naar de markt geslenterd. De winkels waren niet verlicht en hadden geen glimmend gepoetste glazen etalages zoals in Duitsland, het waren raamloze garages waar de

producten op wankele tafels en in metalen rekken lagen opgestapeld. De kleren die er te koop werden aangeboden, waren
ook anders dan de kleding die op dat moment in Duitsland in
de mode was. Alles glinsterde, de rokken reikten tot aan je
enkels, de mouwen tot aan je ellebogen. Terwijl Duitsers eenvoudige kleding op prijs stelden, hielden ze hier van alles wat
glitter en glamour was. Niet praktisch, zou haar moeder gezegd hebben. Overal vervalste merklogo's, lovertjes, opdruk-
ken. En plastic, plastic, overal plastic: de schoenen, die in
hopen op de tafels lagen, de armbanden, de halskettingen, het
speelgoed. De producten, gemaakt in Chinese fabrieken, kwamen op vrachtwagens dwars door steppe, stof en bergen, via
de oude zijderoute, zo vertelde Leyla's vader, en langs talloze
grote steden en kleine dorpjes, totdat ze op een bepaald moment hier in Tirbespî in een van de raamloze garagewinkels
op een plastic tafel werden gestapeld of aan kleerhangers voor
de winkel bungelden.

Kies maar wat, zei Leyla's oom, en Zozan stortte zich op de
kleren en trok er meteen een gebloemde roze bloes met trom-
petmouwen uit, terwijl Leyla lang stond te aarzelen. Ten slotte koos ze een geel T-shirt vol plastic strassteentjes met een
opdruk van een zwerm vlinders, omdat Evin er net zo een had.
Leyla wist dat ze dat T-shirt in Duitsland nooit buitenshuis
zou dragen, en al helemaal niet op school, waar ze erom zou
worden uitgelachen. Maar haar moeder was er niet bij, die was
in het dorp gebleven en hielp Leyla's grootmoeder bij het
broodbakken, en omdat ze er niet bij was en niet kon zeggen:
Dit trek je thuis toch nooit aan, knikte haar oom, en de verkoper stopte het T-shirt bij Zozans bloes in het plastic tasje,
waarop oom Memo begon af te dingen. Uiteindelijk ging de
verkoper niet omlaag met de prijs, maar hij deed er nog een
stel glinsterende sokken bij, en Leyla's oom en hij leken tevreden te zijn.

Voordat oom Memo met hen terugreed naar het dorp, gingen ze nog naar de kleermaker om een jurk op te halen waarvoor haar tante een week eerder Leyla's maat had genomen. Hij was van onder tot boven bestikt met groene lovertjes. Leyla vond dat ze er in die jurk een beetje uitzag als een vis of een zeemeermin, de vele lovertjes leken net schubben.

Later droeg Leyla de groene lovertjesjurk alleen als ze naar een bruiloft gingen. Terug in Duitsland legde ze al die kleren op de bovenste plank van haar kast, en als ze die de zomer erna tevoorschijn haalde, waren ze alweer te klein.

De vele plastic sieraden die ze 's zomers cadeau kreeg, alle haarspelden en kettingen, stopte ze in Duitsland in schoenendozen. Soms, wanneer ze alleen thuis was, haalde ze de dozen tevoorschijn, schoof de armbanden over haar knokkels en stak de vlinders in haar haar, daarna maakte ze haar huiswerk of zat ze te lezen. Voordat haar ouders thuiskwamen, stopte Leyla de spullen weer in de dozen en zette de dozen weer in de kast.

Leyla's grootouders waren neef en nicht. Ze waren al als kind aan elkaar beloofd. In welk jaar ze precies waren getrouwd, kon niemand meer zeggen. Ze moesten nog erg jong zijn geweest, veertien misschien, of vijftien, zestien. Foto's van de bruiloft waren er niet.

Leyla vroeg zich soms af of haar grootouders in die tijd gelukkig of ongelukkig waren. Maar waarschijnlijk hadden ze zichzelf die vraag nooit gesteld.

Ziektes waren rampspoed, ongelukken en slechte oogsten waren rampspoed. Net zoals de uitzettingen die Leyla's grootmoeder als kind had meegemaakt en waarover ze vertelde, de ferman, de massamoorden, hoe het dorp waar ze opgroeide op een keer werd omsingeld en alle jezidische families halsoverkop moesten vluchten. Dat is rampspoed, zei haar grootmoeder. Dat de oudste dochter van oom Nuri, haar eerste kleinkind, stierf toen ze nog een baby was. Dat de kleine Aram, hun buurjongen, door een slang werd gebeten. Dat de geheime dienst de verboden boeken van Leyla's vader vond, en de lijst van de Koerdische Democratische Partij, die Nuri voor haar vader had bewaard. Dat alles was rampspoed. Dat ze haar grootvader en Nuri hadden gearresteerd, dat de familie haar akkers kwijtraakte.

Het was haast een wonder dat Leyla's vader zijn kindertijd in het dorp überhaupt had overleefd. Haar grootmoeder praatte er nooit over, maar haar vader wel. Kinderen stierven in het dorp als vliegen. Ze werden door schorpioenen gebeten, hadden ziektes en ongelukken. Een kind uit het dorp, vertelde haar vader, was jammerlijk aan zijn eind gekomen omdat het door een hele bijenzwerm werd bestookt en zo vaak werd gestoken dat het niet meer kon ademen.

Er waren niet alleen de twee broers van Leyla's vader, de oudere Nuri en de jongere Memo, en zijn zus Pero. Er waren nog veel meer broers en zussen, maar die hadden de kinderleeftijd gewoon niet overleefd. Hoeveel het er precies waren, daarover waren ze het in de familie niet eens.

Een van die kinderen was in zijn slaap gestorven toen het nog heel klein was, Selim. Een ander kind was al dood toen het werd geboren, en nog een ander – ook een jongen – was al wat ouder, drie of vier. Hij kon al praten, zei haar vader, Mizgin was zijn naam. Een slim kind, heel lief. Het was hartje zomer. Het kind lag in de woonkamer en deed zijn middagdutje, Leyla's grootmoeder had een vochtige doek over hem heen gelegd, tegen de warmte. Voordat Mizgin in slaap viel, had hij nog gevraagd: Wanneer komt Nuri terug?

Nuri was veel ouder dan Leyla's vader en werkte destijds al buiten de deur, honderden kilometers verderop, hij sloeg putten, en kwam maar om de paar weken naar huis. Mizgin vroeg naar hem, vertelde haar vader, sliep toen een poosje en is daarna voor mijn ogen gestorven. De kleine jongen werd wakker, stond op en zakte bij de deur van de woonkamer in elkaar. De buurman kwam nog aangerend om zijn pols te nemen. We hebben hem diezelfde dag begraven. Je grootvader heeft de hele nacht gehuild, en de volgende ochtend zei je grootmoeder: Misschien had God hem nodig.

Leyla's vader vertelde dat haar grootmoeder het haar van haar kinderen pas knipte als ze oud genoeg waren om te kunnen praten. Dat zou hen tegen ongeluk en ziektes beschermen. Maar het lange haar en de vele gebeden veranderden niets aan het feit dat er in het dorp geen artsen waren, en ook niet in de dichtstbijzijnde stad.

In de familie werd gezegd dat Leyla's grootmoeder haar hele leven lang niet had gehuild, al haar kinderen en kleinkinderen bevestigden dat. Soms werd de reden voor haar afwezige tranen gezocht bij de kinderen die ze had begraven, soms bij haar vader, die vermoord was toen ze nog klein was, en soms bij haar enige broer, die jaren geleden naar Mosoel was vertrokken en nooit was teruggekeerd. Maar wanneer haar tranen precies waren opgedroogd, kon niemand zeggen.

Als haar grootmoeder met Leyla's familie in Duitsland telefoneerde, wilde ze altijd eerst weten of al haar kinderen en kleinkinderen gezond waren. Als ze haar verzekerden dat iedereen het goed stelde, vertelde haar grootmoeder hoe het met de familie in het dorp ging, en in Tirbespî, Aleppo en Afrin.

Omdat ze zelf zonder vader was opgegroeid, met vier broers en zussen en een moeder die van 's ochtends tot 's avonds werkte om haar kinderen te onderhouden, was ze God dankbaar dat ze geen weduwe was. Leyla's grootvader was een goede echtgenoot voor haar, en hij leefde, dat moest volstaan. Hij had voor zijn familie gezorgd, had de akkers omgeploegd, koopwaar over de grens gesmokkeld. Hij had haar grootmoeder nooit geslagen, in elk geval had Leyla daar nooit wat over opgevangen. Misschien was haar grootmoeder niet vanaf het begin verliefd geweest op hem. Maar misschien was dat mettertijd alsnog gekomen, zoals de dorpelingen zeiden.

Toen haar grootmoeder zelf een klein meisje was, hadden haar zussen elke ochtend twee vlechten in haar zwarte haar gemaakt. Seyro de linkerkant, zei haar grootmoeder, en Bese de rechterkant. Nu was haar haar wit, maar ze had nog steeds hetzelfde kapsel, alleen maakte ze de vlechten inmiddels zelf. Leyla vond het fijn om haar daarbij gade te slaan, om te zien hoe ze na het wassen van haar haar zorgvuldig een groene plastic kam door haar natte lokken haalde. Die kam was een van de weinige voorwerpen die van haar grootmoeder waren, en dan ook echt alleen van haar. Ze bewaakte hem als een schat en verstopte hem voor haar kleinkinderen op het schap boven de deur, samen met een zakmes, een in een lap stof gewikkeld stuk zeep, een metalen kistje met naald en draad en een paar oude foto's waar een stuk touw omheen was geknoopt.

De aanblik van haar grootmoeders bezittingen was net zo zeldzaam als die van haar lange witte vlechten, die ze overdag onder gebloemde hoofddoeken verborg en die alle anderen alleen te zien kregen nadat ze haar haar had gewassen.

De huid van haar grootmoeder was gegroefd als schors. Ze was de kleinste en sierlijkste vrouw in het dorp. Als haar hoofddoek en haar gerimpelde huid er niet waren geweest, zou ze er bijna als een meisje hebben uitgezien. Als ze lachte, hield ze haar hand voor haar mond, alsof het niet hoorde om hardop te lachen. Ze was dun, haar armen waren gespierd, haar handen knokig. Leyla verbaasde zich er vaak over hoe sterk die dunne armen waren, hoeveel ze konden dragen, hoe onvermoeibaar ze waren. Het lichaam van haar grootmoeder, dacht Leyla, bestond uit niets anders dan spieren, pezen en botten. Er zat geen grammetje vet aan. Waarschijnlijk zou het onder andere omstandigheden heel andere vormen hebben aangenomen. Door het werk op het veld was haar lichaam haar werktuig geworden, haar lastdier. Het was net een muilezel, waarbij elke spier en elke vezel ten dienste stonden van het werk.

Haar grootmoeder liep met haar bovenlichaam licht voor-overgebogen. Ze zag er voortdurend uit alsof ze zich bukte en leek daardoor nog kleiner dan ze toch al was.

Ze zette vaak haar handen in haar zij, wrijvend over haar rug. Mijn stuitje doet zeer, zei ze dan. Haar rug had zo veel kinderen en kleinkinderen gedragen, zo veel graanzakken en waterjerrycans dat hij op een bepaald moment was krom-gebogen, en sindsdien had ze een bochel.

Het jarenlange werk was niet alleen te zien aan het lichaam van haar grootmoeder – haar bochel, haar spieren en haar eelthanden – maar ook aan haar bewegingen. Als ze bijvoor-beeld korrels voor de kippen strooide, dan deed ze dat steeds met dezelfde handbeweging. In haar linkerhand hield ze de metalen kom met de graankorrels, en met haar rechterhand pakte ze de korrels en gooide die naar de kippen, op een gelijk-matige manier die nooit veranderde, Leyla zag het nog jaren later als een film voor zich. Wanneer haar grootmoeder de tuin besproeide, de tuinslang vasthield, van bloembed naar bloembed liep, geknield op de grond zat, onkruid wiedde, het veld omploegde met een hak of het erf veegde, waren haar bewegingen anders dan die van Leyla als zij dezelfde klusjes deed. Wat er bij Leyla onbeholpen uitzag, leek bij iedere bewe-ging van haar grootmoeder een geoliede machine.

Niets aan haar grootmoeder liet ooit ergens twijfel over bestaan. Ze wist gewoon altijd wat er moest gebeuren. Had iemand Leyla gevraagd wie de slimste mens ooit was, dan zou ze antwoorden: Mijn grootmoeder. Als Leyla oorpijn had, bond haar grootmoeder uien in katoenen zakdoeken en legde die op haar oren. Ze wist als geen ander hoe ze meel en water zo moest mengen dat het brooddeeg niet aan de binnenkant van de oven bleef plakken en in het vuur viel. Als een slang in de voorraadkamer of de woonkamer verzeild raakte, zette ze een metalen kom op een driepoot neer en deed er schapenwol en kruiden in. Haar grootmoeder stak het mengsel aan, het brandde niet, maar er steeg rook op, bijtende, stinkende rook. Slangen houden niet van die geur, zei ze.

Kijk uit voor de slangen, dat zei ze vaak. Als je naar de tuin gaat, trek dan dichte schoenen aan. Pas op waar je loopt. Als je gaat wandelen, loop dan niet in het struikgewas of de velden. Speel niet in de ruïnes. Anders vergaat het jou zoals Aram, zei ze. Aram, die door een zwarte slang was gebeten en doodging, dat was het ene verhaal over slangen dat ze Leyla telkens weer vertelde, het andere verhaal was dat haar grootvader op een dag na zijn middagdutje een slang onder zijn hoofdkussen had gevonden.

Ze sliepen 's zomers niet alleen vanwege de hitte buiten op het dak of op de hoogslapers, ook vanwege de slangen. Maar Leyla vertrouwde geen van beide plekken. Want wie kon haar verzekeren dat slangen niet konden klimmen en langs de metalen spijlen van de hoogslaper omhoog konden glibberen?

Haar angst voor slangen verdween ook niet als ze weer in Duitsland was. De uitdrukkingsloze ogen van die beesten, de manier waarop ze geluidloos over de grond gleden. Ook in Duitsland rende Leyla niet zomaar de velden in als het gras hoog stond. Ze droeg altijd dichte schoenen, raapte geen stenen van de grond.

Soms droomde ze dat de slangen in Duitsland opdoken, in haar fietsmandje, onder haar schooltas, onder haar bed bij de stofvlokken, achter de dikke wintertruien in haar overvolle kleerkast. Ze werd wakker, kon zich niet verroeren, moest het licht aandoen en kijken of er echt geen slang uit het dorp onder haar bed zat.

Leyla bleef altijd in de buurt van haar grootmoeder. Dat was al zo sinds de allereerste zomer – ze was misschien drie of vier toen ze voor het eerst naar het geboorteland van haar vader waren gereisd. Sinds de eerste keer dat ze haar grootmoeder had gezien, volgde ze haar.

Gaf haar grootmoeder de planten water, dan hield Leyla de tuinslang vast; voerde ze de kippen, dan vulde Leyla de drinkbakken met water. Ze volgde haar naar de keuken, waar haar grootmoeder de vloer schoonmaakte. Ze stond naast haar bij de leemoven als ze brood bakte. Ze wachtte op haar als ze in het kamertje achter de keuken douchte. Ze zat voor de deur als ze haar kleinkinderen weer eens de kamer uit had gezet om haar spreekuur te houden, waarin ze de kwaaltjes van de dorpsvrouwen met kruiden en andere geheime middeltjes behandelde. Het was goed om haar grootmoeder als bondgenoot te hebben, dat wist Leyla. Als ze bij haar grootmoeder was, was ze plotseling niet meer bang voor slangen of schorpioenen, en zelfs Zozans minachtende blikken stoorden haar dan niet langer. Leyla begroef gewoon haar gezicht in het gebloemde schort van haar grootmoeder wanneer haar neefjes haar treiterden. Ze viel naast haar grootmoeder in slaap en werd naast haar wakker.

Je grootmoeder is een oude vrouw, zei haar moeder. Wie weet hoelang ze het nog zal volhouden.

Elk jaar voordat ze met de auto op weg gingen naar Aleppo om daar nog een paar dagen bij tante Khezal en oom Sleiman door te brengen en vervolgens naar het vliegveld te rijden, terug naar Duitsland voor tien lange maanden, dacht Leyla dat dit de laatste keer was dat ze haar grootmoeder had gezien.

Als ik zo oud als mijn grootmoeder was, dacht Leyla, zou ik allang het geduld niet meer hebben om zo beleefd te zijn. Haar grootmoeder was namelijk echt ontzettend beleefd. Zelfs tegen de kippen. Als ze die 's ochtends voerde, praatte ze met hen. Als de kippen in het huis belandden, joeg ze hen weg, maar ze bleef vriendelijk, ze gooide nooit schoenen naar hen zoals Zozan of tante Havin.

Haar grootmoeder roddelde ook niet zoals de andere dorpsvrouwen wanneer die bij hen op de thee waren. In werkelijkheid kwamen die dorpsvrouwen namelijk niet voor de thee, maar voor het geklets. Ze vonden het heerlijk om steeds maar weer te kletsen over alle mensen, hun kwaaltjes te beklagen, medelijden te hebben met de buurvrouwen vanwege hun ziektes, zich dood te lachen om de grillen van hun nichten. Urenlang konden de vrouwen roddelen over het feit dat Leyla's vader niet met een jezidische vrouw was getrouwd. Maar wél met een verpleegster, zeiden ze dan. Ook Leyla's grootvader roddelde, waarover de vrouwen tijdens hun theekransje op hun beurt roddelden. Ze bespraken in de woonkamer telkens weer hoe hij de hele dag buiten op het erf op zijn matje zat te foeteren.

Leyla's grootmoeder zat tussen hen in, met een glas thee in haar hand, en roddelde nooit, foeterde niet, hield voor zich wat ze over anderen wist. Leyla's vader zei: Je grootmoeder is een religieuze vrouw. En hoewel haar vader voortdurend over religieuze mensen klaagde – ze zijn ongeletterd, ze weten niet beter – bedoelde hij het als een compliment wanneer hij over zijn moeder zei: Ze is gelovig.

Zozan maakte zich vrolijk over Leyla. Ze zei dat Leyla haar grootmoeder volgde als een schoothondje wanneer ze de keuken of de woonkamer in kwam, op zoek naar de schaar of de garenspoel om die naar haar grootmoeder te brengen. Leyla is vlijtig, zei haar oom en hij gaf Zozan een draai om de oren. Maar ik ben het hele jaar door vlijtig, riep Zozan, en daarna zei ze niets meer, ze trok alleen haar wenkbrauwen op als Leyla weer eens met haar grootmoeder uit de tuin kwam.

Tijdens een van de zomers, toen Leyla al twaalf of dertien was, legde haar grootmoeder voor zichzelf en Leyla elk een plastic plankje op de keukenvloer. Vandaag maken we *yaprakh*, zei ze en ze zette een kom vol wijnbladeren en een tweede met rijst, bonen en lente-uien naast de plankjes. Ze sneden de lente-uien klein en mengden ze met de bonen, de rijst en wat tomatenpuree. Daarna legde haar grootmoeder een wijnblad op elk plankje. Zo, zei ze, legde het rijstmengsel in het midden van het blad en rolde het op. Leyla's eerste wijnblad viel meteen weer uit elkaar. Haar grootmoeder gaf er nog een.

Ze legden de wijnbladeren in een pan vol citroenschijfjes en knoflook. Haar grootmoeder bedekte ze met een bord, zodat ze tijdens het koken op hun plaats bleven, goot er warm water overheen en zette de pan op het fornuis.

Vandaag maken we *kutilk*, zei haar grootmoeder de volgende dag, toen ze bezoek kregen van verwanten uit de stad, en ze bakten uien en gehakt en bestreken het mengsel met griesmeel.

En vandaag maken we *dew*, zei haar grootmoeder. Twee derde yoghurt, een derde water en een snuifje zout. Ze mengden alles in een kom, roerden met de eiwitklopper totdat het schuimig was, en deden er gedroogde munt bij.

Van wie, zei haar grootmoeder tijdens het avondeten tegen haar grootvader, had Leyla kunnen leren koken, met haar Duitse moeder. En toch is koken zo belangrijk, tenslotte zal Leyla op een dag ook gaan trouwen! Haar grootmoeder praatte voortdurend over trouwen, omdat in haar ogen noch Leyla's vader, noch Leyla's moeder er genoeg mee bezig was. Ze stelde Leyla verschillende neven in de tweede graad voor – wat vind je van hem, vind je hem leuk – terwijl ze samen brooddeeg kneedden, uien sneden of de tuin besproeiden. Ze leerde Leyla om thee te serveren, vreemde mannen op straat niet aan te kijken en zo te gaan zitten dat haar rok haar benen voortdurend bedekte.

Op een avond kwam de buurman bij hen op de thee. Hij sprak niet lang, hij stelde gewoon voor dat Leyla met zijn oudste zoon zou trouwen. Leyla kon in Duitsland nog rustig haar school afmaken, daarna zouden ze de bruiloft in het dorp vieren. De buurman had het over de bruidsprijs en zei hoeveel hij bereid was te betalen. Het was niet veel, de buurman was geen rijk man. Anderen zouden voor de vrouw voor hun zoon veel meer hebben betaald. Zo had de man van tante Rengin een hele hoop goud voor zijn vrouw moeten neertellen. Maar wat kun je voor Leyla nou vragen, lachte Zozan naderhand, toen de buurman was vertrokken, ze kan immers niks. En tegen Leyla zei ze: Die zijn gewoon uit op je Duitse paspoort.

Zeg me na, zei haar grootmoeder die ochtend. Leyla was nog moe, ze kon haar ogen nauwelijks openhouden. Ze zaten allebei rechtovereind in het bed op het erf, schouder aan schouder, en keken naar de horizon, waar het eerste smalle lichtstreepje zichtbaar werd. Kijk, zo, zei haar grootmoeder en ze vouwde haar handen in haar schoot. Leyla deed haar na.

Amen! Amen, zei haar grootmoeder. God is de schepper van alles wat bestaat, met de wonderbaarlijke macht van Şemsedîn. Sjeik Adi is de regeerder, van de oorsprong tot het hiernamaals. God, zegen ons met uw weldaden en behoed ons voor het kwaad!

Leyla kon haar grootmoeder nauwelijks volgen. De woorden die uit haar mond kwamen, klonken vreemd voor haar, nog nooit in haar leven had ze gehoord wat haar grootmoeder zei en hoe ze het zei. De woorden kwamen heel snel, volgden elkaar in één lange monotone woordenstroom op, ze sprak uit een jarenlange gewoonte. Haar grootvader beweerde dat er sinds de dag van hun bruiloft geen ochtend voorbij was gegaan waarop ze haar gebeden níét had opgezegd. Haar grootmoeder zelf praatte niet over zulke dingen, niet over het bidden en niet over het vasten. Bidden en vasten waren voor haar net zo vanzelfsprekend als de kippen voeren of de was van de waslijn halen.

Maar ze begon Leyla elke dag voor de ochtendschemering wakker te maken. Leyla had het gevoel dat haar grootmoeder haar inwijdde in iets wat groter was dan zijzelf, iets wat zo betekenisvol was dat ze het met haar verstand niet kon vatten. Dag na dag doorliep Leyla de gebedstekst met meer zelfvertrouwen. Zodra ze het ochtendgebed uit haar hoofd kende en samen met haar grootmoeder kon uitspreken, riep die haar ook 's avonds bij zich om het gebed ook in de richting van de ondergaande zon met haar uit te spreken. O Şemsedîn, waak over ons en hen die met ons zijn!

De eerste scheppingsdag, zei haar grootmoeder, was een zondag. God schiep een engel die hij de naam Azraël gaf, en dat is Tawûsî Melek, de pauwenengel.

De pauwenengel werd door God benoemd tot het hoofd van alle engelen.

De engelen doen alleen goede dingen, zei haar grootmoeder.

Leyla raakte in de war als haar grootmoeder over de engelen en heiligen praatte, en ze kon ook niets onthouden. De namen en verhalen tolden door haar hoofd, ontglipten haar keer op keer. Leyla had ze moeten opschrijven, een schriftje moeten bijhouden waarin ze ze had kunnen opzoeken. Maar toen haar grootmoeder op een keer weer ontzettend veel had verteld, zei Leyla: Oma, ik moet dit opschrijven, anders vergeet ik het. Maar haar grootmoeder schudde het hoofd en zei: Nee, opschrijven, waar is dat goed voor? Haar grootmoeder droeg haar boek op haar tong.

Beter in je hoofd, Leyla, zei ze.

Daar is het veilig voor iedereen.

In de kleinste van de twee woonkamers, het vertrek waar de familie 's winters sliep en dat gebruikt werd als vrouwenwoonkamer wanneer er veel bezoek was, hing naast de deur een klein portret van een reusachtige pauw. De pauw was bijna net zo groot als het oude gebouw met de twee kegeldaken op de achtergrond. Dat, legde haar grootmoeder uit, is het heiligdom Lalish. Leyla zag telkens weer hoe haar grootmoeder het portret kuste.

Toen Leyla leerde bidden, begon ze haar voorbeeld te volgen. Haar grootmoeder hoefde haar niet eens aan te sporen.

Als Leyla de kamer in kwam, kuste ze het portret. En niet alleen dan, soms, wanneer ze uit de tuin kwam en naar de keuken wilde gaan, maakte ze een omweg om het portret te kussen. Het was zoals haar grootmoeder haar had gezegd: zij, Leyla, van de Khalti-stam, van de Khudan van Mend, uit de kaste van de *miriden*, was een kind van het volk van de pauwenengel. Dat leek haar erg belangrijk.

Maar als Zozan in de buurt was, vermeed Leyla het om het portret te kussen. Ze kon niet precies zeggen waarom, misschien uit angst om zich in haar bijzijn belachelijk te maken. Zelf had ze in elk geval nooit gezien dat Zozan het portret kuste of er ook maar naar keek. Ze zag Zozan ook nooit bidden.

Maar toen Leyla op een dag het portret kuste, kwam Zozan toevallig toch net de kamer binnen. Ze lachte. Je kunt het zo vaak kussen als je wilt, riep ze, dat maakt nog lang geen jezidi van jou. Een jezidi, zei ze en ze klonk daarbij als een schooljuffrouw, is iemand die een jezidische vader én een jezidische moeder heeft. Jij bent geen jezidi, want jouw vader is getrouwd met een Duitse.

Niet waar, zei Leyla zacht terwijl ze koppig in het midden van het vertrek stond. Het wordt altijd via de vader doorgegeven.

Wie zegt dat, vroeg Zozan, terwijl ze matjes opstapelde en kussens teruglegde op het rek in de muur.

Opa zegt dat!

Ach wat, zei Zozan en ze lachte weer, dat is toch gewoon zijn mening. Behalve opa denkt niemand er zo over. En wees nu niet verdrietig. Iemand moet je toch eens de waarheid vertellen.

Het leek haar grootmoeder allemaal niet te interesseren. Natuurlijk ben jij een jezidi, mijn kind, zei ze. Wie zegt zulke onzin. En daarna ging ze gewoon door met vertellen.

Jezda, de schepper, schiep uit zijn schoot een witte parel en een kleine vogel. Hij legde de parel op de rug van de vogel, en daar lag ze duizenden jaren lang, totdat Jezda besloot om de aarde te scheppen.

God blies op de parel, zodat ze warm en rood werd en in meerdere stukken uiteenspatte. Uit het grootste stuk ontstond de zon, de andere stukken werden sterren en damp. Uit de damp ontstonden er wolken. Het regende, en de zee kwam tot stand. Toen schiep God een schip, en hij zette de zeven engelen in dat schip. Daarna voer het naar alle windstreken, de ene na de andere. Omdat de wereld op dat moment uitsluitend uit zee bestond, wilde God vaste grond scheppen. Hij wierp Lalish de zee in, en op die plek werd de zee solide. Toen delen van de zee vasteland waren geworden, strandden de zeven engelen in Lalish, zei haar grootmoeder.

Nadat Adam was geschapen, eiste God dat Tawûsî Melek voor Adam zou knielen. Tawûsî Melek weigerde. Dat was een test, zei Leyla's grootmoeder. Ik gehoorzaam alleen aan jou, zei Tawûsî Melek tegen God, want jij bent mijn schepper. En zo was Tawûsî Melek geslaagd voor de test. Want Gods hoogste gebod aan de engelen luidde dat ze voor niemand mochten knielen, behalve voor hemzelf. Daarom had Tawûsî Melek zich zelfs tegen Gods bevel verzet, en hij werd dan ook benoemd tot de leider en stadhouder van de aarde. Moslims en christenen verwijten ons vandaag de dag nog steeds dat we het kwaad aanbidden. Omdat de engel die zich tegen Gods bevel heeft verzet, voor hen gelijkstaat aan het kwaad. Maar wij, zei haar grootmoeder, wij spreken de naam van het kwaad niet eens uit.

Elk jaar met Nieuwjaar gaat Tawûsî Melek, de pauwenengel, de eerste van de zeven engelen, naar de aarde om bijeen te komen met de *cilmer*, de ouderenraad van de jezidi's, die uit veertig mensen bestaat, vertelde haar grootmoeder. Die dag wordt tegenwoordig gevierd als *Çarşema Sor*, Rode Woensdag. Ik weet niet of je je dat nog kunt herinneren, Leyla. Je was nog heel klein, je zat nog niet op school. Je was in het voorjaar hier bij ons, in april, de bruid van het jaar. We hebben toen samen met Zozan het huis versierd met bloemen en groene takjes, en eieren geverfd, en dat was Çarşema Sor. Op het erf hebben we toen een vuurtje gestookt en we hebben er lapjes stof in gegooid. Dat beschermt ons tegen ziektes.

Aan een spijker naast het pauwenportret hing een door haar grootmoeder geweven tas. In die tas zaten een plastic fles vol water uit de *Kanîya Spî* – de Witte Bron –, een gedroogde olijftak, twee bolletjes klei en een stoffen zakje met wat aarde uit Lalish.

Zo, zei haar grootmoeder, ze pakte de voorwerpen en liet ze in haar rok verdwijnen, ik moet gaan koken. Ze stond op en verliet de kamer.

Leyla had de voorwerpen graag nog langer vastgehouden, ze van alle kanten bekeken en gekust, zoals haar grootmoeder altijd deed. Ze voelde zich ertoe aangetrokken, hoewel ze niet echt wist wat ze ermee moest, of misschien juist omdat ze dat niet wist. Ze waren gewoonweg magisch. Maar wat was het verschil tussen dit water en ander water? In een onbewaakt moment op een andere dag hield ze het water tegen het licht, schudde ermee, schroefde de dop los. Het had dezelfde kleur als normaal water, het rook ook hetzelfde, en toch…

Ook de olijftak had net zo goed uit de tuin kunnen komen en niet uit Lalish, zoals haar grootmoeder haar verzekerde.

De bolletjes klei worden op de ogen van de doden gelegd, zei haar grootmoeder toen Leyla ernaar vroeg.

Leyla was ook gefascineerd door de piepkleine ketting die de zus van haar grootmoeder op de kraag van haar bloes had gespeld toen ze haar tijdens een van de zomers gingen opzoeken in haar dorp in de buurt van Afrin. Aan de ketting hingen piepkleine blauwe plastic kralen, een piepklein handje gesneden uit een takje, en een iets grotere kraal die eruitzag als een oog. Toen Leyla met de kleinkinderen van haar oudtante buiten op het erf aan het spelen was, zag ze dat alle kinderen – van de baby's tot de meisjes van haar leeftijd – zulke piepkleine kralenkettinkjes op hun kleren droegen.

Waar dient dat voor, vroeg Leyla.

Om ons te beschermen, zeiden de meisjes.

Waar beschermt het jullie dan tegen, vroeg Leyla.

Tegen het boze oog, antwoordden de meisjes.

Alles had een betekenis. Je mag niet op de grond spugen, want de grond is heilig, zei haar grootmoeder bijvoorbeeld, terwijl ze op het erf voor de keuken de groenten voor het avondeten zat te snijden. Leyla, zou je zo lief willen zijn om peterselie uit de tuin voor me te halen?

Je mag de naam van het kwaad nooit noemen, vervolgde haar grootmoeder toen Leyla haar de peterselie overhandigde. Omdat God geen tegenstander kent, zei ze, maar dat heb ik je al verteld.

Je mag ook geen slangen doden, zei haar grootmoeder terwijl ze de peterselie in de gootsteen waste, want de slang symboliseert de seizoenen, de tijd en de weg. Er wordt gezegd dat sjeik Mend Fekhra indertijd ontzettend veel over slangen wist. Mensen kwamen naar hem toe als ze door een slang waren gebeten. Met gebeden en kruiden die alleen hij kende, kon hij elk gif uit hun lijf halen. Sjeik Mend Fekhra gaf zijn kennis door aan zijn zoon, en die weer aan zijn zoon enzovoort. Tot op de dag van vandaag zijn de volgers van sjeik Mend verantwoordelijk voor slangen, zei haar grootmoeder, ze deed haar hoofddoek wat losser, bette met een stoffen zakdoek haar voorhoofd droog, pakte daarna de peterselie uit de gootsteen en legde die op een plastic plank om hem fijn te hakken.

Ze legde Leyla uit wat goed is en wat slecht, terwijl ze uien in de pan stoofde totdat ze glazig waren. Ze deed er courgettes, wat water, tomatenpuree en knoflook bij. Je mag niet doden, zei ze, omdat God de mens het leven heeft geschonken en daarom heeft ook alleen hij het recht om het hem weer te ontnemen.

Leyla zette een groot bord bulgur op het dienblad, telde het bestek, haalde brood en kommetjes uit de voorraadkamer en droeg het dienblad naar de woonkamer, op de voet gevolgd door haar kleine grootmoeder met de dampende pot *tirshik*.

Schaamte kennen, zei haar grootmoeder, schaamte kennen is belangrijk, en geen kropsla eten. Maar over de kropsla vertel ik je straks.

Toen ze later in de keuken stonden af te wassen, legde ze inderdaad uit waarom je geen kropsla mocht eten, en zoals zo vaak waren daar meerdere redenen voor. Een daarvan was dat het Arabische woord voor sla – *khass* – in het Koerdisch 'heilige' betekende, en om de heiligen te eren mocht je dus geen sla eten. De andere reden was dat sjeik Adi eens op de vlucht was voor iemand die hem wilde vermoorden. Hij zocht toevlucht in een slaveld en verstopte zich onder de grote bladeren. De sla redde hem het leven, en vanaf dat moment was sla heilig en was het verboden om ervan te eten.

Haar grootmoeder zette water op en deed drie lepels thee in de kan. Ze zette veertien theeglaasjes op het dienblad en zette er een schaaltje suiker bij.

Na de thee kon Leyla niet slapen, ze lag gewoon maar wat in bed, met haar hoofd op de benen van haar grootmoeder.

Haar grootmoeder keek op haar neer en zei: In Lalish staat in de buurt van de heilige bron Kanîya Spî een boom. Ouders gingen naar die boom wanneer hun kinderen niet konden slapen, en als ze weer thuis waren, legden ze dan een stukje schors van de boom in de wieg van hun kind. Dat hielp de kinderen meteen om beter te slapen, zei haar grootmoeder en ze sloot haar ogen.

Toen Leyla de volgende ochtend tijdens het ontbijt tegen haar vader zei dat ze naar Lalish wilde, schudde hij ontzet het hoofd. Wat vertelt je grootmoeder toch allemaal tegen jou, zei hij. Dat is niet goed.

Ik was eens in Qamishli, vertelde hij, en toen kwam ik op straat een *mîr* tegen, van onze stam. Drie weken later heeft die mîr zijn beklag gedaan bij mijn vader, omdat ik hem niet op de hand had gekust toen ik hem daar in de stad was tegengekomen.

Ongelofelijk, zei haar vader en hij schudde opnieuw het hoofd, die mîr moet eerst maar eens zijn handen wassen voordat ik ze kus. Nee, Leyla, zei haar vader. Waar je ook kijkt, overal hebben religies de vooruitgang steeds maar verhinderd, ik heb het zelf meegemaakt. Religies bestaan alleen om mensen te onderdrukken. In de stad zijn er moslims die bij onze marktkramers geen vlees, geen kaas en geen yoghurt kopen, omdat ze ons onrein vinden. Leyla, ik vind religies maar niks. Religie heeft te maken met een gebrek aan scholing, mensen weten gewoon niet beter. Haar vader scheurde een stuk brood af en sopte het in de abrikozenjam.

In Lalish, zei haar grootmoeder, wonen vrouwen die tempelbewaakster zijn. Ze gaan gekleed in het wit. Ze worden *kebani* genoemd. Alleen de reinste en goedhartigste vrouwen kunnen kebani worden. Ze mogen de regels van ons geloof nooit met voeten hebben getreden, twee priesters moeten dat bevestigen. Pas daarna kan een vrouw naar de mîr en naar de Baba Sjeik stappen en vragen om in de orde te worden opgenomen.

Als kebani woont die vrouw dan tot aan haar dood in Lalish. Ze trouwt nooit. Ze is verantwoordelijk voor het onderhoud van de tempel, moet voor de bewoners zorgen en koken voor de bezoekers, en in bange tijden moet ze bidden. De meest vooraanstaande kebani is moeder Sherin, ook wel bekend als 'moeder van de tempelbewaaksters'. Naast veel andere zaken maakt zij de heilige çira-lampen, die elke dag in de tempel worden aangestoken.

Wat moesten de kebani er mooi uitzien zoals ze daar met hun vlechten, hun witte tulbanden en hun lange witte gewaden op het tempelplein onder de olijfbomen zaten, met spindels in hun handen, waarmee ze kaarsenpitten sponnen van wol. Als ik groot ben, zei Leyla bij zichzelf, wil ik een kebani worden.

Dat Leyla liever bij haar grootmoeder was dan dat ze met haar nichtje naar het dorp ging om over dingen te praten waar meisjes van haar leeftijd nu eenmaal over praatten, verbaasde de meeste dorpelingen. Een probleem was het niet, maar de anderen lachten erom – Zozan natuurlijk, Zozans moeder Havin, Havins zussen en schoonzussen en zelfs Evin. De al wat oudere vrouwen vonden het juist prijzenswaardig, zo zei mevrouw Khane, hun oude buurvrouw, bijvoorbeeld: Wat een braaf meisje, altijd bij haar grootmoeder. Het enige waar iedereen het over eens was, was dat Leyla zich zo vreemd gedroeg omdat ze uit Almanya kwam.

In de achterste hoek van de tuin, pal voor het hek, met daarachter de velden en daar weer achter de bergketen en de grens met Turkije, stonden de tabaksplanten van haar grootvader. Iedere zomer hielp Leyla bij de oogst en bij het rijgen van de planten op stukken touw, waarna ze die met haar grootmoeder te drogen hing in de voorraadkamer. 's Avonds zat ze dan met haar grootvader op het erf, en hij probeerde haar te leren hoe ze sigaretten moest rollen. Hij pakte een vloeitje, legde het in haar kleine handen en zei dat ze wat tabak uit de doos moest pakken, het vloeitje met de tabak in het midden tussen haar vingers heen en weer moest rollen, de ene kant van het papier om de tabak moest vouwen en de andere kant moest bevochtigen. Hij liet haar zien hoe het moest – Zo moet je dat doen, en zo. Maar hoezeer ze ook haar best deed, het lukte haar niet. Pas vele jaren later, toen ze voor het eerst voor zichzelf tabak kocht, stonden die ogenblikken haar ineens weer helder voor de geest. De kriebelige tabaksgeur, haar grootvader. Voor het eerst vroeg ze zich af hoe haar grootvader het destijds nog steeds voor elkaar kreeg om zijn eigen sigaretten te rollen, hoewel hij blind was. Dat schoot haar door het hoofd toen ze de tabak, de filter en het vloeitje voor zich op tafel legde en oefende met rollen. Haar eerste pogingen mislukten jammerlijk, de sigaretten vielen net als haar eerste gevulde wijnbladeren uit elkaar. Had haar grootvader destijds een filter in zijn sigaretten gestopt? Vast niet, dacht ze, maar ineens wist ze het niet meer zeker. Hoezeer ze ook haar best deed om het zich te herinneren, ze zag het gewoon niet voor zich. Nooit zou ze het zeker weten. Dat ene detail, de filters in haar grootvaders sigaretten destijds op het erf tijdens haar zomers in het dorp, dat was ze vergeten. Dat ze zoiets had kunnen vergeten. Hoe had ze dat nu kunnen vergeten.

Pas in 2011 was Leyla zich dingen gaan herinneren. Hoewel, nee, eigenlijk kort daarna. 2011 was nog het jaar van de revolutie geweest, vol nieuws en hoop – een gouden toekomst ligt voor ons in het verschiet, vrijheid, democratie, mensenrechten. In 2011 waren ze opgewonden geweest, had de televisie onafgebroken aangestaan, maandenlang. In 2011 waren Leyla's herinneringen nog niet komen bovendrijven, en ook haar vader had nog maar zelden over zijn jeugd in het dorp verteld. In plaats daarvan hadden ze het aan de keukentafel telkens weer over de revolutie gehad, de revolutie dit, de revolutie dat. Nog één jaar, had haar vader lachend van vreugde gezegd, dan is de dictator weg en gaan we naar een vrij land.

Leyla's herinneringen waren meteen daarna op gang gekomen. Het begon met de bloedbaden, de bombardementen, de verwoesting, ging gepaard met de verwoesting, volgde op de verwoesting. Na elke schok kwam het verdriet, dat meteen daarna door de volgende schok weer werd weggevaagd. Er kwam geen einde aan. En de herinneringen ontvouwden zich steeds meer, kregen de overhand, waren niet meer te stoppen. Zoals een wond, dacht Leyla, waar bloed uit sijpelt.

Op een keer waren ze een oude schoolvriend van haar vader gaan opzoeken. Hij was herder en liet zijn kudde grazen op een weide vlak bij het dorp. Leyla was waarschijnlijk nog klein, in elk geval waren de schapen groter dan zij, het waren misschien tachtig, negentig dieren. Haar vader en zij bleven er een hele poos, de mannen stonden te praten. De herder stak een sigaret op en hield haar vader het pakje voor. Haar vader sloeg het af, hij rookte al jaren niet meer. Eigenlijk wist de herder dat, maar hij was beleefd. Hij had in zijn auto een cassette opgezet. Hij draaide het volume hoog, zodat je de muziek op de weide kon horen. Cizrawi zong: *Ik ben een duif, ik zit boven op het dak van een oud huis. Ach, ik ben verliefd op iemand met zwarte ogen.* De muziek stond veel te hard voor de oude speakers, ze kraakten.

De herder zette Leyla op zijn ezel, haar vader maakte een foto. De herder zette haar weer op de grond, de mannen sloegen verder geen acht op haar. Leyla dwaalde tussen de schapen rond, praatte met ze, maar durfde ze niet te aaien of hun vuile wol beet te pakken. Ze staarde de schapen aan, en de schapen staarden terug. Ze zagen er log uit zoals ze daar met hun bek de grond afzochten naar droge plukjes gras, stonden te eten en met hun dikke wollen buik verder sjokten. Toen de kudde plotseling in beweging kwam, raakte Leyla in paniek, ze zette het op een lopen. De schapen kwamen als een lawine achter haar aan, de heuvel af. Honderden hoeven die op de stoffige bodem roffelden. Leyla rende en rende, tot ze niet meer kon, en toch rende ze nog een stukje verder, ze had niet door dat de schapen hun belangstelling voor haar allang hadden verloren en een heel eind achter haar waren blijven staan. Dat begreep ze pas toen ze over een kei struikelde, haar knieën openhaalde en zich omdraaide naar de plek waar ze de schapen vermoedde, omdat ze dacht: zo, dit was het dan, nu eten ze me op zoals droog gras. Leyla moest huilen. Haar vader kon haar niet tot bedaren brengen, net zomin als de herder. De mannen lachten en zeiden: Ben je nu bang voor een stel schapen? Omdat ze niet kon ophouden met huilen, gaf de herder haar zijn gebedsketting, waar ze anders altijd graag mee speelde. Maar de gebedsketting interesseerde haar nu niet.

Haar vader droeg haar terug naar de auto, en tijdens het avondeten zei haar oom: Ik heb gehoord dat je bang bent voor schapen, en hij lachte. Hebben jullie dan geen schapen in Almanya?

Als Leyla daar later aan terugdacht, kon ze niet zeggen in welke zomer ze precies bij de herder waren geweest, ze kon überhaupt geen volgorde aanbrengen in de zomers. Haar herinneringen waren niet meer dan losse flarden, deels fragmentarisch, alles één grote chaos. Bijna nooit kon ze zeggen of iets in het ene jaar was gebeurd of in het andere. Was ze iets vergeten? Wat was ze vergeten? Ze werd onrustig als ze aan het vergeten dacht, en als ze écht iets vergat. Als ze zich namen of plaatsen niet meer kon herinneren, niet meer wist welke kleuter ze precies in de tuin had rondgedragen. Hoe de citadel heette die ze eens hadden bezocht, waar ze de steentjes hadden verzameld die bij haar ouders in een of andere kist lagen. Het voelde voor haar iedere keer alsof ze door het vergeten alles een tweede keer kwijtraakte, en deze keer voorgoed.

Als ik toen geweten had wat er nog zou komen, bedacht Leyla, dan zou ik een camera hebben meegenomen. Tijdens alle zomers bij mijn grootouders zou ik alles hebben gefotografeerd. Elk huis, elke steen, elke plant in de tuin. Ik zou ook alles hebben gecatalogiseerd, er een reusachtige databank van hebben aangelegd, 37°05'27.5"N 41°36'55.4"E had ik die genoemd, dat waren de coördinaten van het dorp. Dat zou ik hebben gedaan, dacht Leyla, zodat er nooit wat verloren kan gaan.

Ze had haar werk steeds verder kunnen uitbreiden, naar de huizen van hun familieleden in Tirbespî of Aleppo bijvoorbeeld. Of naar Aleppo zelf, oftewel Haleb. Elke foto van die steden was tegenwoordig waardevol. Hoe ze daar destijds als aandenken een paar kiekjes hadden gemaakt – Leyla voor de citadel, Leyla met oom Sleiman en tante Khezal in de soek, Leyla bij familie-uitjes in de oude binnenstad – zonder te vermoeden, zonder ooit te durven vermoeden wat er daarna zou komen. Als alles waarvan Leyla zo zeker was geweest verloren kon gaan, wat was er dan eigenlijk wél nog zeker, vroeg ze zich nu af.

Ze kon het nauwelijks verdragen om te kijken naar de foto's van haar nietsvermoedende familie destijds in Aleppo. En naar de stad van toen, die zo mooi was dat het pijn deed.

Toen ze op de websites van de grote kranten langs de voor-en-nafoto's van Aleppo scrolde, kwam ze zelden tot de laatste foto. Ze kon het niet geloven. Alles, het ervoor én het erna, kwam haar zo onwerkelijk voor. Net zo onwerkelijk als het laatste stuk *savon d'Alep*, de aleppozeep, die naar laurier en olijfolie rook en die ze elk jaar hadden meegenomen naar Duitsland. Net zo onwerkelijk als de metalen baklavadoos met het opschrift 'Sadiq', die ze vlak voor hun retourvlucht in de nette, glanzende transitzone met de taxfreeshops hadden gekocht, niet beseffend dat dit hun laatste reis was geweest. Net zo onwerkelijk als het stel onbeduidende steentjes dat Leyla ooit bij de rivier had verzameld. Allemaal bewijsstukken, dacht ze, ook over tien, twintig jaar nog, dat het echt had bestaan: het dorp, de steden, de mensen, de zomers.

Hesso, vertelde haar vader, wist niet hoelang hij daar had gestaan. Hij leunde roerloos tegen de koele rotsen. Hij huiverde van de kou. Zijn voeten deden steeds meer pijn, totdat hij ten slotte durfde te gaan zitten, heel langzaam en omzichtig, om geen geluid te maken. Zelfs bij de kleinste beweging pauzeerde hij even. Het pistool hield hij al die tijd in zijn hand. Was dat de wind of een dier? Zo zat hij daar, de schemering moest allang voorbij zijn. Hier in de grot was het volslagen donker. Hij staarde de duisternis in. Buiten hoorde hij wolven huilen. Hij bad tot God dat ze hem hier niet zouden vinden, de wolven niet en de soldaten ook niet. Die eerste nacht kon hij geen seconde slapen. Hij durfde nauwelijks adem te halen. Als ze kwamen, zat hij in de val. De grot, dat wist hij heel goed, was een vloek en tegelijk een zegen. Ze kon zijn redding zijn, of zijn dood. Hoeveel nachten hij hier zou moeten blijven, wist hij niet. Of de anderen het hadden overleefd, wist hij ook niet. Alles was zo snel gegaan. Drie van hen, dat vernam hij later, hadden ze vermoord, en twee anderen gevangengenomen. En dat was, wist hij, erger dan de dood.

Ineens werd het lichter, vertelde Leyla's vader op een andere avond, hij vertelde het verhaal vaak. In het begin dacht Hesso dat hij het zich verbeeldde, hij had zijn ogen immers geen seconde dichtgedaan. Maar het werd echt lichter, grijzer. En toen kon hij plotseling met zekerheid zeggen dat het dag werd. Hoewel hij de ingang van de grot niet kon zien vanaf zijn plek. Hij durfde zijn schuilplaats nog steeds niet te verlaten. Hij dronk water uit zijn fles, deed ter plekke zijn behoefte en at van de gedroogde vijgen uit zijn buidel. Hoewel hij honger had, at hij er telkens maar één. Hij moest zuinig zijn, wie weet hoelang hij hier nog vast zou zitten.

Er leek water uit de berg te komen. Een stroompje langs de muur. Hij was God er dankbaar voor, want het water gaf hem tijd, hij hoefde de grot niet te verlaten.

De eerste stappen deed hij op blote voeten, om te vermijden dat hij geluid zou maken.

Na drie dagen begon hij stenen op een rij te leggen, voor elke dag één. Hij waste zijn gezicht, 's ochtends en 's avonds. Hij telde de noten en vijgen in zijn buidel en keek toe hoe ze slonken. Hij poetste zijn pistool op met de stof van zijn jas, haalde het uit elkaar en zette het weer in elkaar, hoewel dat zinloos was. Maar hij had in de grot niets anders om zijn dagen en nachten mee te vullen. De laatste kogel was voor zijn eigen hoofd. Hij zou niet sterven in handen van de soldaten.

Hij sliep op de kale grond en dekte zich toe met zijn jas. Maar zijn slaap was ondiep. Van elk zacht geluidje werd hij wakker. Hij zag hoe het licht bij de uitgang van de grot eerst feller en daarna weer zwakker werd. Hij legde een nieuwe steen bij de andere.

De dagen verstreken. De zon scheen, hij hoorde regen. Hij zag iets groens en lichts – was het een valstrik? Alleen in het donker waagde hij zich een paar meter buiten zijn schuilplaats achter de vooruitstekende rots. Hij bleef voortdurend in de beschutting van de grot. Net zolang tot de honger hem steeds verder naar de uitgang dreef. Tot hij op een dag bij de uitgang stond. Eén stap, nog één.

Hij liep 's nachts, in het maanlicht, opnieuw blootsvoets om zo geruisloos mogelijk te zijn, en deed slechts een paar wankele passen. De eerste vijgenboom, de eerste appelboom, de eerste kruiden op de grond. Alsof hij de eerste mens op aarde was. Ze lagen niet bij de grot op de loer, zoveel was zeker. Toch durfde hij niet ver te lopen of naar het dal te gaan. Hij keerde om. Dertig stenen legde hij op een hoop. Zijn baard was lang geworden, zijn haar zat in de war, zijn vingernagels hadden zwarte randen. Bij de eenendertigste steen besloot hij de grot voorgoed te verlaten. De soldaten moesten wel geloven dat hij dood was, in elk geval dachten ze dat misschien, maar vergeten waren ze hem beslist niet. Die nacht klauterde hij moeizaam omlaag naar het dal. Hij struikelde en viel. Het was bijna vollemaan. Het was helder.

Toen Hesso aanklopte bij zijn broer, herkende die hem nauwelijks, vertelde haar vader. Zijn broer keek hem aan alsof hij was opgestaan uit de dood. En toen riep hij alleen: Hesso! Hij liet hem binnen. Ik dacht dat je niet terug zou komen, zei hij.

De vrouw van zijn broer bracht thee en gaf hem iets te eten. Hij waste zichzelf en sliep. Hij knipte zijn nagels en baard. Hij bleef een dag. Toen het weer donker was, zette hij koers naar de grens.

Daar woonde hij, zei haar vader tegen Leyla toen ze naar huis liepen, nadat ze op de thee waren gegaan bij een familie waar twee dagen eerder een kindje was geboren. Ze stonden in het midden van het dorp, voor een vervallen lemen huis.

Sinds hij uit die grot was gekomen, zei haar vader, sliep hij nooit meer in een bed. Iedereen zei dat Hesso in die grot een pact met God had gesloten. Als je me hier levend uit haalt, zou hij tegen God hebben gezegd, zal ik voor altijd je trouwe dienaar zijn.

Sindsdien at hij alleen nog brood, uien en knoflook, zei haar vader, en vijgen, omdat die hem in de grot het leven hadden gered. Leyla wist dat haar grootmoeder om de paar weken verse knoflook voor Hesso's deur legde, tot aan zijn dood.

Hij had anders kunnen leven, zei haar vader, hij kreeg een uitkering van de staat, zoals iedereen die in Irak tegen Saddams troepen had gevochten. Maar hij hield zijn uitkering niet voor zichzelf. Hij verdeelde die onder de families in het dorp, die niet wisten hoe ze de winter door moesten komen, gaf het geld aan weduwes die hun kinderen moesten onder-

houden, doktersrekeningen voor een ziek kind moesten betalen of medicijnen voor een oude, verzwakte vader.

Sinds zijn dood een paar jaar geleden was Hesso's huis in ver-
val geraakt. Op een keer, toen Leyla er met Zozan en haar
neefjes speelde, wilde ze naar binnen klimmen, maar Zozan
pakte haar arm beet en trok haar weg. Daar zitten slangen, zei
ze.

Toen ze weer op het erf waren, zag Leyla dat haar oom en
haar grootmoeder er een grote tinnen teil hadden neergezet.
Zozan en Leyla moesten de plastic emmers uit de voorraadkamer halen waarin ze al dagen eerder de overrijpe druiven
hadden verzameld. Er zwermden vliegen omheen. Ze deden
de druiven in de teil. Haar grootmoeder en haar oom trokken
hun schoenen en sokken uit en stapten blootsvoets in de teil.
Het sap van de druiven spatte alle kanten op. Wat er daarna
met de fijngestampte druiven was gebeurd, kon Leyla zich
niet herinneren. Ze wist alleen nog dat ze ineens raki hadden,
die ze in plastic flessen in de voorraadkamer bewaarden, en
dat oom Memo die op de zwarte markt verkocht. Raki was een
drank die pas wit kleurde als je hem met water mengde. Het
was bijna magisch.

Op een keer vertelde Leyla's vader dat de grote plastic kruiken op de trouwfilm van oom Memo en tante Havin niet met
water, maar met raki waren gevuld. Leyla vond het maar niets
om raki uit plastic kruiken te drinken. Veel liever dacht ze aan
Evin, met in haar linkerhand een langwerpig glas vol raki en
ijs, en in haar rechterhand een sigaret. Zoals Evin daar leunend tegen de muur voor het huis stond, met gelakte vingernagels en roodgeverfde lippen, leek het net of ze niet in het
stoffige dorp op bezoek was, maar in een van de televisieseries
meespeelde waar tante Havin zo verslaafd aan was.

Dat Leyla graag bij de volwassenen was en enigszins wei-
felend met haar neefjes speelde, wisten Miran, Welat en Roda

maar al te goed. Als ze de kikkers bij de waterput met stenen bekogelden, dan zei Leyla vol walging dat ze daarmee moesten ophouden. Maar haar neefjes luisterden niet naar haar, en het eindigde ermee dat de kikkers dood op de grond lagen. Als haar neefjes stiekem langs de muur op het huis klommen, om van het ene dak naar het andere te springen, dan werd Leyla bang dat ze zouden vallen en zat ze liever stilletjes van het uitzicht over het erf en de tuin te genieten. Ze vond haar neefjes vaak te vermoeiend. Toch vergezelde ze hen wanneer ze op de fiets van de buurjongen over de straat achter het dorp heen en weer raceten. Wat ze eigenlijk niet mochten, omdat er enorme vrachtwagens langs reden, op weg naar Turkije. Ze zag Miran op de fiets, hoe hij ter hoogte van de jaknikker begon te versnellen, recht op zijn neefjes, Leyla en de andere jongens af, die gillend uit elkaar stoven, de velden in. En hoe de jongens nog geen tel later achter Miran aan gingen en hem ten slotte van zijn fiets trokken.

Leyla vergezelde hen wanneer ze de kippen met stokken de velden in joegen. Ze stond naast hen, liep met hen mee. Haar neefjes accepteerden haar, omdat zij anders dan Zozan nooit klikte.

Later vroeg Leyla zich weleens af of ze zich minder alleen zou voelen als ze nooit in het dorp was geweest. Of ze zich gewoon niet alleen had kunnen voelen als ze niet had geweten dat ze alleen was.

Ze vroeg zich dat af als ze helemaal in haar eentje van school naar huis liep, langs de nette, op vaste afstanden door groene bomen omzoomde weg, omdat ze de bus had gemist, helemaal in haar eentje langs de bomen en de auto's liep, langs de voortuintjes en de lege opritten, waar niet eens kippen rondscharrelden. Eenmaal thuis was het dan zo stil dat ze het gegorgel in de leidingen kon horen, de geluiden van buiten, auto's en vliegtuigen. Ze zat daar gewoon zichzelf te wezen. En ook als ze 's avonds in slaap probeerde te vallen, was er niemand die links of rechts naast haar lag. Haar ademhaling was de enige in het vertrek. Daar kon ze gek van worden.

En later vroeg ze zich dat nog steeds af, toen ze al jaren niet meer in het dorp was geweest, allang in de stad woonde en van de ene huurkamer naar de andere trok. Haar huisgenoten deden hun kamerdeur achter zich op slot. En zij deed dat ook, omdat iedereen het zo deed, avond na avond. Ze lagen allemaal in hun kamer te slapen. En opnieuw was Leyla's ademhaling de enige in het vertrek.

In het dorp gebeurde het nooit dat er niemand was, er waren geen deurbellen, de deuren stonden altijd open, de buren kwamen en trokken hun schoenen uit voor het huis, zodat er een hele berg schoenen en plastic slippers bij de ingang lag. De buren dronken thee en vertrokken pas weer een hele tijd later, meteen daarna kwamen de vrienden van haar grootvader langs, en op een zeker moment vielen Leyla en haar neefjes naast elkaar in slaap op de hoogslaper, met hun grootmoeder naast hen aan de rand van het bed. Soms glipte Leyla stilletjes weg, volgde het grindpad langs de velden het dorp uit of liep langs de heuvel in het midden van het dorp omhoog tot ze bij de graven stond, vanwaar ze kon uitkijken over het landschap. Laat in de middag stond de zon laag in het westen, het was dan niet meer zo warm. In het oosten en zuiden zag ze de jaknikkers, in het noorden de bergen bij de grensstrook met Turkije, waar vroeger de mijnen begraven lagen, en pal onder haar de platte leembruine daken van het dorp, de schotelantennes en de masten met hun elektrische leidingen die van erf naar erf liepen, waarin Leyla nooit enige structuur of zelfs maar een systeem had kunnen ontdekken en die er in de tijd toen haar vader hier opgroeide nog niet waren geweest, net zomin als de schotelantennes.

Dit was ook haar dorp, niet alleen dat van haar grootouders, haar vader, haar ooms en tantes, haar neefjes en nichtjes. Van hieruit kon ze de tuin zien, die ze in gedachten 'onze tuin' noemde, met zijn rozenstruiken en met de olijfbomen die haar vader slechts een paar maanden voor zijn vertrek had geplant. Vanaf hierboven kon ze het hek voor het erf zien, voor 'ons erf', en op dat erf, vlak bij de leemoven waarin ze elke ochtend met haar grootmoeder brood bakte, liepen precies op dat moment 'onze kittens' rond.

Een paar huizen verderop zag ze de door prikkeldraad omzoomde dorpsschool, die vol gaten zat, waar ze altijd doorheen klommen wanneer de school gesloten was en ze op de binnenplaats wilden voetballen. Dit alles, dacht Leyla, was elk jaar een zomer lang ook van haar. Alsof ze – maar dat wist ze toen waarschijnlijk nog niet en besefte ze pas later – haar leven telkens voor een paar weken onderbrak, om op een andere plek met een ander leven door te gaan, dat ze vervolgens na afloop van die paar weken pas een jaar later weer voortzette. En nooit was er genoeg tijd, keer op keer huilde haar grootmoeder bij het afscheid en vroeg ze aan Leyla's vader of haar kleindochter niet gewoon de rest van het jaar bij haar kon blijven.

En op dat moment wist Leyla al dat ze haar Koerdisch in de loop van het jaar weer zou verleren en de volgende zomer haar woorden weer moeizaam bij elkaar zou moeten sprokkelen. Ook zou ze niet meer weten waar de greppels in het dorp lagen en waar ze moest springen. Soms, dacht Leyla, was het misschien beter als ze nooit hierheen was gekomen of nooit meer hierheen zou komen, als ze niet hoefde te missen en niet gemist hoefde te worden. Of misschien was ook dat niet beter, maar eenvoudiger, dat wel.

Leyla vond het fijn om op die heuvel alleen te zijn met haar gedachten. Haar neefjes waren zoals altijd met zichzelf bezig, en Zozan was wel de laatste persoon die ze hier bij zich had willen hebben. Precies op dit soort momenten schaamde ze zich altijd voor Zozan, alsof die kon raden wat Leyla voelde. En vaak was ze dan jaloers op Zozan, al zou ze dat nooit hebben toegegeven. In tegenstelling tot haar had Zozan het dorp het hele jaar door, het was de hele tijd haar thuis. Als Zozan de heuvel op liep, zag ze niets waarvan ze binnenkort alweer afscheid zou moeten nemen.

Wanneer Leyla na een jaar terugkeerde naar het dorp, maakte ze eerst de balans op. De kittens waren geen kittens meer, de waakhond was dood. Het kippenhok was verbouwd, Miran had zijn eerste schooljaar afgerond. Rengin uit het buurhuis was naar de stad verhuisd omdat ze met Evins broer was getrouwd, buurvrouw Um Aziz was bevallen van een dochtertje.

Zodra ze tijd vond, liep ze weer de heuvel op en keek ze weer van bovenaf naar het dorp. De veranderingen leken vanaf hierboven minder groot. Het waren nog steeds dezelfde leembruinen daken, nog steeds dezelfde enigszins glooiende velden, hetzelfde droge landschap.

Zelfs de leegloop, die toen allang bezig was, kon je vanaf hierboven nauwelijks zien.

Om die te kunnen zien moest je van het ene erf naar het andere lopen, langs de onbewoonde huizen, de afbrokkelende leem, de vervallen voorgevels en de verweerde deuren met hun afbladderende verf, die allang niemand meer vernieuwde. Slangen namen de huizen in bezit, de wind voerde zaden van de velden met zich mee, stoppelig gras groeide tegen de muren en op de daken. De ooit uit aarde gebouwde huizen zakten weer weg in de grond, de regen spoelde het stro van de daken, de leem liet los door de wind.

Toen haar vader hier woonde, telde het dorp bijna tweehonderd families. Maar al een hele tijd woonde niet eens meer de helft van hen hier.

De schemering spuugde muskieten uit, Leyla draaide zich nog een keer om en keek naar het noorden. Ze beeldde zich in dat ze een camera was, haar hoofd een filmstrook. De bergen in het noorden, de jaknikkers in het oosten en zuiden, de weg naar Tirbespî in het westen. Ze begon aan de terugtocht.

Misschien was het ook gewoon dwaas geweest hoe ze destijds daarboven had gestaan, als een rijke aga die zijn landerijen overzag. Het dorp was immers niet meer dan een verzameling armoedige leemhutten, waar kleine kinderen bij een misoogst in tijden van droogte, wanneer er in het dorp niet meer genoeg te eten was, het pleisterwerk van de muren schraapten en in hun mond stopten, vanwege de voedingsstoffen in de kalk. Waar, zo werd er gefluisterd, de oudste, nog niet meerderjarige dochter zichzelf verkocht om haar familie te helpen de winter door te komen, omdat er geen geld meer was sinds haar vader drie jaar eerder naar Duitsland was vertrokken en de beloofde euro's nooit had opgestuurd. Omdat hij – dat wist iedereen in het dorp, maar niemand durfde het tegen de familie te zeggen – naar goktenten ging en het weinige geld dat hij verdiende meteen weer verloor. Het dorp was niet meer dan een verzameling leemhutten waar pas elektrische leidingen werden gelegd toen de Arabische dorpen in de omgeving allang elektriciteit hadden, leemhutten met overal eromheen afval, plastic, achteloos weggegooide flesjes, zakjes, snoeppapiertjes. Misschien lagen de hutten helemaal niet in het Beloofde Land met zijn rijke, vruchtbare grond, zoals haar vader altijd zei over dit in elk opzicht onbeduidende dorp in het land van stamhoofd Haco, ergens tussen de Eufraat en de Tigris.

Het landschap was veranderd sinds haar vader het dorp had verlaten, en het zou blijven veranderen. Niet alleen waren de elektrische leidingen langs de straat tot in het dorp getrokken, niet alleen waren de mijnenvelden geruimd en de grindpaden geasfalteerd. Ook waren de Turken aan de andere kant van de grens met de bouw van hun stuwdammen begonnen, zodat de rivier tussen Tirbespî en het dorp een modderige beek was geworden. Toen haar vader een kind was, was er vaak zo veel water dat de rivier buiten zijn oevers trad, maar nu werd het land verteerd door droogte. De dorpelingen zeiden: Zodra de grote stuwdam in Hasankeyf klaar is, zal de rivier helemaal uitdrogen, en Hasankeyf zal op zijn beurt onder water komen te staan. De dorpelingen zeiden dat ze hun waterputten nu al dieper moesten boren dan tien jaar geleden.

Terwijl de mannen van haar vaders leeftijd allemaal konden zwemmen, hadden de jongens van Leyla's leeftijd het nooit geleerd. Maar de rivier was niet alleen goed geweest om te zwemmen, ook om te vissen – en er werd gevist met de mijnen uit de grensstrook. Omdat de kinderen met hun kleine handjes daar het geschiktst voor waren, schroefden zij de ontstekers los en vervingen ze door vislijnen, vertelde Leyla's vader. De mijnen werden allemaal samen in een zak gestopt, die zak werd door de kinderen naar beneden gedragen, tot aan de rivier.

Er klonk een knal die de lucht deed beven, het water spoot als een fontein omhoog. Daarna was het weer stil, de vissen kwamen bovendrijven.

De dorpelingen kregen de mijnen van de handelaars als die weer in de grensstrook waren gaan ruimen. De handelaars kwamen uit het dorp en uit de naburige dorpen, ze kwamen van overal en vormden een ondoorgrondelijk netwerk van handelaars en onderhandelaars dat zich over alle dorpen en steden van het land uitstrekte, tot ver buiten de landsgrenzen, tot in Turkije, Irak en Iran. Met de mijnen uit de grensstrook achter het dorp werden de peshmerga in Irak bevoorraad tijdens hun strijd tegen Saddams troepen, daar waren de dorpelingen trots op.

De handelaars werden door de regering 'smokkelaars' genoemd, want natuurlijk staken ze illegaal de grens over. Maar in het dorp werden ze 'handelaars' genoemd, omdat dat nu eenmaal was wat ze deden: handeldrijven. Hun nachtelijke tocht over de grens was hun baan. Ze hadden de grens al overgestoken toen er nog geen mijnen lagen. Zelfs toen er nog geen grens was, hadden ze al handelgedreven. Het was hun levensonderhoud, ze moesten toch iets eten, of het nu verboden was of niet, de honger joeg hen de velden over. Ze vervoerden thee en dieren, tabak of medicijnen.

Thee bijvoorbeeld: bij hen kostte een kilogram thee tien lira, aan de overkant van de grens kon je dat verkopen voor het dubbele. Een ezel kon zeventig, tachtig kilogram thee dragen. Of schapen: aan de overkant van de grens waren er veel schapen, de omgeving was er bergachtig en vruchtbaar. De handelaars hadden van daaruit al hele schapenkuddes over de grens gedreven. Op een keer zat het Turkse leger achter hen aan, maar de handelaars waren sneller en wisten hun schapen in veiligheid te brengen. De Turkse soldaten legden in plaats daarvan beslag op de schapenkudde van een argeloze Arabische herder een paar kilometer verderop, dat werd in het dorp telkens weer verteld.

De grens was lang, zo'n duizend kilometer, het was onmogelijk om die volledig te bewaken. Om de kilometer stond er een wachttoren met twee soldaten erbij. Overal waar de grensbeambten niet konden rekenen op natuurlijke barrières zoals bergen of rivieren, lagen landmijnen. De mijnenvelden waren dertig, veertig meter breed. De handelaars kenden smalle weggetjes, stroken land die zij hadden geruimd en waarvan alleen zij op de hoogte waren.

Leyla moest denken aan het papieren servetje waarop haar vader vele jaren later met zijn balpen kleine kruisjes had getekend, het netwerk van de mijnen op de velden. De soldaten kregen het bevel om hun grens ook met wapens te verdedigen. Ze zaten in hun wachttorens en schoten op de handelaars. Op een keer schoten de handelaars – zo'n dertig, veertig in totaal – met hun pistolen en geweren van de zwarte markt terug, om hun dieren en koopwaren te verdedigen, en natuurlijk werd ook daarover telkens weer gepraat in het dorp. Alles moest altijd snel gaan. Voordat de soldaten versterking konden halen, moesten de handelaars de grens al over zijn.

Toch hebben we veel handelaars begraven, zei haar vader.

Wanneer zijn vader, Leyla's grootvader, 's nachts op pad was, kon haar vader als kind geen oog dichtdoen. Hij tuurde dan in de zomernacht, de grijze duisternis in. De handelaars gingen alleen op weg als het halvemaan was. Met vollemaan was het te gevaarlijk.

Het geblaf van de honden, het gescharrel van de kippen in hun hok. Er hing iets in de lucht wat elk moment verscheurd dreigde te worden. De schoten, de exploderende mijnen waren tot in het dorp te horen.

Bij elke ontploffing bad haar grootmoeder dat haar man niet een van de doden was.

En de kinderen hadden een spelletje. Ze legden kleine stenen op de grond, als mijnen, en vormden twee teams: de handelaars en de grenssoldaten. De handelaars moesten zo snel mogelijk aan de overkant zien te komen, zonder te worden gepakt door de grenssoldaten. Wie op een steen, oftewel een mijn ging staan, lag eruit en was dood.

Op een keer, vertelde haar vader, wilden mensen uit het buurdorp aan de Turkse kant de grens oversteken. Het was januari, ijskoud en het landschap was wit. Ergens midden in die donkere, bijna maanloze nacht begon het weer te sneeuwen. Ze moeten verkeerd zijn gelopen, steeds maar in kringetjes, hun voetsporen werden uitgewist door de sneeuw. Pas de volgende ochtend hield het op met sneeuwen. De zon scheen weer, de lucht was helder. De dorpelingen liepen de heuvel op. Ze keken toe hoe de mensen van de overkant voorzichtig over de vlakte kwamen aanlopen, hoe ze hun doodgevroren metgezellen wegdroegen.

Een paar jaar later werden de gevechten tussen de handelaars en de grenssoldaten brutaler. De Turkse regering stuurde tankwagens. De dorpelingen op hun beurt groeven een greppel achter de tuin van Leyla's grootouders. Elke familie in het dorp had een of twee kalasjnikovs. Als ze schoten hoorden vanaf de grens, kropen de mannen uit het dorp met hun kalasjnikovs in de greppel en wachtten ze.

Leyla's vader bleef een poosje zwijgend aan hun keukentafel zitten, stond op, schonk zichzelf nog een keer thee in, deed er een lepel suiker bij, en net toen Leyla dacht dat hij klaar was met zijn verhaal, begon hij weer te praten.

Op een keer zijn de kalkoenen van de buurman ervandoor gegaan, de grens over. Waarschijnlijk zochten ze gewoon eten. Ze gingen steeds verder en verder weg, in een willekeurige richting over de velden, zoals kalkoenen dat nu eenmaal doen. Met hun trippelende kalkoenpasjes renden ze over de mijnen, die hen niet konden deren, ze waren te licht. Met hun scherpe snavel pikten ze in de aarde en aten ze graankorrels, net zolang tot ze ineens in een ander land waren, zonder dat ze het wisten. Toen de buurman dat merkte, was het al te laat. Hij stond op straat, met zijn rug naar het dorp toe, en brulde in de richting van de grens. De avondzon bescheen hem van opzij, en hij riep om zijn kalkoenen. Zijn stem ging verloren in het landschap.

Leyla was maar één keer in de dorpsschool geweest, op een dag begin september, om met Zozan, Miran en Roda hun nieuwe schoolboeken op te halen. De dorpsschool was geen school zoals Leyla die kende, daarvoor was het gebouw vooral te klein. Er waren maar drie klaslokalen, en ook hier brokkelde de kalk van de muren, de weinige boekenplanken waren oud, versleten en deels beschadigd. De kolenkachels werden 's winters door de dorpelingen verwarmd, de kinderen brachten daarvoor zelf kolen mee van thuis. Er stonden geen stoelen of tafels, maar in plaats daarvan hing er in elk lokaal een portret van de president.

Voor zijn gezicht was je nergens in het land veilig. Het hing als een groot aanplakbiljet op openbare gebouwen, was op muren geschilderd, keek je aan vanaf de sleutelhangers van de taxichauffeurs in de steden en vanaf de achteruitkijkspiegels in de bussen, bengelde naast heiligenbeelden en geurboompjes, prijkte ingelijst in woonkamers boven sofa's en tv-toestellen. Het werd afgedrukt in boeken, stond op boekenplanken. De president had overal ogen, en Leyla was bang voor zijn blik als ze die ontmoette. De ogen van de president konden zien wat ze dacht en wat ze in de familie over hem vertelden, geloofde ze. Op straat in de stad liep ze vlug langs zijn gezicht heen, omdat ze hoopte dat hij haar zo sneller uit het oog zou verliezen, maar daarna vreesde ze dat hij aan haar passen kon zien dat ze bang was, en liep ze weer langzamer. Leyla was niet gewend aan het leven onder de ogen van de president. Ze vroeg zich af hoe de anderen erin slaagden om dag in, dag uit langs hem heen te lopen zonder dat hij het merkte. Of ze allemaal echt gewend waren geraakt aan zijn ogen of er zich gewoon decennialang in hadden geperfectioneerd om langs zijn ogen en die van zijn vader heen te lopen, net zolang tot hun angst en woede niet meer te zien waren.

Leyla kon niet anders dan zenuwachtig worden als ze zijn gezicht zag. Haar passen haperden dan telkens weer, ze struikelde.

Dat kwam niet alleen door zijn blik, maar ook door iets wat met die blik te maken had. Haar vader had haar daar al over verteld toen ze nog klein was.

Haar vader had namelijk vaak gezegd dat de president overal ogen had, ook daar waar je ze niet zag. Zijn ogen waren uitgerekend die mensen van wie je het niet zou verwachten. Je kon niemand in het land vertrouwen.

Naast de vele afbeeldingen van de president hingen er minstens evenveel van diens vader, die vóór hem president was geweest. Terwijl het haar van de president zwart en dik was en als een spons op zijn hoofd lag, was het haar van zijn vader lichtgrijs met hier en daar dunne plekken en was het naar één kant over zijn hoofd gekamd, alsof hij de kale hoofdhuid eronder wilde verbergen – wat niet lukte, daarvoor was zijn haar te dun. Vader en zoon hadden allebei dezelfde dunne snor, dezelfde dunne lippen, dezelfde kleine, iets te dicht bij elkaar staande ogen, de vader bruine en de zoon blauwe.

De vader van de president was dood. Toch vertrouwde Leyla zijn ogen niet, en ze schaamde zich bijna voor haar bijgelovige angst. De vader van de president was dood, en dode ogen konden niet zien, en al helemaal niet vanaf een aanplakbiljet, zei ze telkens weer bij zichzelf. Maar het netwerk van ogen waarover haar vader had verteld, was zo strak over het land gespannen dat het zelfs bleef voortbestaan nadat de vader van de president was gestorven. Natuurwetten leken voor hem niet te gelden. Hij was net als de president verleden, heden en toekomst van zijn land.

Als Leyla in Duitsland uit het vliegtuig stapte, wist ze dat ze aan de ogen van de president en diens vader was ontsnapt. Ze schrok dan ook dubbel zo hard toen zijn foto een paar jaar later plotseling ook in Duitsland overal verscheen. In de kranten, op de televisie, op het internet, overal dook ineens zijn naam op. Het was elke keer een klap voor haar, elke keer kromp ze ineen. Daarna vermaande ze zichzelf dat ze zich niet zo moest aanstellen, ze zei bij zichzelf dat ze veilig was, in tegenstelling tot de anderen. En toch keerde ze de krant om als zijn foto op de voorpagina stond.

En een tijdje later deed ze dat niet meer. Toch raakte ze nooit gewend aan zijn aanblik.

Ze zag vaak voor zich hoe het zou zijn om hem te vermoorden. Hoewel ze geen haat wilde koesteren, zag ze het voor zich. Ze zag voor zich hoe ze net als smid Kawa uit de legende van Newroz zijn paleis binnendrong, hoe ze over de gepolijste, glanzende vloeren schreed. Hoe haar voetstappen weergalmden, en hoe ze ten slotte voor hem stond. Hij zat op een van zijn gestoffeerde fauteuils, ze trok haar pistool. Haar hand beefde niet, ze haalde de trekker over. De weerslag. En daarna – hier stopte haar voorstellingsvermogen.

Haar vader zei dat ze ook in Duitsland hun mensen hadden.

Leyla had hen nog nooit gezien. En zelfs als dat wél zo was, zou ze hen toch niet herkend hebben.

Als haar vader over hen sprak, zei hij meestal 'zij' of 'zijn mensen'. Zelfs na al die jaren in Duitsland was de angst niet helemaal verdwenen uit het taalgebruik van haar vader. Hij had het steeds maar over 'hem', nooit noemde hij zijn naam.

Hij zei hooguit af en toe: Hafiz al-Adass – Hafiz van de linzen. En dan lachte hij hard. Zo noemde ik hem vroeger altijd, zei hij, ik noemde hem nooit bij zijn echte naam.

Leyla probeerde zich een voorstelling te maken van 'zijn mensen'. In haar verbeelding leken ze allemaal op de president. Ze droegen zijn pakken, hadden zijn smalle postuur, zijn zwarte haar, zelfs zijn ogen, zijn oren. Hij is het brein, dacht ze.

Oom Hussein was tante Pero's man. Hij was kort en spichtig en had altijd een goedmoedige glimlach om zijn lippen. Hij knipte zijn zilverkleurige haar zelf en was lang niet zo ijdel als de jongemannen in het dorp tegenwoordig waren, zo beweerde haar grootmoeder. Hij droeg zijn overhemden net zolang tot de stof doorgesleten was, en verstelde ze tot er niets meer te verstellen viel, waarna hij ze in repen knipte. Die repen gebruikte hij vervolgens om wijnranken op te binden, of hij gaf ze aan tante Pero om ermee schoon te maken.

Oom Hussein sleepte met zijn voeten over de grond als hij liep, zijn bewegingen waren langzaam. Op Leyla kwam hij altijd over als iemand die niet tegen een zware storm was opgewassen.

Telkens wanneer Leyla bij haar tante op bezoek ging, gaf hij snoep aan haar. Verkleurde chocolade in glanzende wikkels, en plakkerige bonbons uit de dorpswinkel, die ze niet lekker vond.

Als ze door Miran, Welat, Roda, Siyabend en Rohat werd getreiterd, mopperde hij op hen en zwaaide hij dreigend met zijn wandelstok.

Hij begroette Leyla met een kneepje in de wangen. Toen ze nog klein was, zwierde hij haar altijd rond door de lucht, daarna greep hij naar zijn stuitje en klaagde over zijn rug.

Dat haar vader nooit met Leyla naar haar tante ging, viel haar pas jaren later op. Destijds was het net zo vanzelfsprekend als het gekraai van de haan in de ochtend, als het gedreun van de jaknikkers achter het dorp, als de middaghitte.

Ze had nooit over haar vader en haar oom nagedacht. De starre blik van haar vader als tante Pero op visite was en iemand toevallig haar man ter sprake bracht. Ik moet jullie de groeten doen van oom Hussein, zei tante Pero dan, alsof het de normaalste zaak van de wereld was. Maar Leyla herinnerde zich dat de stem van haar tante lichtjes beefde, wat haar verraadde. Want het was natuurlijk niet normaal om elkaar de groeten te doen, aangezien het perceel van haar oom pal naast dat van haar grootouders lag en iedereen sowieso voortdurend bij elkaar over de vloer kwam. En het was ook niet normaal dat haar vader niet reageerde op wat haar tante zei, haar negeerde, alsof ze nooit wat had gezegd. Haar vader vertrok geen spier, en Leyla kon niet van zijn gezicht aflezen wat hij dacht. Hij keek langs haar tante heen naar de lege muur.

Waarom had ze zich hierover nooit verbaasd? Het had haar toch moeten verbazen. Als haar vader 's avonds in de tuin de bloembedden water gaf en oom Hussein de naburige tuin in liep, verstijfde haar vader heel even, totdat hij zijn kalmte had herwonnen en afdroop naar een hoek van de tuin waar oom Hussein hem niet kon zien. Ze wist nog dat ze dat toen best opmerkelijk had gevonden. Maar ruzie was er sowieso altijd geweest. Voortdurend had de een het met de ander aan de stok. Haar oom met de buurvrouw, haar tante met haar schoonzus, haar grootvader met iedereen. En meestal hadden ze het alweer bijgelegd voordat Leyla goed en wel had begrepen waar ze eigenlijk ruzie om maakten.

Leyla zelf had nooit overwogen om niet meer naar tante Pero toe te gaan. Zelfs niet als haar vader en haar oom openlijk met elkaar in de clinch hadden gelegen. Ze sloeg geen acht op het gekibbel van de volwassenen, en dat verwachtte ook niemand van haar. Integendeel, als haar oom ruziede met de buurvrouw van de overkant, wilde hij van Leyla horen dat de koekjes van de buurvrouw niet lekker waren, dat haar huis smerig was en Leyla geen thee had gekregen toen ze daar op visite was. En Leyla vertelde hem wat hij wilde horen, ook al was het niet waar.

En dus liep Leyla continu heen en weer tussen het perceel van haar tante en dat van haar grootouders. Ze klopte niet eens aan, schopte gewoon haar slippers uit, duwde de deur open en liep blootsvoets naar binnen, er was altijd wel iemand thuis.

Zou haar vader het lastig hebben gevonden dat ze oom Husseins snoep at, dat ze naast hem ging zitten als hij televisiekeek, dat ze hem water bracht als hij erom vroeg? Als ze haar tijdens een van de zomers hadden gevraagd of ze oom Hussein mocht, zou ze geknikt hebben, verbaasd om die vraag, natuurlijk, hij was toch tante Pero's man.

Doe je vader de groeten van me, zei oom Hussein. En Leyla knikte, maar repte er met geen woord over tegen haar vader.

Jaren later vroeg ze zich af hoe dit mogelijk was. Ze moest toch hebben gemerkt dat ze oom Hussein in het bijzijn van haar vader nooit noemde. Het was beslist geen bewuste keuze geweest. Maar waarom had ze zich er nooit vragen bij gesteld?

Hoe gaat het met je vader, vroeg oom Hussein af en toe.

Het was een onschuldige, terloopse vraag. Mensen vroegen voortdurend: Hoe gaat het met je vader? Hoe gaat het met je moeder? In Duitsland natuurlijk niet, maar in het dorp zou het ronduit vreemd zijn geweest om er niet naar te vragen. Maar was oom Husseins vraag werkelijk onschuldig? Achteraf kon Leyla het niet met zekerheid zeggen. Hoe had de stem van haar oom geklonken toen hij die vraag stelde? Wilde hij echt gewoon weten hoe het met haar vader ging? Hoopte hij via Leyla aan inlichtingen te komen? Overschatte ze hem als ze hem tot zoiets in staat achtte? Of kon hij gewoon goed toneelspelen?

Wat doet je vader zoal, vroeg oom Hussein.

En Leyla antwoordde: Het gaat prima met hem. Hij doet van alles en nog wat. Hij werkt.

Speelt hij nog saz, vroeg oom Hussein. Leyla knikte.

Gaat hij nog naar betogingen, wilde oom Hussein weten. Leyla schudde het hoofd. Als hij thuiskomt van zijn werk speelt hij saz, zei ze.

Nu, jaren later, vond ze zijn vragen irritant. Waarom had hij dat willen weten? Was hij nieuwsgierig? Beleefd? Vroeg hij haar uit? Had hij een slecht geweten? Mocht hij zijn zwager? Wilde hij hem verraden?

Hussein, wat ben je toch een zwijn, dacht Leyla.

Niemand nam de moeite om haar uit te leggen waarom oom Hussein en haar vader niet meer met elkaar praatten, maar het werd ook niet opzettelijk voor haar achtergehouden. Het was bij toeval dat Leyla erachter kwam.

Ze kwam juist de keuken binnen toen haar vader tegen haar moeder zei: Hussein is een van hen. Haar vader zei het alsof hij het zeker wist, dacht Leyla.

De volgende zomer meed Leyla het perceel van tante Pero. Het was niet zo dat ze er helemaal niet meer heen ging, maar ze ging veel minder vaak. En ze ontweek vragen zoals: Waarom kom je zo weinig bij ons op visite?

Ze vond de vriendelijkheid van haar tante vervelend. Als oom Hussein haar snoep aanbod, bedankte ze ervoor, geen trek. Geen trek in bonbons, oom Hussein schudde het hoofd. Hoe kan een kind nu geen trek hebben in bonbons?

Als hij erop stond dat ze het aannam, spuwde Leyla de bonbons buiten in het stof uit. Ze had ze sowieso nooit echt lekker gevonden.

Soms zag ze oom Hussein 's avonds vanuit de tuin. Hij stond dan leunend op zijn wandelstok bij het tuinhek te praten met de herder die met zijn schapen, geiten en hond van de velden kwam, op weg naar huis, en aan de andere kant van het hek stond. Als haar oom haar kant op keek, deed ze voortaan hetzelfde als haar vader, ze draaide zich snel om en verstopte zich achter de bijenhut, totdat hij verdwenen was.

Hij merkte ongetwijfeld dat ze veel minder vaak langskwam. Het leek wel of ze hadden afgesproken om elkaar te mijden, want ook hij kwam ineens veel minder vaak theedrinken bij haar grootouders, wat hij tijdens eerdere zomers af en toe wel had gedaan, als haar vader er niet was.

Later zei Leyla dat ze hem eigenlijk nooit had gemogen. Ze had het altijd al geweten, zijn hele manier van doen was sluw, verkeerd.

Haar vader vermoedde dat oom Hussein ervoor had gezorgd dat hij problemen kreeg toen hij in het jaar dat haar grootvader stierf voor de rouwplechtigheid het land wilde inreizen. Hij kon het niet bewijzen, maar voor wie of wat zou hij dat ook moeten doen?

De vragen kwamen nog later. Hoe kan hij een van hen zijn, vroeg Leyla zich af, als hij een van ons is? Kan hij een van ons zijn als hij een van hen is?

Maar was hij wel echt een van hen? Hoe was hij een van hen geworden? Kwam het door geld, was hij te koop? Hij was arm, dat wist Leyla, bij tante Pero en oom Hussein regende het 's winters binnen, hij had schulden en drie zonen, die alle drie nog naar school gingen en ooit moesten trouwen. En om te trouwen hadden ze geld nodig voor hun vrouwen, geld dat de familie niet bezat. Wilde hij weg uit het dorp, weg uit het land waar ze als staatlozen slechts werden gedoogd en waar voor hen geen toekomst was? Mensensmokkelaars waren duur. Of hadden ze hem zelfs een paspoort beloofd, en daarmee een toekomst voor zijn zonen? Hij had het vast voor het geld gedaan, zo iemand was hij dus, hij was te koop. Of hadden ze hem gechanteerd, bedreigd, onder druk gezet? En wat als hij uiteindelijk zelf een slachtoffer was? Of wat als ze de hele tijd gewoon excuses zocht voor de man die met haar tante was getrouwd en zijn zwager had verraden?

Elke ochtend om zeven uur verzamelden we voor schooltijd op het schoolplein, zei haar vader. De directeur koos een leerling uit de bovenbouw om de vlag te hijsen. De lucht boven het schoolplein was blauw. De vlag wapperde heen en weer in dat blauw. Daar stonden we dan, in ons olijfgroene uniform, met rechte rug, de borst vooruit, het hoofd naar voren, naar de directeur gewend, pal naast de vlag. De directeur brulde. Wij zongen, elke klas afzonderlijk. *Verdediger van ons vaderland, vrede zij met u! Wij laten onze trotse geest niet onderwerpen, het land van de Arabieren is een heiligdom! Umma arabiya wahida. Eén Arabische staat.* Pas daarna liepen we rij voor rij naar ons klaslokaal.

Zodra we weer uit school kwamen, wisselden we van taal, zei haar vader, net zoals we van kleren wisselden, ons schooluniform uittrokken. Arabisch was niet onze taal, niet de taal van onze ouders, niet de taal van onze grootouders. Voordat we naar school gingen, kenden we alleen Koerdisch. Arabisch was de taal van de grote steden, Damascus, Aleppo, Homs, waar wij nog nooit waren geweest. Er waren wel een paar Arabische herders in onze streek, maar wij kinderen hadden niets met hen te maken. Onze eerste schooldag was een schok, we waren er niet op voorbereid. Van de ene op de andere dag moesten we in het Arabisch spreken, schrijven, rekenen en lezen.

Onze leraar had een viltstift, vertelde haar vader. Hij gaf die stift aan de klassenvertegenwoordiger en zei: Als je hoort dat iemand een woord Koerdisch spreekt, geef je hem die stift, en hij moet hem dan doorgeven aan de volgende die Koerdisch spreekt. De stift ging van leerling naar leerling, en de laatste die hem vasthield kreeg een pak rammel.

Handen open, blafte onze leraar, en dan zwiepte de stok omlaag, omhoog en omlaag, omhoog en omlaag, net zolang tot onze handen rood en gezwollen waren. Hij had een lijst naast zijn lessenaar liggen. Hij telde onze Koerdische woorden, voor elk woord gaf hij tien klappen.

Hij veranderde zijn methode telkens weer, zei haar vader. Op een keer moest ik mijn handen op mijn oren leggen, en hij sloeg er met zijn stok op. Eenmaal thuis zette mijn moeder een emmer koud water voor me neer. Mijn handen waren zo op-gezwollen dat ik ze dagenlang niet kon bewegen. Onze leraar was een ba'athist, dat wist iedereen. Hij werd vanuit een ver deel van het land naar ons dorp gestuurd en was bereid om te vechten tegen alles wat het Arabische nationalisme in de weg stond.

Hij stormde af op de allerkleinsten, van de eerste klas. De kinderen trilden en kregen nauwelijks een woord over hun lippen als hij hun wat vroeg. Een van hen deed het een keer in zijn broek van angst, en dat maakte hem nog bozer. Toen besloot ik hem van kant te maken. Ik zwoer bij mezelf: ik pak een pistool, ga naar school en schiet hem dood. Ik stelde het me vaak voor, hoe ik voor hem stond, mijn pistool uit mijn broekzak trok, hoe het in mijn hand lag en ik de trekker over-haalde.

Maar toen smeedden we een ander plan. In de les zaten we op metalen jerrycans, er waren geen stoelen. In die metalen jerrycans smokkelden we stenen het klaslokaal in. Toen onze leraar weer begon te roepen, rammelden we met onze jerrycans, zodat er een hard, donderend geluid klonk. Het was ontzettend grappig. Ik begon te lachen, omdat onze leraar maar bleef roepen en wij maar bleven rammelen met onze jerrycans, waardoor zijn geroep gewoon verloren ging in de herrie. En op een gegeven moment ging het nog verder, ik kan niet zeggen wie de eerste steen heeft gegooid, of ik dat was of iemand anders. Onze leraar is naar buiten gerend, en wij renden achter hem aan. We hebben hem het dorp uit gejaagd. Dat was vijf weken voor het begin van de zomervakantie.

Het volgende schooljaar stuurden ze geen leraar naar ons dorp. Een jezidi uit de stad viel in, hij was een van ons. Hij woonde bij een familie in het dorp, en alle families legden samen om hem wat geld of eten te geven. Hij was erg streng. Wij zaten in de zesde klas, maar hij onderwees de leerstof van de negende klas. 's Avonds liep hij van het ene huis naar het andere en keek hij door het raam naar binnen. Als hij ons op iets anders dan op studeren betrapte, zwaaide er wat de volgende ochtend op school. Hij dreigde ermee ons een pak rammel te geven, maar raakte ons nooit met een vinger aan. Hij wilde dat we goed waren. Hij wist dat we geen andere keus hadden dan goed te zijn, en wij wisten dat op een zeker moment ook.

Syrië was een Arabische staat, maar wij zijn Koerden, zei haar vader. In 1962 werd er een decreet uitgevaardigd. De Koerden in Hasaké werden toen verzocht om hun Syrische identiteitskaart af te geven, omdat die moest worden vernieuwd. Ze kregen hem nooit terug.

Het stond vanaf mijn geboorte in mijn papieren, zei haar vader.

Hij hield zijn geboortebewijs in zijn hand en las het Leyla voor: 'Nationaliteit: *ajnabi*, buitenlander.' Haar vader lachte.

Bijna verbaasd, alsof hij het zelf nauwelijks kon geloven, dacht Leyla, die indruk kreeg ze telkens weer als hij zijn verhaal vertelde, terwijl hij de bijbehorende documenten en foto's als bewijsstukken uit zijn koffer viste. Voor zover Leyla wist, was het de koffer waarmee hij naar Duitsland was gekomen. Intussen zaten er deuken in de koffer, was het leer beduimeld en waren de kanten afgesleten. Alleen haar vader had de sleutel, Leyla wist niet waar hij die bewaarde.

Het verliep steevast op dezelfde manier. Hij begon te vertellen, in de keuken of soms ook in de woonkamer, met de zak zonnebloempitten voor zich, en ergens midden in zijn verhaal onderbrak hij zichzelf, lachte alsof hij nauwelijks kon geloven wat hij net had gezegd, stond op en haalde de koffer uit de kast in de woonkamer. Het leek wel of hij de bijpassende foto's en documenten meer aan zichzelf dan aan Leyla liet zien, als bewijs van wat hij vertelde. Zodra hij de koffer opendeed, ging zijn verhaal weer een andere kant op. Dat gebeurde bijvoorbeeld wanneer op de uitgezochte foto een oude vriend te zien was, of een buurman die eigenlijk niets te maken had met wat haar vader net had verteld, maar over wie hem ook nog een verhaal te binnen schoot, en zo ging het maar door. Leyla's vader haalde steeds meer foto's en documenten uit de koffer, niet zomaar in willekeurige volgorde, maar zorgvuldig uitgezocht en met een onderling verband, en hij ging maar door en door met vertellen.

De meeste papieren in de koffer waren allang waardeloos, bijvoorbeeld zijn erkenning als politiek vluchteling in Duitsland, die hem vrijwel meteen weer werd ontnomen, of zijn einddiploma, waarmee hij als ajnabi in Syrië ondanks zijn goede cijfers niet had mogen studeren en dat in Duitsland nooit werd erkend.

Toen ze na de volkstelling van 1962 in Hasaké onze familie en veel andere Koerden het Syrische staatsburgerschap ontnamen, zei haar vader, en ons dat al helemaal niet meer wilden verlenen, staken er slogans de kop op die overal te horen waren. *Red het arabisme in Al-Jazira*, klonk het. *Vecht tegen de Koerdische bedreiging.* Dat was in de tijd dat er olie werd ontdekt in onze streek. En dat Syrische troepen in Irak aan de zijde van Saddam tegen Barzani vochten. Er werd ons verweten dat wij Koerden in het geheim Barzani steunden. En juist op dat moment pakten ze onze paspoorten af, maakten ze staatlozen van ons.

Er waren twee groepen staatlozen, zei haar vader, de *ajanib*, buitenlanders, en de *maktoumien*, de ondergedokenen. De maktoumien werden ervan beschuldigd dat ze zich illegaal in Syrië bevonden, ze hadden meestal niet eens een geboortebewijs, zei haar vader, en hij stopte zijn diploma weer in de koffer.

Zonder het Syrische staatsburgerschap mochten we het land niet uit, vervolgde haar vader. Voor rijst, bulgur en meel moesten we vier tot vijf keer meer betalen. We mochten geen auto en geen grond kopen, mochten geen buitenlandse reizen maken en mochten niet studeren. We mochten zelfs niet trouwen. Jouw grootouders, zei haar vader, bleven daarom voor de wet ongehuwd. Medische hulp was er niet voor ons, we werden niet in ziekenhuizen opgenomen. Op een keer wilde mijn oudste broer, je oom Nuri, in Damascus een kamer huren. Ze zeiden tegen hem dat buitenlanders zoals hij niet in hotels mochten overnachten. Hij moest naar de geheime dienst gaan om toestemming te krijgen, en daarna terugkomen.

Wie maktoumien, wie ajanib en wie staatsburgers waren, werd vaak willekeurig bepaald. Mijn oudste broer moest zijn paspoort afgeven, ik heb er nooit een gekregen en mijn jongste broer, je oom Memo, mocht het zijne houden.

Toen ik zo oud was als jij, zei haar vader, wisten we 's winters soms niet wat we moesten eten. Tijdens de week waren we in Tirbespî, waar we naar school gingen. Graan namen we mee uit het dorp, en soms aten we dagenlang alleen bulgur met lente-uien en tomatenpuree. We namen ook brood mee uit het dorp, maar dat werd na twee dagen hard, en voor brood in de stad moest je uren staan aanschuiven als je geen kennissen had bij de bakkerijen of de geheime dienst. Soms stond ik om vier uur 's ochtends op om brood te bemachtigen. Ik stond in de rij, en keer op keer kwamen er mensen die na mij in de rij waren gaan staan voor mij de bakkerij uit gelopen, beladen met brood.

Elke donderdag na schooltijd, zei haar vader, liepen we te voet naar het dorp, twee uur deden we daarover. Later waren er bustaxi's, voor anderhalve lira. Maar voor zoveel geld kon je in de stad een hele week te eten krijgen. We liepen die weg nog steeds toen er allang bustaxi's waren.

Elke donderdag gingen we weer op pad, terug naar Tirbespî. We moesten een rivier oversteken, er was geen brug, we sprongen van de ene steen naar de andere. Als de rivier in de lente buiten zijn oevers trad, trokken we onze schoenen, sokken en broek uit en hielden we elkaars hand vast, zodat niemand door de stroming werd meegesleurd.

Oom Nuri stopte met school na de tiende klas. Hij was graag langer gegaan, maar daar hadden we niet genoeg geld voor. Nuri ging vanaf dat moment alleen nog werken, illegaal in Libanon. En tante Pero, vroeg Leyla. Tante Pero, zei haar vader. Ging zij ook in de stad naar school, vroeg Leyla. Ach Leyla, zei haar vader en hij schudde triest het hoofd. Tante Pero kan amper haar naam schrijven. Nee, daar hadden we geen geld voor, zei hij. En trouwens, waarom ook, tante Pero zou later sowieso gaan trouwen. En iemand moest je oma en opa toch helpen op de velden.

Shilan, zei haar vader, kwam altijd eerst bij ons langs als ze in het dorp op bezoek was. Ze kwam om de paar weken. Een van haar tantes was getrouwd met een man uit ons dorp en bij hem ingetrokken. Shilan kwam naar mijn zus Pero en vroeg haar om raad voor de kleren die ze naaide. Pero kon namelijk beter naaien dan de kleermakers in de stad, voortdurend kwamen er vrouwen bij ons langs, die Pero dan hielp bij het naaien. De vrouwen dronken een of twee kopjes thee, rookten en boden Pero sigaretten aan, die ze steeds afsloeg omdat ze niet rookte. En zo wendde ook Shilan zich telkens weer tot Pero, en ik zocht er niets achter. De twee vrouwen waren vriendinnen, nam ik aan.

Maar op een zeker moment vertelde Pero me dat Shilan zou gaan trouwen. Haar broer wilde trouwen met een vrouw, maar Shilans familie had niet veel geld, en om de bruidsprijs bijeen te kunnen sparen moest Shilan dan maar trouwen met de broer van die vrouw. Een ruilhuwelijk. De bruiloft zou bij ons in het dorp worden gehouden, waar de bruidegom woonde. Ik kende hem natuurlijk. Hij was opvliegend, driftig. Als hij te veel had gedronken, kreeg hij het altijd wel met iemand aan de stok. Pero zei vaak: Ik heb nu al medelijden met de vrouw die ooit met die man zal trouwen. En nu bleek dat Shilan te zijn.

Op de dag van de bruiloft was ik van de school in de stad naar huis gekomen, zei haar vader. Ik kleedde me om, op school droegen we immers een uniform. Ik stond net voor de spiegel aan de muur achter de keuken mijn haar te kammen toen plotseling Shilans jongere broer de tuin in kwam lopen en zei dat ik mee moest komen. Hij was nog een kind.

Nu meteen, zei hij.

Nu meteen, vroeg ik.

Ja, zei hij.

Wat is er dan aan de hand, vroeg ik.

Shilan heeft me gestuurd, zei hij. Ze wil je spreken.

Ik liep naar de woonkamer, legde de kam terug op het schap, strikte mijn schoenen. Ze zei dat je je moest haasten, zei Shilans broer.

Ik begreep er helemaal niets van. Wat is er dan zo dringend, vroeg ik.

Dat weet ik niet, zei hij. Ze zei alleen dat ik je moest halen.

Dus liep ik met de jongen door het dorp, naar het huis van haar bruidegom, waar de trouwerij zou beginnen. Het erf stond vol mensen. In de keuken maakten vrouwen rijst, bulgur en vlees klaar in grote pannen. De mannen stonden in groepjes bij elkaar te praten en te roken. Een zurna-speler en een trommelaar waren gekomen. De mensen waren al aan het dansen. Ik zag Shilan op een stoel zitten, omringd door de andere vrouwen. Ook Pero was bij haar. Shilan droeg een rode jurk. Ze zag er ernstig uit, maar dat verbaasde me niet. De bruiden op onze bruiloften zagen er altijd ernstig uit, bruiloften zijn een ernstige aangelegenheid. Ik liep naar Shilan toe om haar te feliciteren.

Van harte, zei ik.

Er valt niets te feliciteren, zei ze.

En later, toen nog meer mensen stonden te dansen, allemaal in een rij, met in het midden de trommelaar en de zurna-speler, zei ze tegen me, zachtjes, zodat alleen ik het kon horen: Loop met me weg.

Ik was in de war, erg in de war. We gingen door met dansen. Ze zei: Ik ga nog liever dood dan dat ik met die man trouw.

Laten we afspreken achter de tuin, zei ze. Ze keek me aan. Later, op een onbewaakt moment, zei ze. En ik, ik vroeg me af hoe dat zou kunnen werken, want natuurlijk was er geen onbewaakt moment voor een bruid op haar eigen bruiloft.

Ik ga naar de wc, zei ze, en dan klim ik over de muur. En jij staat aan de andere kant op me te wachten.

Hoe wil je klimmen in die jurk, zei ik. En daarna, vroeg ik. Hoe moet het verder? Hoe wil je rennen op die schoenen van jou?

Het was krankzinnig, een krankzinnig idee. Maar Shilan leek vastbesloten.

Steeds meer mensen dromden het erf op. We dansten. Ik stond bij mijn buren, liep daarna naar de vrouwen in de keuken om iets te eten te halen. Maar op weg naar de keuken bedacht ik me. Ik draaide me om en vertrok.

Of ze echt over de muur is geklommen, ben ik nooit te weten gekomen.

Na haar bruiloft woonde Shilan bij ons in het dorp. Ik ontweek haar. Wanneer ik haar in de verte zag – als ze terugkwam van het veld, als ze water ging putten – draaide ik me om. Of ik deed alsof ik haar niet opmerkte, vermeed haar blik. Op een bepaald moment kwamen we elkaar weer tegen, uiteraard, in een dorp als het onze kun je elkaar niet lang ontlopen. Er kwamen nieuwe bruiloften, rouwplechtigheden. Het zou onbeleefd zijn geweest om niet met haar te praten, het zou zijn opgevallen. Er zou gekletst worden. En dus vroeg ik hoe het met haar ging.

Goed, zei ze. Dank je.

Later, zei Leyla's vader, heb ik er vaak aan teruggedacht hoe ik op de bruiloft heel even had overwogen om er met haar vandoor te gaan. Heel even maar. Ik vond haar leuk. Maar het idee om met haar te vluchten had ik meteen weer verworpen. Waar hadden we naartoe moeten gaan? Ik was nog niet eens klaar met school. Ik wilde studeren en niet trouwen. Ik was lid van de Syrische Communistische Partij. Ik had Marx gelezen, en de gedichten van Cegerxwîn. Ik had de gedichten van Cegerxwîn zo vaak gelezen dat ik ze uit mijn hoofd kende. Ik wilde niet trouwen, ik wilde lezen en leven.

Vele jaren later, toen ik nauwelijks meer aan Shilan dacht, vertelde Nuri's vrouw me over haar. Ze woonde inmiddels ook in Duitsland, zei ze. Met haar man en drie van haar kinderen, in de omgeving van Oldenburg. Alleen hun oudste dochter hadden ze bij haar schoonouders in het dorp achtergelaten. Het ging niet goed met Shilan, zei Nuri's vrouw. Ze werd steeds dunner, ze was ziek.

Maar wat ze precies had, kon Nuri's vrouw me niet vertellen.

Tijdens een rouwplechtigheid, weer een paar jaar later, hoorde ik van mijn nicht dat Shilan van thuis was weggelopen. Kennelijk had ze voortdurend blauwe plekken gehad. Onder haar lange kleren waren die niet te zien geweest. Toen ze ook op haar gezicht zulke plekken kreeg, had ze geprobeerd om die te verdoezelen met make-up. Maar de plekken bleven toch zichtbaar. Ze waren eerst blauw, daarna werden ze lichter en kleurden ze groen en paars. Op een zeker moment was Shilan naar een vrouwenhuis gegaan. Sindsdien had haar familie niets meer van haar gehoord.

Voordat er in de dorpen internet was, bracht iedereen elkaar groeten over met behulp van videocassettes.

Omdat de familie her en der verspreid leefde, in de dorpen en steden van Koerdistan, in Noord-Syrië, het oosten van Turkije en vooral de regio rond Batman, en in het Sinjar-gebergte in het noorden van Irak, overal oudtantes of oudooms met hun families, die Leyla nog nooit had ontmoet, werden er constant video's heen en weer gestuurd, en zo kreeg ook haar vader voortdurend post. Op een keer, Leyla herinnerde het zich nog goed, kregen ze een videocassette met daarop een oude vrouw in de kleren van de jezidi's uit Sinjar – een witte jurk en een seringenpaarse hoofddoek – die op een plastic stoel zat te praten. Ze zaten alle drie thuis voor de televisie naar haar te kijken, en zoals altijd vertaalde haar vader de moeilijke woorden voor haar moeder. De vrouw praatte maar door en door, ze leek er maar geen einde aan te willen breien. Leyla at cornflakes. Haar schaaltje was allang leeg toen de vrouw eindelijk haar familieleden in Duitsland begon te groeten. Ze zei: Ik doe de groeten aan de familie van Khalil, van

Nuri en van Sleiman, aan zijn vrouw Gulistan en haar dochter Sherin, en daarna volgde er een hele reeks namen die Leyla niet kende, opnieuw kwam er maar geen einde aan, totdat de oude vrouw ten slotte zei: En hem, de afvallige, groet ik niet, en daarmee eindigde de video. Leyla wist niet zeker of ze het goed had begrepen, ze wilde het aan haar vader vragen. Maar die staarde alleen recht voor zich uit naar de televisie.

In de koffer van haar vader zat een foto van haar grootouders en oom Memo, gemaakt door Leyla's vader in een hotelkamer in Aleppo. Het was de eerste keer sinds vele jaren dat haar vader weer naar Syrië had kunnen reizen. Onder een andere naam, met een Frans paspoort, waarvan Leyla niet wist hoe haar vader eraan was gekomen, hij wilde het haar niet vertellen. Het paspoort was echt, dat beweerde haar vader tenminste, met pasfoto en al, maar de naam die erop stond was niet die van haar vader.

Leyla's vader, oom Memo en haar grootouders hadden elkaar in Aleppo slechts een paar uur gezien. Omdat haar vader bang was om herkend te worden, kon hij niet naar het dorp of naar Tirbespî gaan. En omdat haar grootouders op hun beurt bang waren voor Aleppo, bleven ze er maar een paar uur. Dat was na de bruiloft van haar ouders, kort voor Leyla's geboorte. Lange tijd dacht Leyla dat de foto was mislukt, zo gespannen tuurden haar grootvader en oom Memo in de camera.

En de handen van haar grootmoeder lagen op haar bloemetjesrok alsof ze niet van haar waren, alsof haar grootmoeder niet wist wat ze ermee moest. Ze keek opzij. Een blij weerzien na al die jaren zag er anders uit. Nadat haar vader haar grootouders daar in die hotelkamer had verteld over zijn huwelijk, had haar grootmoeder gevraagd of zijn vrouw een jezidi was, ongetwijfeld vermoedde ze al waarom hij het hun pas zo laat vertelde. Haar vader antwoordde niet, schudde ten slotte alleen het hoofd. Je grootmoeder, vertelde Leyla's vader aan haar, sloeg vervolgens haar armen over elkaar, kneep haar lippen samen, keek opzij en sprak geen woord meer met me. Zo zat Leyla's familie daar minutenlang, als versteend, totdat haar grootvader uiteindelijk zei: Je hebt je zoon al die jaren niet gezien en nu heeft hij dat hele eind gereisd en wil jij niet met hem praten, gewoon omdat hij met de verkeerde vrouw is getrouwd!

In de familie werd er verteld dat haar grootmoeder zich pas weer met haar vader had verzoend na Leyla's komst. Leyla was zo schattig, zei tante Baran, dat haar grootmoeder niet langer boos kon blijven.

Want eigenlijk waren de regels duidelijk. Jezidi's die met niet-jezidi's trouwden, werden verstoten. En met hen ook hun kinderen en de kinderen van die kinderen. En hun kinderen en de kinderen van die kinderen enzovoort en zo verder.

Hoewel haar grootmoeder zich over haar eigen regels heen had gezet en ze Leyla haar verhalen en gebeden bijbracht, wist Leyla nooit of ze nu een jezidi was of niet, en die vraag leek haar erg belangrijk.

Haar grootmoeder zei vaak tegen Leyla: Als je groot bent, trouw je met Aram. Of: Als je groot bent, trouw je met Nawaf. Ook alle anderen praatten aan één stuk door over trouwen, zelfs haar grootvader. De autostoeten die dan over de landwegen reden, van de dorpen naar de stad, van de stad naar de dorpen, de harde muziek die uit speakers dreunde, de vrouwen van wie het haar stijf stond van de haarlak, de opgemaakte gezichten, de lange jurken, de juichende menigtes. Niets was hier belangrijker dan bruiloften, dacht Leyla.

Toen de sjeik en zijn vrouw weer eens bij Leyla's grootouders op bezoek waren, zei de vrouw van de sjeik tegen Leyla: Jij bent een jezidi, omdat je vader een jezidi is. Het wordt via de vader doorgegeven. Leyla wist niet of dat klopte, er was geen boek waarin je de regels kon opzoeken, maar de kwestie was duidelijk erg belangrijk. En iedereen zei iets anders tegen haar.

Wie er aan wie was beloofd, hoeveel geld er voor de bruid werd betaald, of die prijs te hoog was, wie er met wie vandoor was gegaan – gewoon alles in haar leven leek om trouwen te draaien, en dat niet alleen in het dorp, maar ook in Duitsland. Overal trouwden de mensen, of in elk geval de mensen die Leyla kende. Leyla was bang voor de hele kwestie, ze kon niet zeggen waarom, het leek haar een valstrik waar mensen keer op keer in trapten. De mooie jurken op de bruiloften en de harde muziek mochten nog zo misleidend zijn, maar daarna kwam het laken met de bloedvlek dat de dorpsvrouwen na de huwelijksnacht overal toonden terwijl de bruid er beschaamd naast zat, Leyla gruwde ervan toen ze dat voor het eerst hoorde.

Leyla was blij dat haar vader aan haar kant stond wat die dingen betrof. Hij vertelde voortdurend tegen iedereen dat Leyla haar school zou afmaken, dat ze ging studeren. Leyla, zei hij trots, gaat medicijnen studeren, of rechten. En daarna gaat ze bij het Internationaal Strafhof in Den Haag werken. Mijn dochter, zei hij, en hij stak zijn wijsvinger op, zal niet vroeg trouwen. Dat verbied ik haar. Ze mag niet trouwen zolang ze geen studie heeft afgerond. Waarom zou ze ook, zei haar vader, om voor een man de was te doen en te koken?

Je vader heeft ergens wel gelijk, zei tante Baran, school is beslist goed voor je. Maar als je te lang wacht, ben je te oud en eindig je zoals tante Evin, dan wil niemand je meer hebben. Leyla knikte en dacht aan Evin met haar schaterlach.

Leyla, kom binnen, riep Evin en ze wenkte haar de keuken in. Iedereen zat in een halve cirkel bij elkaar, Evins zussen en schoonzussen, haar nichten, haar tantes en Zozan. Altijd alleen op pad, onze Leyla, zei Evin en ze lachte hard, zodat haar grote snijtanden zichtbaar werden.

Leyla ging bij de anderen op de grond zitten, Evin gaf haar een kom met wijnbladeren. Leyla pakte wat rijst uit de pan voor zich en legde die in het midden van een wijnblad. Ze vouwde de hoeken, links en rechts, rolde het blad op en legde het bij de wijnbladeren die de anderen hadden gevuld.

Zeg eens, Leyla, wie vind je het leukst, zei Evin, Douran of zijn jongere broer Firat? Faso's zoon Mahir, je neef Aram of toch eerder Dalil?

Leyla lachte verlegen en haalde haar schouders op. Ze wist niet wat ze moest zeggen.

Zeg op, Leyla, wie van hen vind je leuk? Het blijft onder ons!

Leyla voelde zich in het nauw gedreven.

Leyla, je weet toch dat we het niet verder zullen vertellen, zei Zozan, wat een leugen was, dat wist Leyla maar al te goed. Zozan lachte en gaf Leyla een kneepje in haar zij.

Dalil is toch een knappe kerel, riep Havin.

Evin lachte en zei: Iedereen vindt Dalil knap, nietwaar Zozan? Alleen jammer dat hij een sjeik is en dat wij niet mogen trouwen met iemand uit de sjeikkaste.

Zeg op, Leyla, wie van hen vind je leuk?

Leyla pakte nog een wijnblad uit de kom, en wat rijst.

Niemand, zei ze, maar dat klonk zwak. Ik wil geen van hen.

Geen van hen, lachte Evin. Geen van hen is knap genoeg voor jou, of hoe bedoel je? Onze Leyla is kieskeurig! Trouw je soms liever met je boeken?

Leyla is in elk geval slim, had Rengin op een keer tegen Evin gezegd. Leyla hoorde dat slechts bij toeval, omdat ze voor het huis onder het raam de vijgen zat te eten die ze van haar grootmoeder had gekregen.

Niet dat Leyla lelijk is, maar Zozan is beslist knapper dan zij, antwoordde Evin toen. Sigarettenrook walmde door het raam naar buiten.

En dat kapsel, zei Rengin, dat kapsel! Leyla zou zo'n knap meisje zijn als ze haar haar niet had afgeknipt. Zo kort! Tot aan haar kin, dat ziet er toch niet uit! Ze lijkt wel een jongen.

Dat is mode in Almanya, zei Evin en ze lachte.

Ik begrijp die Duitse vrouwen niet, zei Rengin. Dat ze dat mooi vinden, zulk kort haar.

Leyla wilde niet verder luisteren, stond op en liep de tuin in. Ze slenterde naar de rozenstruiken, plukte een roos, verwijderde de doorns en stopte de bloem achter haar oor, zoals haar grootmoeder dat afgelopen zomer bij haar had gedaan, toen haar haar nog langer was. Maar de roos gleed omlaag en viel op de grond. Leyla ging op een kei zitten en plukte de bloemblaadjes van de roos, blad voor blad, van buiten naar binnen, totdat de roos voorgoed vernield was. Ze stond op, liep langs het hek en keek naar de bomen die haar vader had geplant voordat hij naar Duitsland was vertrokken. Ze plukte een tomaat, groot, dik en warm. Ze wreef hem schoon met haar rok en beet erin, het vruchtvlees droop op haar T-shirt. De tomaat smaakte zoet.

Leyla wilde zich net weer omdraaien toen ze in het achterste deel van de tuin stemmen hoorde. Er lachte iemand, het kwam uit de tabaksstruiken van haar grootvader. Ze herkende Zozans stem. Wat deed Zozan met deze hitte in de tuin? Met wie praatte ze? Niemand ging in deze hitte naar buiten. De stemmen lokten Leyla naar zich toe.

In de hoek tussen de tabaksstruiken en het hek, met daarachter in de verte de bergen en de grens, stond Zozan tegen een boomstam geleund, Zozan, die twee jaar jonger was dan zij, en naast haar in de schaduw stond Dalil. Dalil, lang en slank, achterovergekamd haar en een kop groter dan Zozan, hield een lang grassprietje in zijn hand, en met het puntje daarvan raakte hij Zozans hand aan. Hij zag er erg geconcentreerd uit.

Leyla was zo verrast om Dalil te zien dat ze een stap naar

voren zette, daarna nog een, en toen zagen Zozan en Dalil haar en keken ze haar zo geschrokken aan dat Leyla niet wist wat ze moest doen, zich zonder nog een woord te zeggen omdraaide en terug naar het huis rende.

Pas toen ze daar weer op adem kwam, viel het haar op dat Dalil niet over het erf naar de tuin kon zijn gegaan, daar had zij immers de hele tijd onder het raam gezeten, hij moest over het hek zijn geklommen.

In de woonkamer zaten Evin en Rengin nog steeds te roken. Leyla pakte een glas water en dronk het in één teug leeg.

Waar kom jij vandaan, vroeg Evin.

Uit de tuin, zei Leyla.

Wil je ook thee, vroeg Rengin.

Leyla ging in kleermakerszit voor de twee vrouwen zitten.

Wat doe jij met deze hitte in de tuin, vroeg Evin.

Zozan, zei Leyla. Ik heb Zozan in de tuin gezien, met Dalil.

Kom, ik ga je wenkbrauwen doen, zei Evin tijdens een andere zomer, en Leyla legde haar hoofd op Evins benen, terwijl Evin boven haar een touwtje over haar wenkbrauwen haalde en de haartjes verwijderde. Leyla voelde de warmte van Evins lichaam door Evins spijkerbroek heen.

En nu ga ik je vingernagels lakken, zei Evin.

Trek je rok over je knieën, zei haar grootmoeder wanneer er visite kwam. Zo moet je niet gaan zitten, zo ziet iedereen je benen.

Toen ze door de stad liepen, keek Leyla om naar een groepje mannen die voor een café zaten en haar aanstaarden, waarop Rengin vroeg: Waarom kijk je die mannen zo aan? Evin kwam de stoffenwinkel uit gelopen. Eindelijk, zei Rengin. Laten we naar huis gaan.

Er veranderde iets. De buurman kwam op de thee, diezelfde buurman die al een keer had geopperd dat Leyla met zijn zoon kon trouwen. Leyla was knap geworden, zei hij tijdens die zomer. Ze is vlijtig, antwoordde haar grootmoeder. De buurman sprak opnieuw over zijn zoon, twee jaar ouder dan Leyla. Ze kon haar school in Almanya afmaken, zei de buurman, en daarna terugkeren en hier in het dorp komen wonen. De buurman zei dat hij voor haar zou betalen.

Leyla moest erom lachen, alsof het een grap was.

Ze kon het zich niet eens voorstellen, of toch? Het was een vermakelijk idee om in het buurhuis van haar grootmoeder te gaan wonen, aan de andere kant van het tuinhek met de schapen en de kippen. Ze stelde zich voor hoe ze thee serveerde als er bezoekers kwamen, hoe ze die op een dienblad de kamer in droeg terwijl haar lange rok over de grond sleepte. Hoe ze neerknielde en de warme thee in de kleine glazen schonk, hoe ze de suiker net zolang omroerde tot hij oploste, en hoe ze weer overeind kwam. Hoe haar voeten door de droge lucht en het stof net zoveel kloven kregen als de voeten van alle vrouwen in het dorp. Hoe ze op plastic slippers naar de dorpswinkel liep, een baby op de arm, een tweede kind aan de hand.

Ik wilde anders leven. Ik wilde mijn leven veranderen, zei haar vader. Toen ik veertien was, werd ik lid van de Syrische Communistische Partij. Ik moest een maandelijkse contributie van vijfentwintig piasters betalen. Ik wilde in geen geval lid worden van de Ba'ath-jeugd en hoopte ook dat de Communistische Partij me enigszins kon beschermen. De Syrische Communistische Partij werd gedoogd omdat Syrië goede betrekkingen had met de Sovjet-Unie. Mijn broer Nuri sloot zich aan bij de Koerdische Democratische Partij, die verboden was.

Toch waren ook wij voorzichtig. Voor onze bijeenkomsten spraken we af op de akkers, we gingen er een voor een naartoe. Het was tien minuten lopen vanaf het dorp, we konden doorgaan voor wandelaars. We mochten elkaar ontmoeten, maar toch waren we bang. We liepen weg van de straat, de graanvelden in. 's Zomers stond de tarwe hoog en dan kropen we, zodat ze onze hoofden niet zagen.

Midden op het veld gingen we op de grond liggen. Een van ons hurkte tussen de anderen neer en las voor uit de krant van de Iraakse Communistische Partij, die verboden was en om de paar maanden voor ons over de grens werd gesmokkeld. Daarna discussieerden we over wat we hadden gehoord. Na afloop van de bijeenkomst kropen we een voor een het veld uit en liepen we langs verschillende wegen naar huis.

Ik geloof niet in God, zei haar vader en hij spuwde de schil van een zonnebloempit op zijn bord. Leyla knikte, ze had dat al honderden keren gehoord. Haar vader vertelde het aan iedereen, of ze het nu wilden horen of niet. Religie is gewoon iets voor arme en domme mensen. Voor mensen die niet beter weten. Religie is opium voor het volk, ook die uitspraak herhaalde haar vader telkens weer. Armelui en dommeriken kon hij het niet kwalijk nemen, maar wel de lui die hij 'fanatiekelingen' noemde.

Hij vertelde over een fanatiekeling die in Mosoel een neef van haar grootmoeder genaamd Kawa had neergeschoten, omdat die in zijn winkel alcohol verkocht.

Hij sprak over een fanatiekeling die in Tirbespî godsdienst gaf en hen had gedwongen om in de moskee verzen uit de Koran te reciteren, hoewel hij heel goed wist dat ze jezidi's waren. Of beter gezegd omdat hij wist dat ze jezidi's waren.

Hij sprak over een fanatiekeling die bij hem op school zat en hem steeds weer voor ongelovige en duivelsaanbidder had uitgemaakt.

Of hij sprak over een fanatiekeling – en aan dat verhaal moest Leyla vaak denken – die in de jaren tachtig elke week in

Batman de trein had genomen en in de trein van de ene coupé naar de andere was gelopen, roepend dat het er naar jezidi's stonk, en als hij dan een jezidi aan zijn snor en kleren herkende, sloeg hij hem in elkaar.

Als Leyla haar vader vroeg waar hijzelf dan in geloofde, antwoordde hij: In het communisme. In het communisme en dus in iets wat eindelijk alle mensen gelijk zal maken. Het communisme, zei haar vader, kwam al een hele tijd geleden via de grote steden naar ons dorp, in de vorm van tijdschriften en boeken. De enige boeken die Leyla's vader behalve zijn Koerdische tijdschriften en boeken al zijn hele leven bezat, waren de Arabische uitgaven van *Het kapitaal* en *Het communistisch manifest*. Haar vader vertelde Leyla over de klassenstrijd en leerde haar de Internationale, in het Koerdisch en in het Duits. 's Avonds zat hij alleen in de keuken van hun huis bij München en zong hij de arbeidersliederen van Şivan Perwer, terwijl hij saz speelde.

Toen ik dertig jaar geleden naar Duitsland kwam, zei haar vader tegen Leyla, legde ik alles op tafel. Ik zei vanaf het begin dat ik niet Firat Ekinci was, zoals ik volgens mijn vervalste identiteitskaart heette. Maar dat ik mezelf was, een staatloze jezidische Koerd uit Syrië. Ik liet een uittreksel uit het bevolkingsregister opsturen dat bewees dat ik in Syrië als ajnabi, als buitenlander, stond geregistreerd, hoewel ik in Syrië was geboren, ik beschreef waarheidsgetrouw waarom ik Syrië had moeten verlaten.

Mijn asielaanvraag werd ingewilligd. Getuigen bevestigden aan de Duitse autoriteiten dat ik als staatloze Koerd in Syrië politiek werd vervolgd. Ik was gelukkig, dolgelukkig. Maar slechts een paar dagen later, zei haar vader en hij overhandigde Leyla een papier uit zijn koffer, kreeg ik nog een brief. Een bericht van het ministerie van Binnenlandse Zaken dat er bezwaar werd aangetekend tegen mijn asiel, dat de redenen daarvoor later aan me zouden worden meegedeeld. Mijn asielaanvraag werd geblokkeerd.

Tussen 1980 en 1991, zei haar vader, viel er geen beslissing. Hij lachte en slaakte een zucht. Ik mocht al die jaren niet werken of studeren. Elf jaar lang. Maar omdat onze familie in het dorp geld nodig had, ging ik zwartwerken.

De redenen voor die elf jaar van mijn leven vernam ik pas later. Natuurlijk waren het politieke redenen. Officieel luidde het gewoonweg dat Syrië een democratie was, dat Arabieren en Koerden gelijk werden behandeld.

In 1987 diende ik een aanvraag in om als staatloze erkend te worden. Het ministerie van Buitenlandse Zaken, het Max Planck-Instituut en het Orient-Instituut in Hamburg bevestigden dat ik staatloos was. Na een paar maanden werd ik ook als staatloze erkend, een belangrijke dag. Er stond zelfs in het document dat de overheid niet in beroep mocht gaan, ik heb alle bewijsstukken hier, Leyla. Maar toen werd mijn paspoort alsnog geweigerd, zomaar. Ik stapte naar een advocaat. En uiteindelijk gaven ze me gelijk. Ik kreeg een paspoort als staatloze uitgereikt. Zie je, zei haar vader en hij stopte een andere stapel papieren terug in de koffer, ik heb alles bewaard, elk document.

We gaan naar Italië, zei haar moeder. Dat was in maart, Leyla was toen tien of elf. Haar moeder had de gezinswagen van een oude vriendin geleend. Ze stopte lukraak spullen in een koffer, speelgoed voor Leyla, kleren. Ze pakte anders dan gewoonlijk, niet met de weegschaal in de aanslag en ook niet met de zorgvuldigheid waarmee ze hun zomervakantie in het dorp van Leyla's grootouders altijd voorbereidde. Dit keer nam haar moeder niet eens de moeite om de kledingstukken op te vouwen.

Handdoeken, zei Leyla, je vergeet de handdoeken.

Het haar van haar moeder was nat en ze hield haar tandenborstel in haar hand.

Ze stond bij de keukentafel en zocht naar het telefoonnummer van Leyla's school. Ik wil mijn dochter ziek melden. Leyla Hassan, klas 4B.

Morgen hebben we een proefwerk voor wiskunde, zei Leyla, ik heb een doktersbriefje nodig.

Haar moeder keek Leyla aan alsof ze haar niet begreep, waarna ze de tandenborstel weer uit haar mond haalde. Ook dat nog, zei ze.

In de wachtkamer van de huisarts staarde haar moeder naar de nieuwste editie van *Der Spiegel* die voor haar op tafel lag. Op de cover een foto van een scheepsdek vol mensen, met in rode letters de kop 'Toestroom van migranten', en daaronder in vette gele letters 'Europa gaat op slot'. Haar moeder sloeg het tijdschrift open en bladerde naar het stuk met de kop 'Helse tocht naar het Beloofde Land. Het vluchtelingenschip Monica'.

Leyla las: 'Op leven en dood. Hoe vluchtelingen Duitsland worden binnengeloodst'. Toen riep de doktersassistent haar naam om.

Haar vader haalde hen op bij de dokterspraktijk.

Ik ben mijn boek vergeten, zei Leyla.

Daar hebben we geen tijd meer voor, zei haar moeder.

Zonder boek ga ik niet, zei Leyla. Zonder boek is het geen vakantie.

Van lezen in de auto word je toch altijd misselijk, zei haar vader.

Ze waren ongeveer een halfuur onderweg toen haar vader tegen haar moeder zei: Ik word zenuwachtig van de manier waarop je rijdt. Haar moeder antwoordde alleen: Ik rijd zoals ik altijd rijd. Bij het volgende wegrestaurant stopten ze om van plaats te wisselen. Haar moeder kocht een ijsje voor Leyla. Haar vader stond leunend tegen het autoportier op hen te wachten. Toen ze verder reden, zette hij de verwarming aan, het werd warm. Leyla's waterijsje smolt en droop langs haar vingers omlaag, ze at te langzaam. Toen ze zeker wist dat haar ouders niet keken, veegde ze haar plakkerige handen af aan de autobekleding.

Haar ouders zwegen. Haar vader schoof een cassette in de speler en draaide het volume hoog. *Ay lê gulê*. Hij zong mee.

Het was de eerste keer dat ze samen met de auto op vakantie gingen. Maar het leek in de verste verte niet op de vakantie die Leyla zich altijd had voorgesteld, in Italië, met een boek aan zee, met ijs, pizza en haar nieuwe roze badpak. Er hing een natte grijze mist. De bergen, die je bij helder weer van ver kon zien, doemden pas laat voor hen op, als donkergroene monsters.

Leyla was vaak jaloers geweest op haar klasgenoten wanneer hun leraar aan het begin van het schooljaar in september vroeg hoe hun zomervakantie was geweest. De anderen vertelden dan over wadlooptochten aan de Noordzee, over het eten in Italië, over waterpretparken in Spanje, en soms over hotelresorts in Tunesië of Egypte. De Turkse kinderen gingen altijd naar Turkije. Ook bij hen waren er verschillen, sommigen vertelden over het strand en over pensions, over Antalya, İzmir en Bodrum, anderen hadden het over de dorpen en kleine steden waar hun grootouders, tantes en ooms woonden. En weer anderen hielden het altijd kort, praatten weinig, ontweken vragen. Leyla vertelde over het dorp, over de kippen van haar grootmoeder en over buiten slapen onder de hemel. Maar de zin 'Mijn oma en mijn opa in Koerdistan' zei ze slechts één keer. Want tijdens de pauze daarna kwamen er Turkse kinderen naar haar toe en zeiden: Koerdistan bestaat niet. Koerden waren smerig, zeiden ze, en ze wasten zich niet. Moordenaars waren het, die smerige Koerden. Vanaf dat moment zei Leyla: Mijn oma en mijn opa in Syrië. Maar Syrië kenden de meeste kinderen niet, een klasgenoot verwisselde het met Siberië. Toen Leyla zei dat het in Syrië erg warm was, zei haar klasgenoot: Nee, in Syrië is het koud.

De Duitse kinderen stuurden ansichtkaarten vanaf hun vakantiebestemmingen, kleurig bedrukt en glanzend, met in vette letters de naam van hun vakantieoord en daaronder een dolfijn of een antiek gebouw, palmbomen of een strand. In Leyla's dorp waren er natuurlijk geen ansichtkaarten. In Tirbespî ook niet, en ook in Qamishli zag Leyla er niet één. Op een keer trof ze er een paar aan in Aleppo, in een van de winkels bij de ingang van de soek. Hoewel het land prachtig was, kwamen er nauwelijks toeristen, en zelfs die paar ansichtkaarten waren ouderwets en verbleekt.

Op een ervan was een tapijtwever te zien, op een andere de grote citadel. Leyla kocht de vergeelde kaarten en schreef ze vol, en haar oom stopte ze in enveloppen, omdat ansichtkaarten niet aankwamen, zo zei hij, alleen brieven. Toch kwamen drie van de vijf zendingen niet aan, en de twee andere pas na vele weken.

Kale loofbomen trokken aan het raam voorbij, grijsgroene dennen. Het was maart, niet de juiste tijd voor een vakantie met zonnebrandcrème en badpak. Maar Italië, bedacht Leyla, was in elk geval een echte vakantiebestemming. Aan de andere kant van de bergen was het misschien zelfs warm, zouden de bomen misschien zelfs bladeren dragen. De Alpen achter de autosnelweg waren nu reusachtig.

Ze staken de Brennerpas over, pauzeerden bij een restaurant en aten aardappelkoekjes met appelmoes. Boven op de heuvels zag Leyla kastelen, dit was Zuid-Tirol. Kunnen we even stoppen, vroeg ze, ik wil naar een kasteel toe.

Bij Bozen betaalden ze tol en verlieten ze de autosnelweg. Haar moeder had een enorme landkaart op haar schoot liggen, die ze sinds de Italiaanse grens om de haverklap open- en dichtvouwde en opnieuw bestudeerde. Ze wilde via een bepaalde route bij een station komen. Ze reden door Bozen, maakten bij een rotonde drie rondjes, keerden om en zochten de weg. Toen stopten ze voor een plein. Het station van Bolzano.

Daar zijn ze, riep haar moeder en ze wees opgewonden naar de stationshal. Leyla zag niemand. Haar vader parkeerde, ze stapten haastig uit en staken de straat over. Haar moeder zwaaide, haar vader hield haar hand stevig vast. Pas nu zag Leyla dat de mensen aan de overkant een moeder met haar twee zonen waren, en dat het tante Pero en twee van haar zonen waren, Leyla's neven Rohat en Siyabend uit het dorp.

Haar tante zag er compleet anders uit dan tijdens alle zomers in het dorp, toen ze altijd een bloemetjesjurk en plastic slippers had gedragen, en een hoofddoek waaronder bij haar middel de punt van haar vlecht uitstak, zoals bij alle vrouwen van haar leeftijd. Maar nu droeg ze een nauw aansluitende groene trui vol glitters, waarin ze wel moest zweten en die er door het grote opschrift 'Party Girl' goedkoop uitzag, daaronder droeg ze een stretchjeans en pumps van namaakslangenleer. Waarom had haar tante zich zo uitgedost? Het duurde even voordat Leyla begreep dat het een vermomming was.

Haar tante, die ook in die merkwaardige kleren in dit onbekende Italië nog steeds haar tante was, had tranen in haar ogen toen ze eerst Leyla kuste, en daarna haar broer en haar schoonzus.

Italiaanse mode, zei ze lachend. Vinden jullie het mooi? Ze had het meteen na haar aankomst gekocht, op een markt bij de haven. Ze propten zich alle zes in de auto. Kort daarna stopten ze nog een keer, vlak voor de autosnelweg. Jullie hebben vast honger, zei haar vader en hij sloeg zijn arm om Rohats schouders. Ze kochten broodjes en cola voor de drie dorpelingen. Leyla begreep dat de merkwaardige vermomming van tante Pero een Europese vrouw moest voorstellen. Ook Rohat en Siyabend gedroegen zich anders dan Leyla zich herinnerde. Ze waren zwijgzaam en zagen er zo moe uit dat het leek of ze elk moment in slaap konden vallen. Maar ze bleven wakker en staarden de hele autorit uit het raam. Ze luisterden niet naar muziek, ze zwegen, en af en toe lachte haar vader en probeerde hij wat te vertellen.

Haar moeder zei: Leyla, je vertelt dit op school tegen niemand. Ook niet tegen Bernadette. Hoor je me, zei haar moeder, dit is een ernstige zaak. Leyla begreep het niet, ze hadden toch alleen tante Pero en haar neven bij het station opgehaald. We kunnen hiervoor in de gevangenis belanden, zei haar moeder.

Na Brixen stopten ze. Nu rijd ik weer, zei haar moeder. Een blondine achter het stuur is beter. Mij zullen ze niet staande houden. Ze zwegen allemaal en staarden uit het raam, totdat ze de grens over waren.

Het huis waarin ze haar tante en haar neven korte tijd later gingen opzoeken, lag in een dorp waarvan Leyla de naam niet kon onthouden. De volgende grote stad was Ulm, Leyla zag die naam op de borden naast de autosnelweg staan. Maar ze gingen niet naar Ulm, haar vader zette zijn richtingaanwijzer al eerder aan. Ze reden langs velden, bosjes en kleine steden waarvan de naam Leyla niets zei. Kerktorens, dorpspleinen met meibomen, geraniums op balkons, grote schuurdeuren. Het is wel goed dat ze weer in een dorp terecht zijn gekomen, zei haar moeder.

Het huis was vervallen. De kalk brokkelde van de muren, de badkamertegels waren gebarsten, de ramen lekten en de voegen van de ramen zaten onder de schimmel. Er was een huismeester die om de paar dagen een paar uur langskwam om hier en daar iets te repareren, maar dat veranderde niets.

In de keuken, die tante Pero met de andere asielzoekers moest delen, kookte ze zoals in het dorp rijst en tirshik. Als Leyla en haar ouders op bezoek kwamen, stond haar tante iedere keer op haar slippers en met haar hoofddoek en haar kleurige rok in het midden van de keuken. Ze was nog steeds dezelfde tante als vroeger, klein en dik, met om haar heen bij de andere fornuizen de andere bewoners, en het gegil van de kinderen. Haar tante roerde met een houten lepel in een pan, alsof niets ter wereld haar uit het lood kon slaan, ze stond daar gewoon onafgebroken te roeren, net zolang tot ze de tirshik op de borden kon scheppen.

Tante Pero, Siyabend en Rohat woonden in een kamer op de begane grond. De meubels kwamen van de caritas en roken naar het leven van andere mensen. Stiekem vond Leyla ze spuuglelijk. Ze waren zo willekeurig bijeengeraapt dat ze het gevoel had zich in een opslagruimte te bevinden waarin de meubels gewoon nog even bleven staan tot ze bij het grofvuil belandden.

Het huis was vroeger ooit een dorpsschool geweest. Omdat er in het dorp te weinig kinderen waren, werd de school op een gegeven moment gesloten. Het huis had daarna een paar jaar leeggestaan, tot de autoriteiten verklaarden dat het een vluchtelingencentrum zou worden, en inmiddels werd het een 'asielzoekerscentrum' genoemd. Alle Duitse families met een perceel dat grensde aan het asielzoekerscentrum hadden nieuwe, hoge hekken om hun tuin heen gebouwd.

Hoewel tante Pero maar een paar flarden Duits sprak, lukte het haar op de een of andere manier om een familie te leren kennen die in het dorp een koeienboerderij had.

Vanaf dat moment ging ze elke maandag met haar zonen of met een van de andere vrouwen uit het centrum naar de boerderij. Zij wikkelde hun zaken af, hoewel haar Duits het slechtst was van iedereen. Toch kon zij het best onderhandelen. Haar tante kreeg altijd wat ze wilde, voor de prijs die ze wilde.

Ze zette door, zei 'dank je wel' en 'alsjeblieft', vroeg hoe het met de familie ging, en kwam met hele emmers vol melk terug, waar de vrouwen in het centrum onder haar leiding kaas van maakten.

Een werkvergunning had ze niet en kon ze pas krijgen zodra haar asielstatus in orde was. Maar om haar asielstatus in orde te brengen, had tante Pero documenten uit Syrië nodig die ze alleen daar ter plekke persoonlijk kon aanvragen. Toch slaagde ze erin om via de familie met de boerderij een baantje als schoonmaakster te regelen. De gezinnen bij wie ze ging schoonmaken, betaalden haar loon handje contantje. En haar tante drukte op haar beurt bij elk bezoek een paar briefjes van dat loon in de handen van Leyla's ouders. Die protesteerden, maar haar tante stond erop. In de loop der jaren betaalde ze alles wat ze van Leyla's ouders had geleend – het geld voor de smokkelaars en voor de tocht naar Europa – tot op de laatste cent terug. Haar zonen hielpen haar daarbij. Siyabend en Rohat verzamelden afval bij de Badesee, voor één euro per uur, dat was een integratiemaatregel van de overheid. Later werden ze alle drie als vluchteling erkend en kregen ze alsnog toestemming om te werken, en vanaf dat moment konden Leyla's neven andere banen zoeken, banen voor ongeschoolde arbeiders, zoals uitzendwerk in fastfoodrestaurants, handenarbeid, een baan als verhuizer of aan de lopende band.

Geld kreeg tante Pero niet van de vluchtelingendienst, maar wel coupons voor levensmiddelen en al het andere waarvan de vluchtelingendienst aannam dat ze het nodig had. Zuurkool, knoedeldeeg, ingelegde kersen. Noedels, shampoo, afzonderlijk verpakte rijstzakjes met gaatjes. Wie kookt er nou rijst in zulke kleine zakjes, vroeg haar tante.

Haar tante wilde Koerdisch koken en sloot een deal met Leyla's moeder. Telkens wanneer Leyla en haar ouders op visite kwamen, laadden ze aan het eind van de middag de auto vol met conservenblikken en rijstzakjes die in tassen waren geproopt, waarna Leyla's moeder haar tante geld gaf voor de Turkse supermarkt in het volgende grote dorp. Haar tante ging er twee keer per week lopend naartoe, waarna ze met uitpuilende boodschappentassen de bus terug naar huis nam, die maar vier keer per dag reed.

Thuis bij Leyla's ouders werden haar tantes conservenblikken in een kast gezet, ook Leyla's ouders kookten liever Koerdisch. De stapel werd steeds hoger, totdat de houdbaarheidsdatum van de levensmiddelen was overschreden en Leyla's moeder alles weggooide.

Na het eten in het centrum serveerde tante Pero thee en koekjes, haalde een stapeltje papieren tevoorschijn en toonde brieven van de vluchtelingendienst, formulieren en aanvragen die ze onmogelijk kon lezen aangezien ze maar vier jaar naar school was gegaan en nauwelijks Duits sprak. Leyla's moeder vulde de aanvragen in. Leyla keek toe hoe haar tante haar handtekening zette, losstaande bevende letters, p-e-r-o-h-a-s-s-a-n, zoals het handschrift van een kind.

Tante Pero propte fruit en brood in een plastic tasje. Ze pakte handdoeken en een deken in. Ze gingen naar het meer achter het dorp, niet ver van het asielzoekerscentrum.

Leyla en Rohat liepen voorop. Rohat kende de weg. Hij zwerft hier vaak rond, zei haar tante achter hen tegen Leyla's moeder, na schooltijd. Hij zou niet zo vaak alleen moeten rondstruinen, hij zou beter zijn schoolwerk maken.

Bij jullie thuis was hij toch altijd samen met de anderen, zei haar moeder. Dat herinner ik me nog.

Fijn dat het meer zo dichtbij is, zei Leyla, omdat ze niet wist wat ze moest zeggen.

Rohat schopte een steentje van het pad het struikgewas in.

Heb je die steenslinger nog, vroeg Leyla, waarmee je vroeger altijd op vogels schoot?

Rohat schudde het hoofd. Die heb ik daar gelaten.

Rohat mocht intussen naar de dorpsschool gaan, sindsdien spraken ze Duits met elkaar.

Leyla en hij stonden in het ondiepe water en probeerden

steentjes te laten stuiteren. Rohat slaagde er meestal in om zijn steen drie of vier keer te laten stuiteren, Leyla's stenen vielen gewoon in het water en verdwenen.

Je moet plattere stenen pakken, zei Rohat. Kijk, zo. Leyla keek naar hem. Hij stond naar opzij gedraaid en boog zijn hoofd. Zo is het heel gemakkelijk. In één vloeiende beweging draaide hij zijn arm en bovenlichaam. De steen zweefde over het water, stuiterde drie keer en verdween toen.

Hier is alles beter, zei Rohat, maar toch wil ik terug. Leyla zei niets. Ze raapte een platte steen op van de grond en bootste de beweging na die Rohat net had gedemonstreerd.

Is het zo goed, vroeg ze.

Rohat knikte.

Jullie kunnen beter binnenblijven, zei haar tante tijdens hun volgende bezoek toen Rohat en Leyla zich bij de andere kinderen op de binnenplaats wilden voegen.

Waarom, vroeg Leyla.

Het gaat onweren, zei haar tante en ze streek over Leyla's haar, hoewel de lucht wolkeloos en blauw was.

Leyla en Rohat zaten op het bed en aten de winegums die Leyla had meegebracht.

Doen jullie maar een spelletje UNO, zei haar tante, Leyla, jij hebt dat meegebracht, toch? We gaan pas straks samen naar buiten. Ze liep naar de keuken om verse thee te zetten.

Er zijn problemen met die nieuwe familie uit Irak, zei haar moeder toen ze weer in de auto zaten, op weg naar huis. Hun oudste zoon heeft Rohat bespuugd en geduwd, hem uitgemaakt voor ongelovige. Jij vuile jezidi, dat zei hij.

Dat is gewoon gekibbel tussen tieners, beweerde haar moeder. Haar tante deed nu 's nachts hun kamerdeur altijd op slot en liet de sleutel erin zitten, zei haar moeder.

Op een dag kwamen er politiemannen met terreinwagens, zei haar vader. Ze stonden zonder aankondiging voor het erf, stapten uit en kwamen gewoon ons huis binnengelopen. Nuri zei: Hebt u een vergunning? Weet het dorpshoofd hiervan? De politiemannen duwden hem opzij.

Mijn moeder had in de woonkamer zo'n houten schap boven de deur, je kent dat wel, Leyla, waar ze haar weinige spullen bewaarde. De politiemannen smeten alles op de grond, veegden alles uit de rekken in de woonkamermuur en schopten de spullen met hun laarzen op een hoop bij elkaar. Misschien zochten ze alleen tabak, maar ze vonden papier. Prachtige Koerdische kinderboeken, allemaal verboden in Syrië, die ik de zomer daarvoor tijdens het werk in Libanon had gekocht. En bonnetjes voor het *Newroz*-feest van de Koerdische Democratische Partij, een lijst met hun inkomsten en uitgaven, Nuri was destijds verantwoordelijk voor hun financiën. En lijsten van donateurs, met namen. Ze ontdekten het allemaal meteen, we hadden het ook niet echt verstopt.

De politiemannen namen Nuri en mijn vader mee, zei Leyla's vader. Naar Tirbespî, naar de gevangenis. Zodra hun terreinwagens waren verdwenen, rende ik het huis uit, dwars door het dorp, om iedereen die op de lijst stond te waarschuwen. En daarna rende ik verder naar het volgende dorp, en toen nog wat verder naar het dorp daarna.

Twee dagen later reden we naar Tirbespî. De ambtenaren noemden ons een som waarvoor Nuri en mijn vader weer vrij zouden komen. Ze beloofden dat de zaak niet zou worden doorverwezen als we betaalden. We zeiden dat we zouden betalen. Maar de gevraagde som was te hoog. Zoveel geld hadden we niet.

En dus verpachtten we onze akkers, destijds in die zomer. We verhuurden onszelf als dagloners voor de katoenoogst, iedereen, alle mannen en vrouwen van de hele familie. We huurden allemaal samen een kamer in de buurt van Hasaké, om te slapen. 's Avonds besproeiden we onze eigen akkers, overdag plukten we katoen en verzamelden die onder de blakende zon in grote zakken. Ik herinner me die uitgestrekte velden daarginds nog goed, zei Leyla's vader, de witte katoen, de uitputting.

Na een tijd lieten ze Nuri en mijn vader gaan. Zoals ze hadden beloofd, was de zaak niet doorverwezen naar een hoger niveau. Dat was onze grootste zorg geweest.

Haar vader zweeg.

Een tweede keer, zei je grootmoeder, Leyla, mocht zoiets niet gebeuren. Ze liep met een schop de tuin in en groef een gat. Ze legde er alle boeken in die ze kon vinden, en gooide het gat dicht met aarde.

Zij, die nooit had leren lezen en schrijven, maakte geen onderscheid. Voor haar was alles wat gedrukt was gevaarlijk.

Toen ik thuiskwam van de school in de stad, zei haar vader, waren alle boeken dus weg. Weg, weg, weg, zei hij. Niemand wist waar ze gebleven waren. Mijn broers en zus niet, mijn vader niet, en mijn moeder haalde alleen haar schouders op. Ik heb gebruld, zei haar vader. Iemand moet toch weten waar ze zijn, riep ik. Mijn moeder kwam met een dienblad vol thee en suiker de keuken uit gelopen. Ik wil geen thee, zei ik, ik wil mijn boeken.

Het zal jou nooit aan boeken ontbreken, dat zei haar vader dikwijls. Als Leyla een boek wilde, kocht hij het voor haar. Op een keer, toen ze de boekhandel uit liepen, zei hij: Jij kunt lezen wat je maar wilt. Toen ik zo oud was als jij, kon ik niet lezen wat ik wilde. Tegenwoordig zou ik het wel kunnen, maar nu ben ik steeds moe van het werk.

Voor al haar verjaardagen kreeg Leyla boeken. Zodra ze had leren lezen, las ze aan één stuk door. Eenmaal begonnen kon ze er niet meer mee stoppen. Middagenlang zat ze te lezen, thuis in haar eentje na schooltijd, als haar ouders op hun werk waren. Ze las tijdens de zomers bij haar grootouders in het dorp, in de schoolbus, onder haar schoolbank, overal.

Jij hebt het goed, zei haar vader, je hebt alles wat je nodig hebt.

Ik heb je verteld, Leyla, dat mijn ouders me het huis uit stuurden, de stad in, toen ik twaalf was. De dorpsschool ging maar tot de zevende klas, wie verder mocht studeren moest naar Tirbespî. We huurden een kamer bij een Aramese familie, Nuri, mijn twee neven Khalil en Firat, en ik. Elke donderdag laat in de middag liepen we terug naar het dorp. In de winter sneeuwde het op een keer zo hard dat we de weg kwijtraakten. Het werd donker. Alles was wit. De grens met zijn mijnenvelden was niet ver weg. Onze families legden op de heuvel in het dorp een reusachtig vuur aan, zodat we de weg konden vinden.

Tijdens de drie lesvrije zomermaanden werkten we. Ik heb in Libanon op bouwwerven gewerkt, ik heb akkers omgeploegd, hoogspanningsmasten hersteld. In Aleppo en Damascus heb ik afgewassen in restaurants, gekelnerd in cafés, snoep verkocht in voetbalstadia. In het dorp heb ik meegeholpen met de oogst. Zodra ik kon lopen, zei Leyla's vader, heb ik op de velden gewerkt. Ik heb meloenen gedragen, tarwe geoogst, katoen geplukt.

Op een keer hadden ze bij Leyla op school over kinderarbeid gesproken, en Leyla had haar vader daarover verteld. Hij had alleen zijn schouders opgehaald. Kinderarbeid bestond bij ons niet, zei hij. Wij werkten als kind sowieso.

Leyla dacht dat ze voor haar vader een teleurstelling was. Ik ben naar Duitsland gekomen zodat mijn kinderen het ooit beter zouden hebben, zei hij. Jij hebt alles wat je nodig hebt. Zoveel boeken hadden wij in het hele dorp niet.

En alweer bracht ze maar een zes mee naar huis, net genoeg voor het gymnasium. Had ik de mogelijkheden gehad die jij hebt, zei haar vader, en hij schudde het hoofd. Je bent lui, zei hij. Wil je later net zo hard moeten werken als ik? Wil je moeten werken zoals Rohat, op je zestiende in de bouw?

We komen uit een streek, zei haar vader, die nu in Turkije ligt. We woonden er al in de tijd van het Ottomaanse Rijk. Toen waren er nog geen grenzen. Het land was onderverdeeld in *vilajets*, provincies. Beşiri heette de streek, nabij de antieke stad Hasankeyf. We bezaten daar grond aan de oever van de Tigris. Vruchtbare, groene grond, en dat betekende rijkdom. We hadden velden, deden aan veeteelt.

We leefden er in een tijd waarin er nog honderden jezidische dorpen waren. Als de qewals van Lalish door de omgeving trokken om hun verhalen te vertellen, hadden ze daar een heel jaar voor nodig. Tegenwoordig zijn er daar nog maar weinig dorpen, je kunt ze op twee handen tellen.

Toen aan het begin van de twintigste eeuw de massamoorden op de Armeniërs begonnen, werd de situatie ook voor ons moeilijk. Als we naar de stad gingen, gooiden de mensen stenen naar ons. Ze riepen: Het stinkt hier naar jezidi's, ze joegen ons weg.

Mijn moeder, jouw grootmoeder, zei Leyla's vader, was nog een kind. Het moet in de zomer zijn geweest – zo gaat het verhaal in de familie – toen haar vader, hij heette Cindi, op weg was naar Siirt. Ze waren met z'n drieën. Er liepen nog twee andere mannen uit het dorp met hem mee. Het was een warme dag. Ze waren al een paar uur onderweg en ze waren moe. De zon stond op haar hoogste punt. Het was lunchtijd, ze wilden pauze nemen. Ieder van hen zocht een plekje in de schaduw.

De mannen kwamen eerst naar Cindi. Ze herkenden hem aan zijn snor en aan zijn kleren. Hij moest zich tot de islam bekeren, eisten ze. Hij weigerde. Ik offer nog liever mijn hoofd dan dat ik me tot de islam bekeer, riep Cindi. Dat riep hij voordat ze hem met hun bajonetten vermoordden.

Cindi's twee metgezellen wisten te ontkomen. Het was een steenachtig berglandschap. Ze renden weg en verstopten zich tussen de rotsen.

Een van hen, zijn naam was Khalef, woonde bij ons in het dorp, zei Leyla's vader. Hij was al oud toen ik geboren werd. Hij kwam bijna elke avond bij ons langs. Hij heeft me dit allemaal verteld, niet mijn moeder.

Cindi liet een vrouw en vijf kinderen achter. Het op één na jongste kind was Leyla's grootmoeder. Cindi's vrouw heette Rende. Ze was pas begin twintig toen ze weduwe werd. Haar familie drong er bij haar op aan om na het einde van de rouwperiode te hertrouwen, zodat er voor haar werd gezorgd. Haar kinderen waren tenslotte nog klein, vier dochters en een zwakke, altijd ziekelijke zoon. De kinderen moesten worden verdeeld onder de families van Cindi's broers en zussen. Maar Rende weigerde. Ze wilde haar kinderen niet afgeven. Ze wilde niet hertrouwen. Cindi was een goede man, zei ze, iemand anders dan hem wil ik niet. Ze bleef met haar vijf kinderen in het huis wonen. Er werd veel gekletst. Een vrouw zonder man, in een huis met vijf kinderen, zei haar vader.

Rende zwoegde als een paard om haar kinderen te onderhouden. Haar gezicht was bruingebrand door het geploeter op de velden. Ze werkte van 's ochtends tot diep in de nacht, ploegde de akkers om, verzorgde de dieren. Nooit was er genoeg geld of eten. Haar oudste dochter Seyro huwlijkte ze uit aan een familie uit het naburige dorp. Seyro liep zo vaak als ze kon terug naar haar oude dorp, om te helpen bij de oogst of in het huishouden. Haar schoonmoeder deed haar beklag: Je bent meer bij je familie dan bij ons. Ook hier moet de oogst worden binnengehaald, niet alleen bij je moeder.

Rende en haar kinderen hadden een koe, hun waardevolste dier. Op een keer had die koe zich volgevreten op het graanveld van de buren. Leyla's grootmoeder had op het dier moeten letten terwijl Rende op het veld was. De koe was bij haar weggelopen. Hun boze buurvrouw pakte de verzadigde koe, leidde haar naar de drinkplaats en gaf haar water. Zoveel water dat de buik van de koe heel zwaar werd, het dier in elkaar zakte en stierf.

Vanaf dat moment was er geen melk meer, zei Leyla's vader, geen yoghurt, geen kaas. Geld voor een nieuwe koe hadden ze niet.

Een paar jaar later werd Rendes tweede dochter uitgehuwelijkt, maar die bleef in het dorp. Er ging een jaar voorbij, met zijn feestdagen, vastendagen en werkdagen, en daarna nog een. De qewals kwamen en gingen weer. In april was het Nieuwjaar en kwam Tawûsî Melek zoals elk jaar naar de aarde, om de mensen heil en zegen te brengen. De dorpelingen droegen bloemen hun huis in, verfden eieren en kregen nieuwe armbanden om. Het graan groeide, na de oogsttijd kwam de herfst, daarna kwam de sneeuw, daarna smolt de sneeuw weer.

Volgens de overlevering waren er drieënzeventig fermans in de jezidische geschiedenis. Het leven van een jezidi is er een dat elk moment afgelopen kan zijn. Op een dag kwamen ze, zei haar vader, en ze omsingelden ons dorp. De dorpsbewoners, onder wie Rende en haar kinderen, lieten alles achter. Er was geen tijd om te pakken. Ze vluchtten alle kanten op.

Rende en onze andere verwanten trokken naar Sinjar, zei haar vader. Een deel van de familie bleef daar. Maar mijn moeder kwam na haar bruiloft met haar man naar Syrië, naar het gebied van stamhoofd Haco. En zo, Leyla, kwamen we in Tel Khatoun terecht, zei haar vader.

Leyla probeerde het andere dorp waar haar grootmoeder was opgegroeid, op Google Maps te vinden. Maar ze kende alleen de Koerdische naam en niet de Turkse. Het geven van nieuwe namen was ergens tijdens het Ottomaanse Rijk begonnen en werd in de pas opgerichte Turkse Republiek, na het bloedbad van Dersim in 1938, stelselmatig toegepast. Meer dan vierduizend Koerdische steden en dorpen kregen een andere naam, zei haar vader. Maar dat volstond niet, zei hij. Ze mochten hun kinderen geen Koerdische namen meer geven. Iedereen die in Turkije was gebleven, moest een Turkse naam in zijn paspoort hebben staan. In 1945, zei haar vader, werd het gebruik van de Koerdische taal op openbare plaatsen bij wet verboden. Net zoals de şal û şapik, de Koerdische kleding. Het is belangrijk dat je dit weet, zei haar vader. Je mag dit niet vergeten. Leyla, je mag nooit vergeten dat je een Koerdische bent.

Een paar jaar later, zei hij, werd er opnieuw taal verboden, dit keer de letter x, die in het Koerdische alfabet wel voorkomt, maar in het Turkse niet. En Koerdische muziek, Koerdische literatuur en Koerdische kranten werden eveneens verboden.

Koerden waren er niet meer. Voortaan werden ze 'Bergturken' genoemd, en later, omdat 'Bergturken' te neerbuigend klonk, noemden ze hen 'Oost-Turken'. De Koerdische nationale kleuren – rood, groen en geel – werden verboden. In het oosten van het land werd het groen in de verkeerslichten vervangen door blauw. En angst, zei haar vader en hij staarde naar zijn koffer met de documenten, deed de rest.

Leyla kende de verhalen. De checkpoints op de straten, de mannen van JİTEM, hun witte Renault Toros, de met zuur overgoten lijken die als afschrikmiddel op de velden werden neergegooid, de waterputten waar ze de Koerden in stopten.

Ze waren op weg naar hun werk, naar de dokter, naar een bruiloft, 's nachts, overdag, en werden nooit meer gezien. Haar vader vertelde over de Turkse gevangenissen, toonde de littekens op zijn armen. Voor een boek, voor een paar cassettes met Koerdische muziek.

Als ik in Koerdistan ben, ontmoet ik telkens weer vaders die me zeggen dat hun zonen vanwege mijn muziek werden opgehangen, zei Şivan Perwer op een keer tijdens een interview op de Koerdische televisie.

Vraag het aan de duiven, vraag het aan je vrienden en kameraden. Vraag het aan de muren van de gevangenis. Zij zullen je de waarheid vertellen, zong hij. Leyla kon zich slechts vaag herinneren waar ze Şivan voor het eerst had zien spelen. Dat moest tijdens een van de Newroz-feesten zijn geweest, waar ze elk jaar in maart naartoe gingen. Die feesten vonden meestal plaats in sporthallen of zalen die ook voor bruiloften werden afgehuurd. Destijds danste iedereen, en vooraan op het podium zat Şivan in zijn şal û şapik te spelen en te zingen. Leyla was nog klein, het was een belangrijk moment. Haar vader luisterde naar Şivans cassettes tijdens het autorijden en speelde zijn liedjes thuis op de saz. *Vraag het aan de kleuren van de lente. Vraag het aan de bloesems van de bomen. Al vele jaren zit ik gevangen. Ik heb veel geweld en onderdrukking gezien. Geloof me, ik verlang naar jou,* zong Şivan. *Min bêriya te kiriye, Koerdistan.* Leyla kende al zijn liedjes uit haar hoofd, altijd al. Soms had ze het gevoel dat ze iets over haar leven wisten.

En ze wisten iets over haar vader, over hoe hij 's avonds voor de televisie zat en zijn gezouten zonnebloempitten at, wisten iets over de schotelantenne op het dak, over de rimpels in het gezicht van haar grootmoeder en over Leyla, die soms, wanneer ze 's nachts niet kon slapen, de keuken in liep en de kastdeur opentrok. Daarachter lag het plastic tasje met de okrapeultjes uit de tuin die haar grootmoeder met een naald op garen had geregen en in de voorraadkamer te drogen had gehangen, en het droeg nog steeds de geur van de voorraadkamer in zich als Leyla het uit de keukenkast haalde, wat haar een kloppend, trekkend gevoel in haar borst gaf.

Şivan Perwer, die zelf dertig jaar in ballingschap in Europa had doorgebracht, bezong de Koerdische steden en landschappen telkens weer. Duhok, Zakho, Amed (Diyarbakır), Erbil, Kermanshah, Mahabad, Suleimaniya – steden waar Leyla nooit was geweest en die ze alleen van de liedjes en de Koerdische televisie kende, besneeuwde bergtoppen, watervallen, bloeiende dalen, groene weilanden, rivieren met kristalhelder water.

Leyla kende alleen het deel van Koerdistan dat in Syrië lag en tegenwoordig Rojava werd genoemd, oftewel 'het westen'. Als ze bij het begin van het nieuwe schooljaar over haar zomervakantie moest vertellen, zei ze: Het is daar mooi. En als haar juf dan vroeg wat er zo mooi was, wist Leyla niet wat ze moest zeggen. Het stof, het vlakke land, de jaknikker achter het dorp, de muggen. Ze vertelde de klas hoe ze 's avonds voor het huis haar muggenbulten zat te tellen. Daarna stopte ze met praten en glimlachte ze alleen, terwijl de volgende leerling aan de beurt was.

Haar vader zei: Nu, in het voorjaar, terwijl wij nog in Duitsland zijn, is het er groen. De bomen staan nu in bloei. Hij somde ze op, hij bleef maar doorgaan: De granaatappelbomen staan in bloei, en de olijfbomen, de kersenbomen, de vijgenbomen.

Leyla speelde vaak het 'wat als'-spel. Wat als haar vader niet naar Duitsland was gegaan. Wat als ze waren teruggekeerd. Wat als ze in het dorp was geboren. Wat voor Koerdisch zou ze dan nu spreken? Zou ze net als Zozan zijn geworden, hadden ze het dan misschien beter met elkaar kunnen vinden? Leyla stelde zich voor hoe ze in de stad naar school zou gaan en daarna in Aleppo zou gaan studeren, hoe ze met klepperende sandalen door de oude binnenstad van Aleppo zou lopen, in de winkeltjes langs de straten boodschappen zou doen en de plastic tasjes met fruit en groente naar huis zou dragen.

Haar vader vertelde haar de geschiedenis van Koerdistan keer op keer. De buitenlandse heersers, een inbreuk in het paradijs. De eerste verdeling van Koerdistan in de zeventiende eeuw, tussen de Ottomanen en de Safawieden. De tweede verdeling in 1916, Sykes-Picot werd die genoemd, met in het noordoosten het Franse en in het zuidwesten het Britse mandaat. Steeds weer die opstanden, tegen de Ottomanen, de Britten, het Turkse leger.

Je mag deze geschiedenis niet vergeten, zei haar vader, het is jouw geschiedenis, Leyla.

De geschiedenis waarin ze geen land hadden, geen plek, en waardoor ze in Duitsland waren. Niet in het land met de zingende herten, de vrouwen met de tatoeages op hun gezicht, de bergdorpen, de weidse landschappen van de Koerdische televisie. Niet in het land waar de watermeloenen rood waren en niet naar water smaakten, waar het nieuwe jaar begon met Newroz in maart en de mensen over het vuur sprongen.

Haar vader kende alle jaartallen uit zijn hoofd, alle namen, alle politieke omstandigheden. Leyla haalde ze door elkaar, vergat ze, moest ze opzoeken. Later, toen ze studeerde, zat ze in plaats van in de collegezaal in de bibliotheek van Midden-Oostenstudies te lezen. De opstand van de jezidi's tegen de Safawieden van 1506 tot 1510, de veldslag bij de burcht Dimdim tussen 1609 en 1610, waar Feqiyê Teyran een eeuw later over had geschreven, de door sjeik Mahmud Barzanji geleide opstand tegen de Britten van 1919, de Koçgiri-opstand een jaar later, de opstand van sjeik Said in 1925, de Ararat-opstand onder leiding van Xoybûn van 1927 tot 1930, de Barzani-revoltes in het Iraakse deel tussen 1967 en 1970, en de gewapende strijd van de PKK in Turkije sinds 1984.

Er zal geen eind aan komen, zei haar vader, zolang anderen over ons blijven heersen. We hebben een eigen land nodig, een Koerdische staat, met scholen waar de lessen in het Koerdisch worden gegeven. Koerdische universiteiten, Koerdische straatnaambordjes, Koerdische instanties, een Koerdisch leger. Maar de buitenlandse heersers zullen hun macht niet zomaar afgeven. Voor een Koerdische staat, zei haar vader, moet je vechten. Steeds weer, zei haar vader, hebben mensen gevochten.

Hij vertelde haar over Leyla Zana, die als volksvertegenwoordiger in het Turkse parlement was verkozen, haar ambtseed in het Turks en Koerdisch had afgelegd en daarbij een groen-rood-gele haarband had gedragen. Leyla Zana heeft vele jaren in de gevangenis doorgebracht, zei haar vader. Hij vertelde over Leyla Qasim, die tegen de Ba'ath-dictatuur in Irak had gevochten en daarvoor werd geëxecuteerd toen ze pas tweeëntwintig was. Voor ze werd vermoord, zou ze hebben geroepen: Dood me, maar jullie moeten weten dat er door mijn dood duizenden Koerden uit een diepe slaap zullen ontwaken. En Leyla's vader vertelde over een derde Leyla, wier foto bij oom Nuri en tante Felek in Celle en bij tante Pero in het dorp in de woonkamer boven de televisie hing, en met wie haar vader als jongeman eigenlijk had willen trouwen, maar die zich vervolgens Berxwedan had genoemd, 'verzetsstrijder', en die vanuit Duitsland naar de Koerdische bergen was getrokken, waar ze een jaar later was gesneuveld. Naar deze drie Leyla's hebben we jou vernoemd, zei haar vader en hij schonk zichzelf en Leyla nog een glas thee in.

Een man uit de stad kwam naar ons dorp, zei haar vader. De regering had hem gestuurd. Hij kwam in een overhemd, een bandplooibroek en leren schoenen en had een aktetas bij zich, en hij verdween in het huis van het dorpshoofd. Er vormde zich een drom mensen voor het huis, wij kinderen en onze opgewonden vaders. Het dorpshoofd kwam naar buiten en riep om iemand die Arabisch sprak. Het was omslachtig met ons dorpshoofd, hij sprak alleen Koerdisch en kon niet lezen of schrijven. Wanneer hij met de autoriteiten praatte of papieren moest ondertekenen, had hij altijd iemand nodig die voor hem vertaalde of voorlas. Maar hij was de enige man in het dorp met het Syrische staatsburgerschap, en dus kon alleen hij die taak vervullen.

Toen de man uit de stad weer was weggereden, stapte het dorpshoofd zijn huis uit en zei hij dat er een landhervorming was geweest. Hij zei dat ze ons hadden onteigend, alle Koerden uit de streek die op de tien kilometer lange strook tot de Turkse grens land bezaten.

De gezichten van het dorpshoofd en van onze vaders stonden ernstig. Het duurde een poosje voordat wij kinderen begrepen wat dat betekende, een landhervorming. Ze pakten onze akkers af.

De man van de regering had gezegd dat we in plaats daarvan op een andere plek akkers zouden krijgen, honderden kilometers verderop, op de grens met Irak.

Maar wat moesten we daar? We zeiden: Dit laten we niet gebeuren, we gaan ons verzetten. Behalve wij besloot maar één ander dorp uit de omgeving om zich te verzetten.

Met de tractoren die we altijd leenden voor de oogst, wierpen we op straat een blokkade op.

Toen er weer twee ambtenaren uit de stad kwamen, gooiden we stenen naar hen.

Een dag later kwamen ze terug. Het was ochtend. Wij kinderen stonden boven op de dorpsheuvel en zagen hen al van ver aankomen. Een konvooi olijfgroene legervoertuigen, waarvan de wielen het stof op straat deden opwaaien. Zoveel voertuigen, ik kon mijn ogen nauwelijks geloven.

Toen ze ons dorp bereikten, hadden we de heuvel allang verlaten. We renden, en onze ouders ook. Er stapten honderden soldaten uit de legervoertuigen. Ze hadden geweren bij zich, knuppels en wapenstokken. En ze renden ook, zaten de mannen van ons dorp achterna. Ze sloegen ons in elkaar, gaven klappen met hun wapenstokken, braken armen en benen.

Vanaf mijn schuilplaats in het kippenhok kon ik ons erf zien. Ik had mezelf ingegraven in het stro en hoopte dat ze me daar niet zouden vinden. Ik verroerde me niet, durfde nauwelijks adem te halen. Ik tuurde door de spleet onder de deur van het kippenhok.

Vier soldaten trapten de deur van ons huis in. Ze droegen hun geweer op hun schouder. Ik durfde mijn schuilplaats niet te verlaten, maar tegelijkertijd hield ik het er nauwelijks uit. De soldaten kwamen weer naar buiten, met mijn vader en Nuri tussen hen in. Hun handen werden door telkens één soldaat op hun rug vastgehouden, Nuri en mijn vader liepen voorovergebogen. Een derde soldaat met een knuppel liep naast hen en sloeg Nuri aan één stuk door, die zich probeerde te verzetten, zich groot maakte. Mijn vader was heel rustig. De vierde soldaat liep achter hen aan, zijn geweer in de aanslag.

Mijn moeder, jouw grootmoeder, stond in de deuropening en bewoog zich niet.

De soldaten dreven Nuri en mijn vader de straat op. Mijn moeder stond er nog altijd als versteend bij, alsof ze was vergeten om zich te bewegen.

Ik kan niet zeggen hoelang ik daar heb gelegen en hoelang mijn moeder in de deuropening heeft gestaan. Op een bepaald moment liep ze naar binnen.

Er was een uur verstreken, of veel meer, toen onze moeders ons eindelijk riepen. Wij kinderen waren op bomen geklauterd, hadden ons verstopt bij de dieren in hun stal, in de tuin, in donkere hoeken, in de voorraadkamers achter het graan.

Veertig mannen hadden ze meegenomen, vernamen we, naar de gevangenis in Qamishli.

Het verhaal ging dat onze buurman had geroepen: We verzetten ons, we vluchten niet, we verdedigen ons. Maar hoezo verdedigen? Hoe moesten we ons verdedigen tegen soldaten met machinegeweren?

Onze leraar was de enige Arabier in het dorp. Er werd verteld dat hij zich huilend op zijn bed had geworpen toen de soldaten weer waren vertrokken. Veel later hoorde ik dat hij bij de communisten zat.

Dat was, zei Leyla's vader, de eerste keer dat mijn vader en Nuri in de gevangenis zaten. De tweede keer was toen de geheime dienst de boeken en de lijst van de Koerdische Democratische Partij bij ons ontdekte.

Na een paar weken, toen de Zesdaagse Oorlog begon, hebben ze onze mannen weer vrijgelaten, op borgtocht natuurlijk. Kennelijk wilden ze verdere opstanden vermijden.

Toen Nuri en mijn vader terugkwamen uit Qamishli, slachtte mijn moeder een kip en maakte ze daar soep van. Vlees aten we normaal alleen op feestdagen.

We konden een deel van onze akkers behouden.

Het land dat ze ons afpakten, gaven ze aan Arabieren. Die Arabieren kwamen van de Eufraat, uit de provincie Raqqa, waar de regering een stuwdam had gebouwd en hun dorpen onder water had gezet. De Arabieren kregen alles wat wij nooit hadden gehad, waterpompen en elektriciteit.

Daarna wachtten we gewoon tot ze terugkwamen. Nachtenlang zaten we samen te praten: Op een dag komen ze terug, met vrachtwagens en wapens, om ons te verplaatsen. We wisten het zeker, ze zouden komen, al die jaren wisten we het zeker.

Tijdens haar zomers in het dorp dacht Leyla er vaak aan hoe ze zouden komen, en dat ze hen al van ver zouden zien aankomen. Het landschap was vlak, er waren geen bergen zoals aan de overkant van de grens om zich te verstoppen. We hebben geen vrienden behalve de bergen, zei haar vader soms, maar het dorp had niet eens bergen. Het lag er weerloos bij, de muren van de leemhutten hielpen hooguit tegen zon en wind.

Telkens wanneer Leyla klaarwakker op het erf op de hoogslaper lag en naar de hemel tuurde of luisterde naar de nacht, hoorde ze alleen het gedreun van de jaknikkers en het geblaf van honden. Maar de nacht bood geen bescherming, natuurlijk konden ze elk moment komen. Op een keer werd ze midden in de ochtendschemering wakker van een oorverdovend gedreun. Er hing een vliegtuig in de lucht, dat laag over hen heen vloog. Paniek overviel haar, ze sprong op, klom van de hoogslaper, stond op het erf, wilde wegduiken en wist niet waarheen. Het vliegtuig vloog verder. Het hart klopte haar in de keel.

Dat was gewoon een van de vliegtuigen die insecticide over de akkers sproeien, zei haar oom toen Leyla er tijdens het ontbijt naar vroeg.

Aan dat vliegtuig moest ze weer denken toen ze jaren later, in het tweede of derde of vierde jaar van de oorlog, achter haar laptop zat en zag hoe de vliegtuigen hun vatbommen boven Homs en Aleppo dropten. Ze moest eraan denken dat de dood uit de lucht viel en dat er nooit een reden was geweest om de president en zijn mensen te vertrouwen, dat zij altijd tot het uiterste zouden gaan en dat de aarde en de hemel van hen waren. Misschien had Leyla dat destijds op zijn minst al vermoed.

En dan weer die rust in het dorp als ze de kippen voerde, de lange kalme middagen wanneer ze in de woonkamer lag te soezen, theedronk of de kippen op het erf met kersenpitten bespuugde, of wanneer ze 's avonds met haar grootmoeder in de tuin van bloembed naar bloembed liep en de aarde met de tuinslang bevochtigde.

Haar vader had een tuin gewild. En omdat haar vader een tuin wilde, gingen ze in een dorp wonen, in een nieuwe wijk met rijtjeshuizen die er allemaal hetzelfde uitzagen. Leyla was toen acht of negen.

De naam van dat dorp las je op het bord langs de rijksweg vanuit München en je vergat hem meteen weer, omdat hij geen betekenis had. Het was geen bijzonder mooi dorp, geen dorp waarnaar je graag een uitstapje zou maken. Je belandde er alleen als je bij iemand op visite ging of er woonde.

Het hele dorp stelde niets voor. En dit veranderde ook niet toen de heemkundige kring dorpskronieken liet drukken die je in de dichtstbijzijnde kleine stad in de boekhandel kon kopen, dikke, loodzware boeken met een harde kaft en met kleurenillustraties over de geschiedenis van de vrijwillige brandweer, over de renovatie van de kerk en over de blaaskapel die twintig jaar geleden een paar jaar lang had bestaan.

De heemkundige kring bestond uit dorpelingen wier grootouders, overgrootouders en betovergrootouders al in het dorp hadden gewoond en die ook zelf nooit uit het dorp waren weggegaan. De meesten waren boven de vijftig, maar er waren ook een paar jongere leden. Een van hen was vicevoorzitter van de plaatselijke afdeling van de CSU, de ander het kleinkind van de secretaris van de heemkundige kring.

Toen ze in het dorp kwamen wonen, kocht haar moeder een paar banden van die dorpskronieken en zette die in de woonkamer in de boekenkast achter de televisie, die altijd aanstond, pal naast de Koerdische boeken en tijdschriften van haar vader. Noch haar vader, noch haar moeder bladerde ooit in die boeken. Leyla wel. Maar ze kende niemand die in de kronieken werd vermeld.

In het dorp werd een onderscheid gemaakt tussen mensen die er al hun hele leven hadden gewoond en nieuwkomers. Leyla en haar ouders waren nieuwkomers. Dat betekende dat hun achternamen nog niet op de grafstenen van het dorpskerkhof gegraveerd stonden, en dat ze weliswaar een zolder hadden, maar dat hun zolder in tegenstelling tot de zolders van de oorspronkelijke dorpsbewoners leeg was. Hun huis stond aan de rand van het dorp, tussen de rijksweg en een klein bos. Vanaf hun huis kon je de straat zien en de auto's tellen, Leyla deed dat als kind urenlang.

Hun huis was witgeverfd, had donkere gevelbalken en luiken van hetzelfde donkere hout, met daarboven een pannendak zoals bij alle andere huizen in het dorp. Soms lag Leyla gewoon naar het plafond te staren en probeerde ze zich de verschillende bouwmaterialen voor te stellen. Boven haar hoofd het witte plafond, daaronder het pleisterwerk, dan buizen, stenen, kabels en cement. Wat hun huis onderscheidde van alle andere huizen, zag je pas als je goed keek: de grote schotelantenne boven op het dak. Haar moeder had die in een modderachtig baksteenrood geverfd, zodat hij niet zo opviel.

Leyla's moeder praatte veel met de dorpsbewoners, haar vader zo weinig mogelijk. Toch was hij nooit onbeleefd. Goed, dank je, hoe gaat het met u. Goed, heel goed! Hij glimlachte als hij de buren begroette, hij glimlachte voortdurend. Buitenshuis leek zijn glimlach op het nagebootste Beierse accent van haar moeder, een soort hoed die je opzette als je naar buiten ging, een paraplu, een gebruiksvoorwerp voor de buitenwereld.

De glimlach van haar vader kon Leyla woedend maken, zijn steeds overdreven beleefdheid. Hoe hij 'alsjeblieft' en 'dank je wel' zei, en: Alleen als het voor u echt geen moeite is. Hoe streng hij voor Leyla was, tegen haar zei dat ze altijd stil moest zijn, dat ze de buren nooit mocht storen. Hoe ze na achten beslist niet buiten mocht spelen, omdat de buurkinderen dat ook niet mochten. Zo gaat dat hier! Hoe streng hij voor Leyla was als haar juf zei dat ze niet had opgelet tijdens de les, dat ze met Bernadette zat te kletsen en haar schoolwerk niet had gemaakt. Hij sloeg met zijn vuist op tafel, hij siste: Daarvoor ben ik niet naar Duitsland gekomen!

Niet opvallen. Bescheiden zijn. Altijd beleefd zijn, zei hij telkens weer.

In de metro van München werd hij bespuugd en uitgemaakt voor smerige asielzoeker. Dat gebeurde toen Leyla nog erg klein was, ze moest er vaak aan denken. Ook moest ze er vaak aan denken hoe hij op een keer thuiskwam en in de keuken toonloos en erg kalm tegen haar moeder zei dat een man op het werk tegen hem had gezegd: Mensen zoals jij zouden ze weer naar de gaskamers moeten sturen. Toen hij de man wilde aangeven bij zijn baas, had zogenaamd geen van zijn collega's er iets van meegekregen.

Op een keer nam Leyla het op school op voor een medeleerling en werd ze daarvoor terechtgewezen door haar leraren. Haar vader prees haar erom. Hij keek haar ernstig aan en zei toen dat hij nooit iemand had bespioneerd en nooit iemand had verraden. Begrijp je dat, zei hij. Leyla knikte verward en wist niet waar hij heen wilde. Hij en een vriend van hem hadden eens geweigerd om mee te lopen in een parade van de Ba'ath-partij, die voor alle scholieren verplicht was. Ze werden een week lang geschorst. Begrijp je, zei haar vader. Leyla knikte.

Haar vader kocht bij een Duitse imker bijen en een bijenkorf. Hij zette die in een hoek van de tuin, precies zoals de bijenkorf van haar grootouders in een hoek van de tuin stond, beschut tegen de wind achter het kleine houten huisje. In juli oogstte hij de honing. Bijna de hele tuin spitte hij om tot een moestuin. Daar heb je een tuin voor, zei hij. Hij bouwde een kas. Teelde tomaten, komkommers, courgettes, aubergines en zelfs *tirozî's*, Armeense komkommers.

De tirozî's waren klein, hadden een lichtgroene schil en smaakten zoetig, heel anders dan de lange donkergroene komkommers uit de Duitse supermarkten. De zaadjes voor de tirozî's kwamen uit de tuin van haar grootouders. Haar grootmoeder had die aan haar vader meegegeven, ze had er speciaal een stoffen zakje voor genaaid, uit de lappen van een van haar jurken.

Haar vader plantte lente-uien, knoflook, tuinkers, munt en peterselie. Rond het terras zette hij wijnranken, die hij langs draden omhoog leidde. In de zomer kon je in de schaduw ervan zitten, in de lente plukte hij de jonge verse bladeren om er yaprakh van te maken. En tijdens de weekends bakte hij flinterdun naanbrood.

Als ik een leemoven had, zei haar vader, zou het naanbrood precies zo smaken als thuis.

Op het grasveld plantte hij een moerbeiboom. Als de zomers lang en warm waren, droeg de boom veel donkere vruchten. Waren de zomers koud en regenachtig, dan bleven de vruchten licht van kleur en gingen ze op een bepaald moment rotten. Vanaf de lente tot in de herfst liep haar vader iedere dag na het werk de tuin in. Hij sproeide, zaaide, wiedde, oogstte, repareerde het hek, verfde het houten huisje en spitte de bloembedden om.

Er is nog genoeg plaats voor kippen, zei hij tijdens het avondeten, nadat hij de hele zondag in de tuin had gewerkt. Of voor een geit, voor kaas en melk. Ik zou het houten huisje kunnen ombouwen tot een stal.

Haar vader, dacht Leyla, bouwde met zijn tuin de tuin van haar grootouders na. Alle andere tuinen werden vergeleken met de tuin van haar grootouders. De tuin van haar grootouders was vier keer zo groot als de hunne. Een kas was niet nodig, de zon scheen er het hele jaar door. Zelfs als Leyla het probeerde, dan nog had ze niet kunnen opsommen wat er daarginds allemaal groeide. Alles wat ze 's zomers bij haar grootouders aten, kwam uit de tuin. De tomaten, augurken, uien, de knoflook en de tabak die haar grootvader rookte. Als ze weer naar Duitsland gingen, propte haar grootmoeder hele koffers vol met potten tomatenpuree, abrikozenjam, gedroogde okrapeultjes, ingelegde peperoni, olijven en gezouten zonnebloempitten. Zelfs een halfjaar later aten ze nog van de oogst van de tuin.

Het is zo koud hier. Mijn vijgenboom draagt nauwelijks vruchten, zei haar vader. Er is nauwelijks zon, mijn tomaten rijpen niet.

Thuis is de grond van de tuin vruchtbaarder, zei hij. Wat had ik allemaal wel niet kunnen planten als ik daar was gebleven. Olijven, pistaches, sinaasappelen, citroenen en watermeloenen.

Duitse tomaten, zei haar vader, smaken naar water.

Het leek wel of hun Duitse tuin slechts een goedkope kopie was van het paradijs, dacht Leyla, hun tomaten slechts een surrogaat voor echte tomaten, hun brood slechts een surrogaat voor echt brood. En haar leven, dacht Leyla, slechts een surrogaatleven voor het leven dat ze had kunnen leiden.

Op een bepaald moment begon haar vader een lijstje bij te houden: honderd vloekwoorden en honderd gelukwensen. Hij vertelde Leyla er voor het eerst iets over aan de telefoon, ze woonde toen al op kamers om te studeren. Om de paar dagen, zei hij, schoot hem een nieuwe uitdrukking te binnen. Leyla telde hoeveel uitdrukkingen zijzelf kende, en kwam maar aan vijf. 195, dacht ze, ik mis 195 uitdrukkingen om te zeggen wat ik eigenlijk zou kunnen zeggen.

Het gaat niet goed met opa, zei haar moeder. Ze belden net. Ze schonk zichzelf een glas water in en loste er een aspirine in op. Leyla's moeder had hoofdpijn, zoals meestal wanneer ze gespannen was. Het doosje aspirine op de keukentafel was vaak het enige waaraan je bij haar moeder kon merken dat er iets mis was.

Leyla zette haar schooltas in de hoek, ging aan de keukentafel zitten en legde haar hoofd op het koele tafelblad.

Wil je wat eten, vroeg haar moeder. Ik kan een pizza voor je in de oven zetten. Ik moet nu het een en ander regelen, zei ze.

Leyla schudde het hoofd.

Papa is bij oom Nuri in Celle, zei haar moeder de volgende middag. Om de rouwplechtigheid voor te bereiden.

Hoezo rouwplechtigheid, vroeg Leyla.

Tante Felek belde eerder vandaag. Ze zegt dat opa gisteren is gestorven. Ze weet het van buurvrouw Um Aziz, oom Memo kon het kennelijk niet over zijn hart krijgen om het haar zelf te vertellen.

Leyla liep naar haar kamer en wierp zich op haar bed. Ze lag eerst op haar buik, draaide zich daarna om en staarde naar het witte plafond. Het plafond vertroebelde onder haar blik, maar Leyla huilde niet.

Een paar weken later reed haar moeder met Leyla naar de stad. Dit keer kochten ze alleen het hoognodige, haar moeder rende haast door de winkels. Ze zag er doodmoe uit toen ze voor de ijssalon stonden. Wil je nog een ijsje, vroeg ze plichtmatig. Leyla haalde haar schouders op. Dan niet, zei haar moeder, en ze reden terug.

Het gaat vast goed allemaal, zei haar moeder op de avond voor het vertrek van Leyla en haar vader. Leyla lag al in bed, haar moeder was nog een keer haar kamer binnengelopen, ze was nerveus. Hier heb je de telefoon, ik stop hem in je tas. Ik heb een paar nummers opgeslagen. Het zou eigenlijk allemaal goed moeten gaan, zei haar moeder. Zoals gezegd, het is gewoon voor noodgevallen. Als je bij hem bent, zullen ze niets doen. Maar als ze hem meenemen, Leyla, ga dan huilen en gillen. Speel komedie, hoor je me, roep gewoon om papa. En bel dan meteen naar die nummers. Alleen in geval van nood, zei ze, zoals gezegd. Ze streek over Leyla's hoofd en deed het licht uit.

Alles verliep zoals gewoonlijk. Ze gaven hun koffers af, controle van de handbagage, check-in. Haar vader kocht cola voor Leyla en zichzelf. De stewardessen liepen langs hen heen naar het vliegtuig. Niet veel later werden ook zij naar de gate geroepen. Leyla was de telefoon in haar tas bijna vergeten.

Haar vader praatte weinig, maar hij praatte nooit veel als ze op weg waren naar Syrië. Ik ben moe, zei hij. Leyla zocht haar boek en begon te lezen.

De stewardessen van Syrian Air serveerden de kleine, in plasticfolie verpakte taartjes die er iedere keer waren. Haar vader gaf Leyla het zijne. Toen de stewardess de landing aankondigde, werd Leyla nerveus. Ze dacht aan de telefoon in haar tas. Wat is er, vroeg haar vader.

Niks, zei Leyla.

Ze landden in Aleppo. Leyla bleef even op de vliegtuigtrap staan. Warme lucht stroomde haar tegemoet. Het was laat in de middag. De bomen achter de landingsbaan baadden in een oranje licht.

Ze haalden hun koffers op en sloten zich aan bij de rij voor de paspoortcontrole.

In het controlehokje zat zoals altijd een geüniformeerde man met twee sterren op zijn epauletten. Hij had achterovergekamd haar dat zo dun was dat zijn hoofdhuid zichtbaar was. Waarom zien ze er hier allemaal hetzelfde uit, dacht Leyla.

Haar vader schoof hun paspoorten en visums naar de man toe. De man bladerde erin en keek afwisselend van zijn computerscherm naar de documenten. Hij stelde een paar vragen in het Arabisch. Haar vader antwoordde in het Arabisch, Leyla trok aan zijn jas, wat zegt hij, vroeg ze. Leyla, nu niet, zei haar vader.

De man in het controlehokje had een gezicht waar Leyla niets van kon aflezen. Maar van haar vaders gezicht viel evenmin iets af te lezen. De man draaide zich naar links en praatte met de man in het naburige hokje.

Waar hebben ze het over, vroeg Leyla. Haar vader lette niet op haar.

Wat is er aan de hand, vroeg Leyla. Haar vader schudde het hoofd.

Drie geüniformeerde mannen kwamen door de nette hal met airconditioning op hen afgelopen. Ze zeiden iets, daarna knikten ze en droegen ze haar vader op om hen te volgen, zoveel begreep Leyla wel. Haar vader liep met hen mee zonder zich nog één keer naar haar om te draaien.

Leyla bleef staan. De man in het controlehokje wuifde haar opzij, om door te gaan met de mensen in de rij achter haar.

Leyla dacht aan de telefoon en aan wat haar moeder gisteravond had gezegd. Ze moest huilen, gillen, om haar vader roepen. Maar wat moest ze eerst doen, naar die nummers bellen of huilen? Niemand hier begreep haar taal, en iets in het Koerdisch roepen was natuurlijk verkeerd.

De man in het controlehokje en de reizigers in de rij sloegen geen acht op haar. Ze keken haar niet eens aan. Leyla had het gevoel dat ze opzettelijk wegkeken.

Leyla ging op de vloer zitten. De rij werd langzaam korter. Ze overwoog om nu de telefoon uit haar tas te halen. Maar wat als de man haar telefoon zou afpakken? Wat dan? Hoeveel tijd was er verstreken sinds ze haar vader hadden weggevoerd? Vijf minuten, tien minuten, meer?

De man in het controlehokje riep dwars door de hal een kruier naar zich toe. Hij glimlachte niet en keek Leyla niet één keer echt aan. Hij zei iets tegen de kruier wat Leyla niet begreep, en beduidde haar daarna om de kruier te volgen.

Tijdens het lopen vroeg Leyla de kruier naar haar vader. Eerst in het Duits, daarna in het Koerdisch. De man keek haar niet-begrijpend aan.

Leyla liep achter hem aan, langs de paspoortcontrole en door de uitgang. Achter de versperring stond oom Memo. Toen hij zag dat ze alleen was, verstarde zijn blik heel even, zijn wenkbrauwen trokken zich samen, daarna dwong hij zijn mond tot een glimlach. Oom Memo drukte de kruier een muntje in de hand, haalde vervolgens zijn telefoon tevoorschijn en koos een nummer.

Ze is alleen, zei hij. Ja, en ja. Ik weet het ook niet. Ik laat straks van me horen.

Hij koos een tweede nummer. Ik kan nu niet praten. Ik ben nog op het vliegveld.

We vertrekken nu, zei hij meer tegen zichzelf. Leyla knikte.

Voor de luchthaven wenkte oom Memo een taxi naar zich toe. En papa, wilde Leyla vragen. Maar ze zag aan de samengetrokken wenkbrauwen van haar oom dat het niet het juiste moment was voor tranen of vragen.

Ze stopten voor het huis van oom Sleiman en tante Khezal. Eigenlijk had Leyla zich verheugd op dit bezoek.

Ze was graag bij haar oom en tante. Hun flat in Aleppo had een balkon, van waaruit je langs een helling omlaag kon kijken en 's nachts de lichten van de grote stad kon zien. De afgelopen jaren had ze het leuk gevonden om daar op dat balkon te staan en de taxi's op de straat onder haar te tellen.

Eindelijk, Leyla! Tante Khezal kuste haar. Nesrin maakt ons al dagen hoorndol. Komt Leyla vandaag? Komt Leyla vandaag?

Je hebt vast honger, zei tante Khezal. Er was kip met friet en sla, maar Leyla wilde niet eten. Nesrin bracht thee uit de keuken en ging naast haar zitten. En tante Khezal zei: Kom Nesrin, we kijken toe, we willen niet dat onze Leyla verhongert. Na het eten toonde Nesrin haar stickeralbum aan Leyla en zei ze: Welke sticker wil je, kies er maar een uit. Ik wil er geen, zei Leyla. Nesrin sloeg haar armpjes om Leyla's bovenlichaam. Maar ik wil je er een paar cadeau doen, zei Nesrin.

Leyla ging vroeg naar bed, ze deed alsof ze sliep toen Nesrin naast haar kwam liggen. Toen ze Nesrin allang hoorde snurken, lag zij nog steeds wakker. Ze dacht aan het korte telefoongesprek met haar moeder van eerder die avond, aan de hal op het vliegveld en aan de drie geüniformeerde mannen, en ze probeerde niet te denken aan de zorgen om haar vader. Ineens voelde ze zich eenzaam. Ze slikte om niet in tranen uit te barsten. Buiten was het een beetje afgekoeld. Het raam stond open en het lawaai van de straat – het voortdurende getoeter, het gebrul van motoren – drong de kamer binnen.

Leyla hoorde tante Khezals voetstappen in de gang, haar krachtige stem. Haar zonen kwamen thuis, de voordeur viel verschillende keren in het slot, iemand kwam en ging weer. Op een bepaald moment, veel later, klonken er opnieuw stemmen in de gang. Haar vader was terug. Leyla stond op en liep naar de woonkamer.

Je vader is terug. Alles is goed, Leyla, zei tante Khezal. Ga maar weer slapen.

In de woonkamer zaten oom Sleiman, oom Memo en Leyla's vader op de bank. Oom Sleiman stak een sigaret op. Tante Khezal kwam terug met een dienblad vol eten. Ondanks haar tantes woorden ging Leyla bij de mannen zitten. De vloer was koel, ze kruiste haar voeten.

Tante Khezal zette ook voor haar een glas thee neer.

Wat is er gebeurd, vroeg Leyla.

Er is niks gebeurd, zei oom Sleiman.

Haar vader knikte alleen. Leyla, ga weer naar bed, zei oom Sleiman.

De volgende ochtend gingen oom Memo, Leyla's vader en zijzelf met de auto naar het dorp. Alles was zoals altijd. Na ongeveer twee uur rijden stopten ze bij het restaurant waar ze altijd stopten, gingen op de grond zitten en aten kebab. Ze reden verder. Luisterden naar muziek. Voor in de auto praatten haar vader en haar oom met elkaar, Leyla kon vanaf de achterbank niet verstaan waar ze het over hadden. Ze keek uit het raam. Verdorde akkers, schapenkuddes, steden, dorpen, betonnen huizen, lemen huizen, dan ineens de Eufraat, die enorme, eindeloze rivier, en de vissers op de brug, die hun vangst aanprezen. Het was warm in de auto, Leyla zweette. In een winkel langs de weg kocht haar oom voor haar een zakje maischips, Leyla was er dol op en verheugde zich er altijd op, omdat die lekkernij in Duitsland niet verkrijgbaar was. Ze at het hele zakje leeg. Ze was misselijk, haar tong voelde verdoofd en ruw aan.

's Middags kwamen ze aan.

Haar grootmoeder kuste Leyla. Tante Havin haastte zich met een dienblad de keuken uit en bracht thee. De plek op het erf waar haar grootvader altijd had gezeten en zijn sigaretten had gerookt, was leeg.

De woonkamer zat vol rokende en theedrinkende mannen. In de andere woonkamer zaten de vrouwen, die net als de mannen rookten en theedronken, maar daarbij steeds weer luidkeels in huilen uitbarstten. Leyla liep de keuken in, tante Havin stuurde haar weer weg. We hebben zo veel gasten, ik kan je hier niet gebruiken. In de loop van de avond kwamen er steeds meer mensen, ze zaten nu ook vooraan op het erf. De vrouwen kusten Leyla, begonnen te snikken. Leyla liep de tuin in, waar het stil was. Alleen een paar kippen waren er verzeild geraakt. Ze scharrelden rond tussen de bloembedden en besteedden geen aandacht aan haar.

Leyla ging op een steen zitten. Het leek of haar grootvader elk moment door de deur naar buiten kon komen, leunend op zijn wandelstok, en langzaam langs de bloembedden heen zou schuifelen, tastend met zijn stok, tot hij bij zijn tabaksplanten was. Maar hij kwam niet.

Wat zouden ze nu met de tabaksplanten doen? Oom Memo rookte inmiddels ook Marlboro's, die hij in de stad kocht en altijd in zijn borstzak bewaarde.

Niet veel later kwam haar grootmoeder naar haar toe, ze bracht een kom met bulgur, kip, sla en brood. Leyla nam een paar happen en droeg het eten daarna terug naar de keuken. Tante Havin gaf haar een plankje, een mes en een schaal tomaten die gesneden moesten worden. Later kwam haar grootmoeder de keuken in gelopen en ze zei: Het is al laat, Leyla, ga naar bed.

De volgende ochtend liepen ze de heuvel op en kusten ze de steen waaronder haar grootvader al begraven lag.

Ze lunchten. Er kwamen gasten. Leyla trof haar vader aan voor de spiegel aan de muur achter de keuken. Hij stond zijn haar te kammen. Ik moet naar de stad, zei hij. Tegen de avond ben ik terug.

Leyla vroeg niet waar hij heen ging en waarom hij haar niet meenam. Hoewel ze van de stad hield, van de straten vol mensen, de winkels, cafés en tearooms. En haar vader hield er ook van. Ze gingen er altijd naar muziekwinkels, kochten nieuwe snaren voor de saz, en op een keer kochten ze zelfs een trommel. Hij liet zich telkens uitvoerig adviseren en praatte lang met de verkopers. Soms gingen ze alleen theedrinken, daarna zochten ze muziekcassettes uit en kochten ze nog wat kruiden bij Azra. Als ze na afloop terugliepen naar de auto, met hun handen vol plastic tasjes, was haar vader steeds in een goede bui en floot hij tussen de tanden.

Maar dit keer was het anders. Dit uitje naar de stad was anders. De auto staat daarginds, zei oom Memo. Haar vader knikte.

Toen hij vele uren later terugkwam, zat de woonkamer nog steeds vol gasten. Hij ging erbij zitten en dronk thee. Hij zag er doodmoe uit.

De anderen spraken over politiek, daarna over landbouw. Haar vader knikte, lachte af en toe en zweeg veel. Zodra de gasten waren vertrokken, ging hij naar bed.

Twee dagen later ging hij weer naar de stad. Tegen de avond ben ik terug, zei hij meer tegen zichzelf dan tegen Leyla. Leyla knikte.

Nog eens twee dagen later zei hij dat weer. Tegen de avond ben ik terug. Als een belofte of een verzekering, dacht Leyla.

Als hij in de stad was, was zij druk in de weer, ze hielp in de keuken, serveerde thee en kookte met de anderen.

Sinds tante Pero met haar zonen naar Duitsland was gegaan, moesten ze het zonder haar instructies doen. Tante Havin was geprikkeld, soms snauwde ze Zozan of Leyla af: Jullie zien toch hoe druk het hier is. En Zozan op haar beurt snauwde Leyla af: Je bent de suiker vergeten, je bent de lepels vergeten. Op sommige dagen kwamen Evin en Rengin vanuit de stad naar hen toe, alleen dan keerde de rust enigszins weer. Haar grootmoeder zat al die tijd bij de begrafenisgangers.

Leyla droeg het dienblad met de theeglazen van de keuken naar de woonkamer, schonk thee in, zette de lege glazen weer op het dienblad, bracht het terug naar de keuken en waste af.

De gasten praatten de hele dag door elkaar heen, en op een zeker moment hoorde Leyla toevallig dat haar vader niet voor een bezoekje in de stad was, maar dat hij was 'opgeroepen'. En dat dat te maken had met verklaringen van oom Hussein. Oom Hussein was dus echt een van hen.

Toen oom Hussein bij hen langskwam, was haar vader juist in de stad. Of dat toeval was, of dat haar oom had gewacht tot haar vader weg was, kon Leyla niet zeggen. Hij durfde dus echt naar hen toe te komen, Leyla was bijna verbaasd toen ze hem door het keukenraam met zijn stok langzaam over het erf zag lopen, hij was een oude man geworden. Leyla liep niet naar buiten om hem te begroeten. Pas later, toen Zozan haar met een dienblad vol thee naar de woonkamer stuurde, gaf Leyla hem een glas thee. Hij knikte, hij was net diep in gesprek met de buurman. En Leyla liep weer naar de keuken. Oom Hussein was niet met tante Pero en zijn zonen naar Duitsland gegaan. Waarom hij dat niet had gedaan, wist ze niet. Maar toen ze hem niet veel later onzeker met zijn stok over het erf zag schuifelen, naar zijn bijna lege huis met het kapotte dak, had ze bijna een beetje medelijden met hem.

Pas toen ze weer in Duitsland waren, vertelde haar vader hoe hij was opgeroepen door het hoofdkwartier van de geheime dienst, voor een verhoor, zei hij.

Vlak daarvoor was hij naar Mirza gegaan, een neef van oom Hussein, maar zeer zeker niet een van hen. Mirza had een Syrisch paspoort, een Syrisch diploma in de rechten en een kantoor. Hij was advocaat geworden. Leyla kende hem slechts oppervlakkig. Op een keer, ze was nog klein, waren ze bij hem op visite geweest. Leyla mocht aan zijn veel te grote bureau zitten en droge koekjes uit een doos eten, het hele bureau zat onder de kruimels. Haar vader verontschuldigde zich, maar Mirza lachte alleen.

Jaren later, in 2013 misschien, zou Mirza gearresteerd worden. Zijn familie vluchtte. Ze stuurden vanuit Duitsland documenten naar mensenrechtenorganisaties, schreven open brieven aan het Syrische regime, klaagden over Mirza's slechte gezondheidstoestand en smeekten om zijn vrijlating. Maar er waren veel mensen zoals Mirza.

Waar komt je naam vandaan, vroeg de leraar Duits. Het is een Arabische naam, toch? Leyla schudde het hoofd en keek naar de nerven van haar schoolbank. Over de drie Leyla's naar wie ze was vernoemd, vertelde ze niet.

Over de islam kan Leyla ons vast meer vertellen, zei de leraar maatschappijleer.

Vasten jullie tijdens de ramadan, vroeg de moeder van een schoolvriendin, toen ze Leyla na een verjaardagsfeestje naar huis bracht.

Is het niet moeilijk om tussen culturen op te groeien? Je vader is vast streng? Draagt je moeder een hoofddoek?

Antwoordde Leyla: Nee, wij zijn geen moslims, nee, wij zijn

geen Arabieren, nee, wij bidden thuis niet en vasten ook niet tijdens de ramadan, maar ja, mijn oma en mijn tantes dragen een hoofddoek, dan riep ze alleen nog meer vragen op. Maar als ze zei: Wij zijn jezidi's, wisten de anderen helemaal niet meer waar ze het over had.

Alles aan Leyla irriteerde altijd iedereen. De bakkersvrouw van het dorp, de tandarts, de apotheker, de leraren op school.

Leyla stond voor de spiegel en keek naar haar waterig blauwe ogen en haar donkere, bijna zwarte haar. Leyla Hassan, wat een verraderlijke naam.

Mijn vader komt uit Koerdistan, zei Leyla, en ze kreeg als antwoord: Koerdistan bestaat niet. Mijn vader komt uit Syrië, zei Leyla dan, ze dacht aan haar vader en schaamde zich.

Ben je meer Duits of Koerdisch, vroeg de moeder van haar schoolvriendin. Duits, zei Leyla, en de vrouw leek tevreden.

Voel je je meer Duits of Koerdisch, vroeg tante Felek. Koerdisch, zei Leyla, en haar tante klapte van blijdschap in haar handen.

Je mag nooit vergeten dat je een Koerdische bent, zei haar vader. Ik vergeet ook nooit dat ik een Koerd ben. Ik heb in de gevangenis gezeten omdat ik een Koerd ben.

Leyla Qasim, zei haar vader, is gestorven omdat ze Koerdisch was. Voordat ze in Bagdad werd terechtgesteld, zei ze: Ik ben gelukkig, omdat ik mijn ziel opoffer voor een vrij Koerdistan.

Wat ze ons hebben aangedaan, zei haar vader, omdat we Koerden zijn, dat mag je nooit vergeten, Leyla.

Ben je een Turkse, had Emre uit haar klas gevraagd, en Leyla had het hoofd geschud.

Haar vader toonde Leyla zijn littekens uit de Turkse gevangenis.

Ze hebben me geslagen met stroomkabels. Ze hebben sigaretten uitgedrukt op mijn arm. Hij schoof de mouwen van zijn trui omhoog. Hier, hier en hier, hij wees naar de felgekleurde vlekken die Leyla zo goed kende, waar zijn huid verrimpeld was, alsof ze was gesmolten.

Op school werd rondgebazuind dat haar vader een Koerd was. Tijdens de pauze kwam Pinar naar haar toe en zei: Koerden bestaan niet. Koerden zijn misdadigers, zei Emre. Ze zijn crimineel en horen thuis in de gevangenis. Koerden wassen zichzelf niet, zei Esra, die in de bank achter Leyla zat, Koerden stinken. Maar jij bent anders, jij wast jezelf wel. Leyla zei niets. Tijdens de pauzes speelde ze met Bernadette, Julia en Theresa. Als Emre haar liniaal wilde lenen of Esra een stuk van haar chocolade wilde hebben, gaf ze haar liniaal aan Emre en haar chocolade aan Esra. Maar ze voegde zich niet bij hen als ze voor het klaslokaal op hun leraar stonden te wachten. Had ze hun al ontlopen voor ze wisten dat haar vader een Koerd was, of was het pas daarna begonnen?

Bernadette zei nooit iets over die dingen. Leyla had er haar maar één keer over verteld, maar Bernadette keek haar alleen hulpeloos aan en veranderde toen van onderwerp. Ook Julia repte er met geen woord over, net zomin als Theresa. Kregen ze er eigenlijk wel iets van mee?

Haar vader hield zich erbuiten. Soms vroeg Leyla zich af of hij eigenlijk wel merkte dat ze ouder werd. Of hij überhaupt iets merkte van wat er om hem heen gebeurde, of hij het wel wilde merken. Maar de laatste tijd als ze de deur uit ging, vroeg hij soms: Waar ga je naartoe, en wanneer ben je terug? Als ze dan zei: Naar Bernadette, keek hij haar aan alsof hij niet zeker wist of ze de waarheid sprak. Dat was nieuw, niet dat hij vroeg waar ze heen ging, maar dat hij haar ervan verdacht te liegen. Maar de tijden waarin hij wegzapte als twee mensen op de televisie elkaar zoenden, waren voorbij.

Het leek haar vader vooral zorgen te baren dat ze haar

schoolwerk verwaarloosde. Wat doe je toch de hele tijd in die badkamer, zei hij nors en hij zette de televisie uit. Uren en uren! Wat een tijdverspilling.

Leyla maakte gezichtsmaskers van helende aarde, zoals Bernadette haar had getoond. Dat ontsmet, had Bernadette gezegd, goed tegen acne. Leyla vijlde haar nagels, lakte ze felrood en bracht lagen make-up aan. Poeder, mascara en oogschaduw, die ze samen met Bernadette bij de drogist had gejat.

Leyla bekeek zichzelf in de spiegel. Keek naar haar smalle, kleine, Duitse neus, waar Zozan haar om benijdde. Wees blij dat je er niet helemaal Koerdisch uitziet, had Anna tegen Leyla gezegd. Ik ben jaloers, zei Bernadette, Leyla wordt altijd zo snel bruin. Thomas, die tijdens de kunstles naast haar zat, zei: Het is zo walgelijk dat Turkse meisjes zoals jij altijd zulke harige armen hebben.

Toen hij dat zei, ging Leyla na schooltijd meteen naar huis. Gelukkig was er daar niemand. Ze deed de badkamerdeur achter zich op slot, ging op het wc-deksel zitten en pakte de spiegel die haar moeder altijd gebruikte tijdens het epileren van haar wenkbrauwen, waarin je jezelf aan de ene kant in werkelijke grootte zag en aan de andere kant driemaal uitvergroot. Leyla had de uitvergrote kant tot dusver altijd vermeden. Maar nu wilde ze zekerheid hebben over wat ze al een hele tijd vermoedde. Overal op haar gezicht groeiden haren. Op haar kin had ze zelfs twee langere zwarte haren, het waren net spinnenpootjes. En boven haar bovenlip had ze er ook een paar. Ze werd misselijk bij de gedachte aan het woord 'damesbaard'. Haar jukbeenderen, haar slapen. Haar borstelige wenkbrauwen, die elkaar midden boven haar neus bijna raakten. De tranen sprongen haar in de ogen. Ze kon het niet verdragen. Ze pakte het pincet van haar moeder uit de la en ging aan het werk. Na afloop was haar gezicht rood en gezwollen. Ze zou eraan moeten wennen.

Leyla trok haar rok, T-shirt, bh en slipje uit. Krullerig zwart schaamhaar. Ze ging zitten en liet haar hoofd tegen de muur rusten. De tegels waren koud.

Hoe langer ze met haar lichaam bezig was, hoe meer plekken ze vond waarop die donkere, krullerige haren groeiden. Of woekerden, dacht Leyla. Op haar rug, op de onderkant van haar dijen, onder haar navel. Ze had zelfs haren op en tussen haar borsten. Op haar tenen vond ze er een paar, op de rug van haar hand, en op haar oksels en benen sowieso.

Leyla kleedde zich weer aan en ging de deur uit. Bij de drogist kocht ze ontharingscrème, een scheermesje, scheerschuim en koude waxstrips.

Toen ze weer thuis was, belde ze naar Bernadette.

Bernadette zei: Ik weet het, erg. Ik heb er ook veel. Maar de jouwe zijn blond, zei Leyla. Die zie je niet. Waar wil je mee beginnen, vroeg Bernadette.

Geen idee, zei Leyla en ze spreidde de doosjes voor zich op de badkamervloer uit.

Van de ontharingscrème kreeg ze uitslag. Van het scheren stoppels. De koude waxstrips werkten maar één keer, toen het haar er nog lang genoeg voor was. Ze liep naar de Koerdische supermarkt in het volgende dorp, waar haar ouders altijd hun wekelijkse inkopen deden, kocht suikerpasta en streek die over haar armen en benen. Het haar op haar gezicht haalde ze weg met een touwtje, zoals ze tante Havin had zien doen. Het haar was een probleem, maar je kon het oplossen. Dat stelde Leyla gerust. De korte pijn die ze voelde als ze de waxstrips wegtrok, was een soort oefening. Je moet dat oefenen, zei Leyla. En dan die rode, branderige huid. Leyla hield ervan om over haar gladde armen en benen te strijken.

Als ze later foto's uit die tijd bekeek, zag ze een opgemaakt gezicht met wenkbrauwen die tot twee dunne strepen waren geëpileerd, donkere oogschaduw en wimpers met zwarte, klonterige mascara. Ze had haar lippen op elkaar geperst, zodat ze er smaller uitzagen. Het leek wel of ze een masker ophad. Haar vader lachte haar uit: Je kunt beter in een boek kijken dan in de spiegel. Haar moeder bonsde op de badkamerdeur: Ik moet vertrekken, Leyla, haast je! Leyla beet op haar onderlip, opende de deur en rende zonder haar moeder een blik waardig te keuren langs haar heen, haar kamer in, waarna ze de deur met een klap achter zich dichtsmeet. Hebben we soms zo veel geld dat we om de haverklap nieuwe deuren kunnen kopen, riep haar vader. Leyla beet weer op haar onderlip. Als ze maar niet ging huilen, anders was haar make-up geruïneerd.

Eigenlijk barstte ze voortdurend in tranen uit, oncontroleerbaar, als een stortvloed. Op school, als de leraar een bepaalde toon tegen haar aansloeg, thuis, als haar vader haar vroeg waarom ze al drie uur met Bernadette aan de telefoon hing, hoewel ze elkaar iedere dag op school zagen. Alleen Bernadette maakte haar niet aan het huilen. Bernadette streelde gewoon haar hoofd als Leyla dat op haar knieën legde en Leyla's tranen op Bernadettes spijkerbroek drupten. Bernadette stond altijd aan Leyla's kant, zolang er een kant was die ze kon kiezen. Zelfs als Bernadette niet wist waar het over ging, als ze er eigenlijk anders over dacht, als ze vond dat Leyla overdreef, stond ze aan Leyla's kant.

Vaak huilde Leyla zonder reden. In de schoolbus, op de fiets. In de keuken, als ze 's nachts honger kreeg en voor zichzelf een boterham smeerde. Later begreep Leyla niet wie ze was geweest in de tijd dat ze iedere dag huilde. Maar op een zeker moment was het ook alweer een hele tijd geleden dat ze had gehuild. Op een zeker moment hield het huilen op.

En vond ze het zelfs vreemd, dat onophoudelijke gehuil van haar.

Haar vader sprak Duits zonder umlauten, keerde de woordvolgorde om – onderwerp, lijdend voorwerp, werkwoord – en haalde voortdurend alle lidwoorden door elkaar of liet ze gewoon weg. Dit alles viel haar pas op toen ze niet meer thuis woonde. Haar vader sprak het soort Duits dat 'gebroken Duits' werd genoemd.

Dat Duits sprak hij zelden aan één stuk door, behalve wanneer hij een verhaal begon te vertellen. Ook dat viel haar pas op toen ze niet langer thuis woonde. Hij was weliswaar uiterst beleefd tegen de buren, maar hield het meestal kort: Bedankt. Ja. Nee. Geen idee. Als hij wilde dat Leyla om acht uur thuis was, zei hij: Je bent om acht uur thuis. Nooit legde hij iets uit. Als hem werd gevraagd hoe hij het maakte, zei hij: Goed. Of: Ik heb veel werk. Zo praatte hij met zijn collega's, met Leyla, met haar moeder.

Maar in het Koerdisch vertelde hij urenlang, hij babbelde erop los als er vrienden en familieleden op bezoek kwamen of belden, hij grapte, spotte, provoceerde, lachte zich tranen en schold liefdevol. Zelfs zijn lichaamshouding veranderde in de seconde dat hij van taal wisselde, plotseling gesticuleerde hij met zijn handen. Hij praatte ook harder in het Koerdisch, zoals je praat wanneer je iemand bent, dacht Leyla. Silo Hassan, zoon van Khalef en Hawa, vader van Leyla, broer van Nuri, Memo en Pero. Van oude video-opnames wist ze dat hij alleen Koerdisch met haar had gesproken toen ze nog een kleuter was. Later was hij overgestapt op Duits, en daar bleef hij bij, hij praatte Duits met haar.

Leyla stond voor de badkamerspiegel. Ze had haar vingernagels rood gelakt en dezelfde kleur lippenstift aangebracht. In haar rechterhand hield ze een sigaret, ze stak hem niet op.

Haar ouders mochten niet weten dat ze rookte. Leyla gebruikte de sigaret alleen om te oefenen. Sigaretten waren waardevol, je kon ze alleen te pakken krijgen via scholieren uit de bovenbouw, en die wilden ervoor betaald worden. Het was Leyla's taak om met hen te onderhandelen, zij was er goed in. Bernadette jatte voor hun ruilhandeltjes make-up en kleren, en bij de drogist jatte ze pepermuntkauwgum en het parfum waarmee Leyla en zij zichzelf inspoten, om de sigarettengeur te verbergen voor hun ouders. Niemand kon zo goed stelen als Bernadette. Ze zag er onschuldig uit, precies zoals het plattelandsmeisje dat ze eigenlijk ook was. Ze sprak het platste dialect van de school, had een teer gezicht, blonde krullen en keek een beetje scheel, allemaal voordelen bij het jatten.

Leyla en zij liepen altijd met zijn tweeën door de winkels en deden net of ze elkaar niet kenden. Leyla leidde de verkoopsters af, vroeg naar een T-shirt in haar maat en liet de vrouwen zoeken, terwijl Bernadette de spullen in haar schooltas propte. Bij de beveiligde kleren moesten ze daarna altijd de gaten dichtnaaien die waren ontstaan nadat ze de chip eruit hadden geknipt.

Winkelen interesseerde Leyla niet meer. Alleen bij Veneto, de ijssalon waar ze vroeger altijd met haar moeder naartoe ging, stalen ze niet. Waarom winkelen als je ook alles kon stelen?

Bernadette en zij droegen gestolen lippenstift, gestolen ondergoed, gestolen make-up, gestolen mascara en nagellak, gestolen sleutelhangers, gestolen oorringen en gestolen gouden kettinkjes van plastic, Bernadette had er meteen twee meegenomen, vriendschapskettinkjes noemde ze die.

Die trui ken ik nog niet, zei haar moeder tijdens het avondeten. Hij is ook nieuw, zei Leyla. Alweer een nieuwe trui, had je er vorige week niet pas een gekocht?

Winkelen, dat is het enige waar ze aan denkt, zei haar vader.

Het is alleen make-up, mode en kleren wat de klok slaat, verder niks.

En toen ze haar wiskundeproefwerk terugkreeg, zei hij: Alweer een zes.

Haar vader stond erop al haar schoolwerk te ondertekenen. Hoe uitgeput hij na zijn werk ook was, hoe moe hij ook voor zijn Kurdistan TV of KurdSat zat, het nakijken van haar proefwerken was voor hem weggelegd. Hij haalde daarvoor zijn leesbril uit het etui, die hij anders nooit gebruikte, omdat hij allang niet meer las. Door mijn werk ben ik daar te moe voor, zei hij steeds. Zijn oude Koerdische boeken had hij al jaren niet meer uit de kast gehaald, ze stonden naast de dorpskronieken in de boekenkast achter de televisie. Soms liep hij erheen en pakte ze als museumstukken in zijn hand, om te laten zien wat hij net vertelde. Hij kende de boeken nog steeds verbazend goed. Als hij zocht naar een bepaalde foto van een bepaalde Koerdische betoging in Keulen in 1985, pakte hij precies het juiste tijdschrift beet, bladerde drie keer en zei: Kijk, Leyla, kijk hier eens naar.

Alweer een zes, zei hij en hij zette zijn leesbril op. Hij kwam moeizaam overeind en pakte een pen. Toen ik op school zat, zei hij, haalde ik altijd de hoogste cijfers. Hij ging weer zitten. Op de televisie dreef een herder zijn schapenkudde door de bergen, een commentaarstem vertelde iets over de Koerdische kaasproductie.

Ik begrijp het niet, zei haar vader. Je hebt toch alles wat je nodig hebt. Had ik de mogelijkheden gehad die jij hebt! Ik had niet eens een bureau. Ik heb rondgelopen in de velden om te studeren, zei haar vader. Leyla staarde naar het scherm, ze had dit allemaal al zo vaak gehoord. De uitzending was afgelopen, op de televisie lieten ze nu een opname zien van een of ander concert van Şivan Perwer ergens in Europa.

Ik pakte mijn boek en liep over de velden, zei haar vader nog eens. Zo moest ik studeren. Hij schudde boos het hoofd en ondertekende Leyla's proefwerk, een opstel Duits, waarvan hij beslist de helft niet begreep. De tranen sprongen Leyla in de ogen. Ze beet op haar onderlip, ze wilde in geen geval huilen in het bijzijn van haar vader. Zo meteen zou hij haar proefwerk teruggeven en zijn aandacht weer richten op de televisie, langer zou ze haar tranen ook niet kunnen tegenhouden. Haar vader drukte haar het papier in de hand en staarde langs haar heen, Leyla haastte zich naar haar kamer. Ze smeet het papier in een hoek, maar met papier smijten was zinloos, het viel langzaam op de grond, met een rust die Leyla woest maakte. Ze zou met een bord willen gooien, of met een glas. Ze wilde scherven zien, puin. Ze wist niet wat ze het ergst vond: haar vaders teleurstelling over haar – ze was zijn teleurstelling, hij was immers alleen naar Duitsland gekomen zodat zijn kinderen het ooit beter zouden hebben – of zijn woede, als hij alleen nog op alles foeterde. Leyla kon haar tranen niet bedwingen, ze drukte haar gezicht in het kussen.

Op een keer, ze wist niet meer waarom haar vader op haar foeterde en waarom ze zich onrechtvaardig behandeld voelde, had ze zijn accent nagebootst. Het gezicht van haar vader was van het ene moment op het andere versteend, verbijsterd over zoveel brutaliteit. Zo spreek je niet tegen je ouders, zei hij ten slotte in het Duits. Leyla zei: Leer eerst maar eens fatsoenlijk Duits. Haar vader gaf haar een klap in het gezicht.

Daarna zat Leyla in de badkamer met de deur op slot. Na een uur was er nog steeds een rode afdruk te zien op haar gezicht.

Haar moeder klopte op de badkamerdeur en zei: Doe open. Leyla reageerde niet. Ze zat op het wc-deksel naar de tegels te staren. Een hele tijd later deed ze de deur op een kier open en keek de gang in. Niemand te zien. Ze sloop naar haar kamer, stopte snel een paar willekeurige spullen in haar tas, kleren, make-up, haar walkman, en rende het huis uit.

Leyla, dat kan toch niet, dat je vader je slaat, zei Bernadette. Je kunt hem daarvoor aangeven. Maar wat is er eigenlijk gebeurd?

Ze zaten op Bernadettes bed en Bernadette lakte haar teennagels.

Ik heb een hekel aan hem, zei Leyla. Als ik voor een proefwerk een zes haal, zegt hij: Waarom heb je geen zeven. Als ik een zeven haal, zegt hij: Waarom heb je geen acht. Hij wil alles controleren. Waar ga je heen. Wat doe je. Naar wie ga je. Wanneer kom je terug. Dat is te laat. Waarom is je rok zo kort. Wil je zo het huis uit. Ik weet heus wel dat het allemaal draait om j-o-n-g-e-n-s, Leyla rekte dat woord uit en rolde met haar ogen.

Bernadette lachte. Als er nou eens j-o-n-g-e-n-s waren, zei ze. Maar wij hebben alleen Boris, zei Leyla. Bernadette lachte.

Boris is veel erger dan de ergste nachtmerries van mijn vader, zei Leyla. Ze gingen namelijk naar Boris om te blowen. Om de een of andere reden liet Boris hen meeroken, en in tegenstelling tot de scholieren uit de bovenbouw vroeg hij daar niets voor. Ze hingen bij hem op de bank, luisterden naar muziek en praatten, terwijl Boris een of ander computerspelletje speelde, naar hen luisterde en af en toe zijn joint aan hen gaf. Bernadette lachte altijd hard en leek door het dolle heen. Ze schreef het toe aan de wiet, maar Leyla wist dat het ook aan iets anders lag.

Zodra ze Boris' huis weer hadden verlaten, zei Bernadette meestal hoe grappig het deze keer weer was geweest, hoe grappig Boris was. Niet veel later sloeg haar humeur om en zei ze niets meer. Dat verbaasde Leyla, want Boris was allesbehalve grappig. Hij zat steeds maar high achter zijn computer te gamen, en zelfs als ze zaten te praten zei hij niet veel en was het Bernadette die iedereen aan het lachen maakte.

Leyla en Bernadette haalden bij Bernadette thuis wodka, liepen naar de basisschool, klommen over het hek en gingen achter de gymzaal zitten.

Pornowodka, zei Bernadette en ze haalde bruispoeder van Ahoi uit haar tas.

Ze scheurde het zakje bruispoeder open, kieperde de inhoud in haar mond en spoelde na met wodka.

Nu jij, zei Bernadette. Welke smaak wil je?

Framboos, zei Leyla.

Het bruispoeder smaakte zuur, de wodka brandde. Het schuimde in haar mond, ze slikte.

Bernadette pakte het tweede zakje bruispoeder.

Hebben we ook water, vroeg Leyla.

Alleen cola, zei Bernadette.

De stenen tegels onder hen waren nog warm van de zon, maar nu was het avond en het stikte van de muggen. Ze landden op hun blote armen en benen, Leyla sloeg naar hen met haar hand.

Rook, dan gaan ze weg, zei Bernadette, ze stak een sigaret op en overhandigde Leyla de aansteker.

Ze zaten schouder aan schouder te roken. De rook joeg de muggen inderdaad weg. Het was Bernadettes idee. Ze zei: Je moet oefenen. Als je dan een vriend hebt, weet je hoe het moet. Leyla knikte alleen.

Bernadette en Leyla hurkten neer achter de struiken en plasten in het gras. Toen ze overeind kwamen, wankelden ze, en Leyla greep Bernadettes schouder beet.

Hier achter de gymzaal is de perfecte plek, zei Leyla. Bernadette knikte. Hier is niemand, zei Leyla. Het is niet raar, toch? Nee, wat is daar nou raar aan, zei Bernadette.

Leyla dronk cola, Bernadette stak nog een sigaret op. Wodka, vroeg Leyla. Bernadette schudde het hoofd. En toen kuste Bernadette Leyla op de mond. Of Leyla Bernadette.

Bernadettes mond smaakte naar rook, naar wodka, naar

cola en naar de lipgloss die ze ook voor Leyla had gejat. Leyla pakte Bernadettes krullen beet, omdat ze dat in films had gezien, en terwijl ze dat deed, bedacht ze dat het altijd de jongen was die de krullen van het meisje beetpakte, en ze bedacht hoe vaak ze Bernadettes krullen al niet had beetgepakt als ze elkaars haar deden, of als ze naast elkaar in het klaslokaal zaten, Leyla verveeld uit het raam tuurde en met Bernadettes haar speelde.

Niet veel later maakte Bernadette zich van Leyla los, pakte het flesje cola en nam een slok. Wil je ook wat, zei ze. Leyla schudde het hoofd. Wodka, vroeg Bernadette. Leyla knikte.

Op weg naar huis zwalkten ze. De straten waren leeg. Ze hielden elkaars hand vast. Toen Leyla de volgende ochtend naar huis fietste en de voordeur opendeed, had ze hoofdpijn en schaamde ze zich. Thuis zat haar vader weer of nog steeds voor de televisie naar het journaal te kijken. Op de televisie waren studenten bezig met het planten van bomen in de Koerdische bergen. Sinds Saddam weg was en de autonomie van de regio Koerdistan was vastgelegd in de Iraakse grondwet, ging het bergopwaarts. Leyla had haar vader nooit zo gelukkig meegemaakt als op de dag waarop de Amerikanen Saddam uit zijn hol in de grond hadden gesleurd. Uit dat keldergat van een boerderij in de buurt van Tikrit, en Saddam was een oude man, hij zag eruit als een dakloze van het Hauptbahnhof, vond Leyla, met zijn lange, verwarde, bijna viltige haar. Leyla's grootmoeder had aan de telefoon zo opgewonden geklonken, Leyla had haar zo nog nooit meegemaakt. Ze hebben hem als een rat uit zijn hol gesleurd, zei ze, als een vuile rat. Ik ben zo blij, zei ze. Haar vader was naar de keuken gelopen en had de fles raki opengemaakt die Leyla's grootmoeder had gebrand en hem bij zijn laatste bezoek had meegegeven. Vandaag gaan wij drieën feesten, zei hij.

In de weken na Saddams arrestatie zat haar vader na zijn

werk in de woonkamer naar het proces te kijken, dat integraal werd uitgezonden op de Koerdische televisie. Hij zag hoe Saddam elke dag met een helikopter van zijn gevangenis naar de rechtszaal in de groene zone werd overgevlogen, en weer terug. Hoe Saddam zei: Ik erken de rechtbank niet. Hoe de president van Irak zei dat Saddam niet één keer, maar wel twintig keer per dag geëxecuteerd hoorde te worden. Het voorlezen van de tenlastelegging: oorlogsmisdaden, misdaden tegen de menselijkheid. En daarna, in december 2006, werd hij opgehangen. Haar vader zette ook toen de televisie niet uit. Eindelijk, zei hij. Haar moeder zei: Eindelijk. Leyla knikte.

Leyla lag op haar bed. Ze had hoofdpijn. Ze hield zichzelf voor dat het niets te betekenen had, Bernadette was gewoon haar beste vriendin. Op de terugweg hadden ze over helemaal niets gepraat, er viel ook helemaal niets te praten. Leyla had de avond daarvoor al tegen haar ouders gezegd dat ze bij Bernadette zou blijven slapen. Bernadettes ouders stelden geen vragen als ze laat thuiskwamen, Bernadette kon zelfs zeggen: We gaan naar Boris. Terwijl Leyla Boris' naam in het bijzijn van haar vader niet eens in de mond durfde te nemen.

Tijdens maatschappijleer hadden ze het over dictaturen, en Leyla nam het woord en noemde Syrië als voorbeeld. De juf was aardig en wilde altijd heel precies zijn. Ze sloeg haar armen over elkaar en zei dat Syrië weliswaar autoritaire trekken had, maar per definitie geen dictatuur was. Er verdwijnen mensen, zei Leyla, en overal hangt dat portret van de president. De juf bedankte Leyla en zei dat de discussie was afgelopen, maar toch praatte Leyla door. Zo is het genoeg, Leyla, zei de juf, en toen zette Leyla het op een brullen, de juf had er geen idee van, riep ze. De juf glimlachte onzeker, deed een paar stappen naar rechts en links, en sloeg ten slotte uit alle macht op tafel, waarna ze vroeg wat dit te betekenen had, en zei dat Leyla moest stoppen. Leyla riep dat ze Assads domme hoer was.

Je ging volledig door het lint, zei Bernadette na afloop. Wat was er aan de hand?

Toen de brief thuis aankwam, wond haar moeder zich op. Dat was helemaal niet nodig, zei ze. De juf, herhaalde Leyla, zei dat Syrië geen dictatuur is. Dat kan me niets schelen, zei haar moeder en ze zag er erg boos uit. Je noemt je juf geen domme hoer, je noemt trouwens niemand een domme hoer. Haar vader ondertekende de brief zonder te aarzelen. Die vrouw heeft geen flauw benul, zei hij. Haar moeder liep de kamer uit, net als altijd, maar dit keer was ze boos.

Op een zaterdagochtend, het was nog donker, werd Leyla gewekt door haar moeder. Haar vader zat al in de keuken koffie te drinken. We gaan naar Keulen, zei hij.

Waarom, vroeg Leyla pas toen ze in de auto zaten.

Haar vader zat weer avond na avond aan de televisie gekluisterd, net als een jaar geleden, toen George W. Bush Saddam Hoessein voor een ultimatum had gesteld – Saddam moest zijn land binnen achtenveertig uur verlaten, anders zou Irak worden aangevallen – en de Amerikanen negentig minuten later Bagdad hadden gebombardeerd. Leyla herinnerde zich de groen oplichtende nachtbeelden nog goed, de satellietfoto's van Bagdad, het raketvuur, de tanks en de doden, en de monotone stemmen van de nieuwslezers. Saddam was drie maanden geleden gevangengenomen, nu was het lente en ging het om de rellen in Syrië.

Ik heb er geen zin in, zei Leyla. Haar ouders reageerden niet eens. Leyla staarde uit het autoraam.

Donkergroene bosjes en velden trokken langs. Een grijze dag, het stopte juist met regenen toen ze aankwamen. De betoging begon bij het Hauptbahnhof. Het was de eerste keer dat Leyla in Keulen was.

Kijk, zei haar moeder, dat is de Dom van Keulen.

Leyla vond dat de kathedraal een lelijke kleur had, zoals de autosnelweg.

Er waren veel mensen gekomen. Het hele plein stond vol. Ze riepen 'Bijî Koerdistan' en hielden foto's in de lucht van mensen die tijdens de rellen waren gedood. De foto's zagen eruit alsof ze die thuis zelf hadden afgedrukt en op een stuk karton hadden geplakt. Op sommige foto's lagen de doden in een plas bloed, alle foto's waren vaag en verpixeld. Het bloed zag er een beetje uit als een rood mozaïek.

Ze liepen allemaal samen. Leyla, haar moeder en haar vader, altijd naast elkaar. Haar vader kwam voortdurend mensen tegen die hij kende. De kennissen knikten naar Leyla en haar moeder, daarna praatten ze met haar vader en besteedden ze verder geen aandacht aan hen. Ze zagen er allemaal bezorgd uit. Leyla voelde zich net een aanhangsel. Haar moeder leek daar geen moeite mee te hebben. Hoe langer ze liepen, hoe bozer Leyla werd, maar op wie? Er kwam geen einde aan de betoging. Op een bepaald moment stonden ze op een plein. Midden op het plein stond een podium met reusachtige speakers. Het plein stroomde vol, iedereen stond te wachten.

Haar vader praatte met steeds nieuwe kennissen. Die knikten naar Leyla, zeiden iets in de trend van 'O, maar jij bent groot geworden, de laatste keer dat ik je zag was je nog een klein meisje' en praatten weer verder met haar vader.

Leyla deed een paar passen en baande zich in haar eentje een weg naar de rand van het plein. Er werd een toespraak afgestoken, daarna nog een. Toen kwam een zanger het podium op, iedereen drong naar voren. Het was Şivan, Şivan Perwer.

Şivan begon te zingen. *Min beriya te kiriye*. Leyla kende elk lied. *Vraag het aan de kleuren van de lente. Vraag het aan de bloesems van de bomen. Al vele jaren zit ik gevangen. Ik heb veel geweld en onderdrukking gezien. Geloof me, ik verlang naar jou.* Een nogal dikke vrouw stond naast Leyla te huilen in het puntje van haar hoofddoek. Ze huilde zo hard en onbeheerst dat haar lichaam door het gesnik heen en weer schudde. Leyla keek weg. Ze stapte nog verder achteruit en stelde zich voor dat ze gewoon toevallig hier midden tussen de mensen stond. Dat ze een voorbijganger was die net een van de omliggende kledingwinkels uit was gekomen en nu geïnteresseerd naar de bijeenkomst stond te kijken. Het had allemaal niets met haar te maken.

Şivan zong de menigte met krachtige stem toe: *Kîne em. Wie zijn we.* Plotseling sprongen er tranen in Leyla's ogen. Ze beet op haar onderlip, probeerde haar gelaatstrekken onder controle te houden, niet in huilen uit te barsten. Şivans stem dreunde door de luidsprekers. Leyla wendde zich af, wurmde zich naar een kiosk nog meer achterin en kocht een cola.

'De rellen in Qamishli in 2004' las Leyla jaren later over de tijd van de betoging, toen het land allang door nieuwe rellen werd geteisterd en er allang niet meer werd gesproken van rellen, maar van oorlog en burgeroorlog. Leyla zat met de laptop op haar knieën op haar bed in de stad waar ze studeerde, ze bleef maar lezen en probeerde te begrijpen wat ze allang niet meer kon begrijpen. De rellen overlapten elkaar, de oorlog had plaatsgemaakt voor de burgeroorlog, de puinhopen stapelden zich op. Leyla las: 'Qamishli 2004', en ze herinnerde zich alleen nog de foto's die de demonstranten omhoog hadden gestoken, met daarop de dode lichamen in plassen bloed, en dat die doden iets te maken hadden met een voetbalstadion.

De rellen uit die tijd waren begonnen op 12 maart, las ze, tijdens een voetbalwedstrijd. De fans van het ene team wisten zonder de gebruikelijke veiligheidscontroles het stadion binnen te komen, mochten anders dan gebruikelijk pal naast de fans van het lokale team zitten en begonnen hen nog voor aanvang van de wedstrijd met stenen en flessen te bekogelen. Het eerste team werd beschouwd als aanhanger van het regime, het tweede als Koerdisch. Nog tijdens de wedstrijd werd er via de radio verslag uitgebracht van het geweld tussen de fans, steeds meer mensen kwamen naar het voetbalstadion. Vervolgens losten de Syrische veiligheidstroepen de eerste schoten. De fans van het eerste team scandeerden leuzen tegen Koerden en beledigden Koerdische politici. De politie joeg niet hen het stadion uit, maar het andere team. Hoewel de menigte buiten het stadion geen vuurwapens gebruikte, schoten Syrische veiligheidstroepen met scherp op hen, er stierven negen mensen.

De volgende dag moesten die doden begraven worden. De Koerdische partijen regelden een rouwstoet, waar meerdere tienduizenden mensen aan deelnamen. De stoet verliep eerst vreedzaam. Maar toen een paar deelnemers leuzen voor de Amerikaanse president Bush scandeerden en een standbeeld van Assad met stenen bekogelden, schoten de veiligheidstroepen eerst in de lucht, en tegen het einde van de betoging schoten gewapende agenten in burger op de menigte.

De zomer na de rellen in Qamishli was de eerste zomer waarin Leyla niet naar het dorp was gereisd. Te gevaarlijk, zei haar moeder en ze schudde vastberaden het hoofd. Geen sprake van. De rellen kunnen op elk moment weer losbarsten. Haar vader zei: Je weet niet welke kant het op zal gaan. De toestand is onvoorspelbaar.

Hoe zit het dan met oma, Zozan, tante Havin, Rengin, Leyla telde het na voor haar ouders. Evin, Douran, oom Memo, tante Khezal, Nesrin. Alsof het voor hen niet net zo gevaarlijk was.

Waarom moesten zij in een gevaar leven waar ze Leyla voor wilden beschermen? Dat slaat nergens op, zei Leyla destijds. Waar had ze dat aan verdiend? Hoe kon dat rechtvaardig zijn?

Ik wil naar het dorp, zei ze. Het maakt me niet uit dat het gevaarlijk is. Onzin, zei haar moeder en ze stond op, zoals altijd wanneer de discussie voor haar afgelopen was.

Je bent niet goed wijs, zei haar vader. Hij speelde met de afstandsbediening van de televisie in zijn hand. Leyla liep naar haar kamer en stond daar gewoon te staren naar haar boekenkast, naar de kleurrijke ruggen van de boeken. Het was niet rechtvaardig, zei ze bij zichzelf. Wat kon daar nu rechtvaardig aan zijn?

Ik slaagde dus voor mijn eindexamen met zesennegentig procent, zei Leyla's vader. Ik besloot apotheker te worden en meldde me aan voor een studie farmacie in Damascus. Maar als ajnabi zonder Syrisch staatsburgerschap, dat zeiden ze tegen mij, mocht ik niet studeren. Koerdische staatlozen kregen geen toestemming. Ze bekeken mijn kandidatuur niet eens. Ik probeerde me alsnog in te schrijven, eerst voor Engelse literatuur, daarna voor islamitische theologie, hoewel ik dat laatste al helemaal niet wilde studeren. Maar iedere keer wezen ze mijn verzoek af.

Ik vertrok weer uit Damascus en nam de bus naar huis, om te helpen bij de oogst. Ik legde mijn broeken met de wijd uitlopende pijpen in de kast. Ik had ze in Damascus gekocht in de veronderstelling dat ik naar de universiteit zou gaan, dat ik in de collegezaal zou zitten en daarna in de cafés.

Ik bleef een paar weken thuis. Het was 1980. Ik stond bij het krieken van de dag op, hielp mijn vader op het veld en mijn moeder bij het koken. 's Avonds liep ik over de velden en slenterde doelloos door het landschap. Ik volgde de grindpaden naar de rivier, trok mijn schoenen uit, waadde blootsvoets door de rivierbedding, langs grote stenen, om vervolgens weer de velden in te trekken. Pas vlak voor het volgende dorp keerde ik altijd om, ik had geen zin om kennissen tegen het lijf te lopen die me zouden vragen hoe ik het maakte. Ik bleef wakker tot diep in de nacht, zat onder de gaslamp te roken en staarde zonder te lezen naar de gedichten van Cegerxwîn, ik wist me geen raad met mezelf. Mijn schoolboeken had ik aan

Memo gegeven, ik had ze niet meer nodig. Misschien had hij meer geluk dan ik, je wist maar nooit. Alles wat ikzelf had geleerd, leek me nu zinloos. Ik schaamde me bijna voor mijn plannen om Engelse literatuur te gaan studeren. Ik wilde iemand worden, zomaar iemand, een apotheker, een leraar, een arts. Ik had ervoor geleerd en had daar nu spijt van. Ik wilde niet meer naar de stad, wilde de Arabische studenten niet zien, omdat zij anders dan wij niet uit het staatsburgerschap waren ontzet en zelfs met slechte cijfers mochten studeren. Ik wilde tijdens de zomervakantie ook niet meer naar Damascus om daar te werken, om uitgerekend aan die studenten op weg naar hun college koffie en sap te verkopen.

En dus bleef ik in het dorp. Ik werkte hard, wilde mijn ouders niet tot last zijn. Ik hielp bij de oogst, voerde de kippen, besproeide de planten, sjouwde met watermeloenen en oogstte knoflook. Ik pakte een spade en liep ermee de tuin in. Wat ben je van plan, vroeg mijn vader. Een put graven, zei ik. Ik wilde iets nuttigs doen. Zodat moeder en Pero niet steeds met water moeten zeulen, zei ik. Dat lukt niet, zei mijn vader. Toch liep ik de tuin in. Ik spitte een halve dag, ik zweette. Op een bepaald moment stond ik tot aan mijn middel in de aarde, en ten slotte tot aan mijn borst. En toen stuitte ik op steen, op vaste, harde steen. Zie je wel, zei mijn vader. Zei ik het niet?

Ik was alweer een tijdje thuis in het dorp toen de mannen met hun bandplooibroeken en overhemden kwamen aanrijden. Ze droegen glimmend gepoetste leren schoenen en plompe horloges, waar ze een paar uur later het stof uit het dorp met spuug en hun zakdoeken van afveegden, voordat ze weer in hun auto stapten. We hebben iemand nodig die goed Arabisch spreekt, zouden ze hebben gezegd, en daarna werd ik erbij geroepen. Ik vertaalde, en zodra ik klaar was met vertalen, stond ik op en wilde ik gaan. Waarom zo'n haast, vroeg een van hen. Waar ga je naartoe, wilde een ander weten. Naar het veld, zei ik. De mannen lachten. Zo'n haast om naar het veld te gaan! Dat graan loopt heus niet weg, zeiden ze. Wat doe je eigenlijk hier in het dorp, vroegen ze. Gewoon op de akkers werken, antwoordde ik. Zo, zo, zeiden ze. Een jongeman zo goed opgeleid als jij, die zo foutloos Standaardarabisch spreekt. Wat heeft iemand als jij op de akkers te zoeken? Waarom ben je niet in de stad, om zoals de andere mannen van je leeftijd te studeren, vroegen ze. Ik werd boos. Ze wisten maar al te goed waarom ik niet naar de universiteit ging en in plaats daarvan op het veld werkte.

Ik beet op mijn onderlip en zei: Omdat ze mijn verzoek hebben afgewezen.

Zo, zo, zeiden ze, maar je cijfers waren toch zeker niet slecht.

Als ajnabi is het mij verboden om naar de universiteit te gaan, zei ik, en ik deed mijn best om mijn stem kalm te laten klinken. O, wat een verspilling, riepen de mannen en ze schudden lachend het hoofd, en dat voor zo'n slimme jongeman als jij!

Vanaf dat moment vroegen de mannen iedere keer naar mij als ze naar het dorp kwamen. Als er een zoon uit een andere familie bij werd gehaald, stuurden ze hem weer weg en zeiden ze dat ze mij van het veld moesten roepen. Ze hadden tijd, ze konden wachten. Ik moest dan mijn werk laten vallen en naar hen toe gaan. Ze sloegen me op de schouder en lachten. Daar is hij dan, onze vertaler.

Ze nodigden me uit op hun kantoor in de stad, ze noemden het echt kantoor. Kijk niet zo geschrokken! We willen gewoon theedrinken en een praatje met je maken. Ze noemden geen adres, iedereen wist immers waar hun kantoor lag. En ik wist dat ik hun uitnodiging niet kon afslaan zonder mezelf in moeilijkheden te brengen. Niemand zou het gewaagd hebben om er niet heen te gaan als ze erom vroegen.

Ik ging met de bus naar de stad. Ik droeg mijn broek met de wijd uitlopende pijpen en mijn lichtblauwe overhemd, dat ik in Damascus had gekocht en daar ook voor het laatst had aangehad. Ik was fris geschoren en had geprobeerd om mijn krullen te temmen. Het was een warme dag. Ik veegde mijn zweethanden telkens weer af aan de bekleding van de bus.

Tegen de portier zei ik dat ik was opgeroepen. Ik toonde mijn papieren en noemde mijn naam. De portier lachte naar me. Hij knikte. Ze verwachten je, zei hij. Wacht hier, ze komen je halen.

Een van de mannen die ik al uit het dorp kende, stapte door een deur naar buiten, liep over de binnenplaats naar me toe en begroette me als een oude vriend die hij lang niet had gezien.

Nou, goede reis gehad? Hij sloeg me op de schouder.

Ik volgde hem de trap op naar de eerste verdieping, daar de gang door en de tweede deur rechts. Hij leidde me een vertrek binnen waar twee mannen aan een bureau zaten, met pal daarboven het portret van de president. Hij wees op een stoel en vertrok toen weer.

Mooi dat je het hebt gevonden. Thee, koekjes?

Ik sloeg het af.

Kom op, drink toch wat thee, we hebben er heus geen gif in gedaan, zei de man en hij lachte zo hard dat het leek of hij een mop had gemaakt. De andere man bleef maar zwijgen en keek me aan.

We kunnen je werk geven, zei de eerste. Het werk daarginds in het dorp is toch niks voor een man met jouw capaciteiten en cijfers. Je wilt toch niet je hele leven op de velden zwoegen.

Hij sprak over samenwerken. Ik kon hun aanbod natuurlijk ook afslaan, zei hij, wat ik uiteraard beslist niet zou doen. Ik wist immers dat het een dreigement was, meer hoefde hij niet te zeggen. Daarna wilde hij weten wat die ene dorpeling zoal uitvoerde, en die andere. 'Inlichtingen geven', zo noemde hij het.

Je zou een grote hulp voor ons zijn, zei hij. De andere man naast hem glimlachte alleen. Sta jezelf niet in de weg.

Ik zei: Nee bedankt, nee. Dat doe ik niet. Ik ben niet geschikt voor dat werk, het is niks voor mij. Ik kan het niet, zei ik.

Niet veel later kwamen ze weer naar het dorp. Dit keer wilden ze een andere vertaler. Maar mij lieten ze weten dat ze me een week later op donderdag weer bij hen op kantoor verwachtten.

Op de avond van hun bezoek in het dorp zat ik onder de gaslamp. De gedichten van Cegerxwîn had ik zelfs niet meer opengeslagen. Ik rookte en keek toe hoe de insecten steeds weer in het licht vlogen.

De volgende ochtend nam ik het besluit.

Ik vertrek, zei ik tegen mijn vader. Hij leek me niet te geloven. Morgen ben ik weg, zei ik.

Ik ging naar de buren, de familie Um Aziz. Ik ben gekomen om afscheid te nemen, zei ik. Hun dochter bracht thee.

Waar wil je naartoe, vroeg Um Aziz.

Damascus, zei ik.

Toen ik de volgende dag opstond, bracht mijn moeder me thee en roerei, brood en yoghurt, en tomaten uit onze tuin. Ze bleef naast me zitten tot ik klaar was met eten.

Waar is vader, vroeg ik.

Hij is naar de molen gegaan, zei ze. Dat verbaasde me, hij was er een week eerder pas geweest, we hadden genoeg meel.

Pas vele jaren later, jij was allang geboren, Leyla, vertelde ze me dat hij meteen na mijn vertrek terug was gekomen en naar mij had gevraagd.

Waar is hij, zei hij.

Hij is al vertrokken, antwoordde mijn moeder.

Toen ging mijn vader naar Hesso, die een auto had, en zei

hij: Rijd me naar Qamishli. Nu meteen! Ik wil toch afscheid nemen van mijn zoon. Ik zal het wel verdragen.

Hij bleef twee dagen in Qamishli en probeerde me te vinden. Hij liep van het ene café naar het andere en vroeg mensen of ze mij hadden gezien. Maar hij vond me niet. Qamishli is een grote stad.

Aan het woord 'vlucht' dacht ik niet toen ik mijn spullen pakte. Ik leerde het pas in Duitsland kennen. 'Politiek vluchteling', 'asiel'.

Ik zei gewoon bij mezelf: ik vertrek. Ik kan niet blijven, dus vertrek ik.

Ik vertrek, in tegenstelling tot mijn moeder, toen de moslims hun dorp omsingelden en zij nog een kind was. Dat waren Koerden, Koerdische soennieten. Mijn moeder is niet vertrokken. Mijn moeder is weggerend.

En ik vertrek ook niet zoals mijn vader als jongeman is vertrokken, toen hij werd opgeroepen voor het Turkse leger. Mijn vader is naar Sinjar gegaan en verstopte zich maandenlang in de bergen.

Nuri was al voor mij weggegaan. Hij was destijds al twee jaar in Duitsland en stuurde van tijd tot tijd geld naar de familie.

Ik dacht toen, vertelde Leyla's vader aan haar en hij keek haar over de keukentafel heen aan, dat weggaan in de eerste plaats een opeenvolging van stappen was, meer niet. Het waren gewoon stappen.

Ik had geen paspoort toen ik vertrok, alleen mijn papieren, met daarop mijn naam, mijn geboortejaar, mijn geboorteplaats en mijn identiteit als ajnabi, buitenlander. Daarmee zou ik niet ver komen. Maar ik kende een Koerd uit Nusaybin, de stad achter Qamishli, aan de andere kant van de grens. Hij was een jezidi net zoals wij en heette Sharo. Een paar maanden geleden was hij bij ons op bezoek geweest, en ik had hem toen al gezegd dat ik binnenkort hulp nodig zou hebben.

Ik denk erover om weg te gaan, zei ik destijds. Hij antwoordde dat hij alles voor mij kon regelen. Ik moest hem waarschuwen als ik zover was.

Ik nam de bus naar Qamishli. Ik ging naar Mustafa, een kennis van Sharo, die een Syrisch paspoort had en handeldreef met Nusaybin. Hij stelde voor om de grens tijdens de officiële overgangstijd samen over te steken. Dat probeerden we.

Eerst moesten we langs de Syrische controlepost. Omdat ik geen identiteitsbewijs had, wilden ze me niet doorlaten. Ik zei tegen de douanebeambten dat ik gewoon Mustafa wilde helpen om zijn koopwaar de grens over te dragen en dat ik meteen terug zou komen. De douanebeambten liet me erdoor.

Toen kwam ik bij de Turkse kant. Daar stonden twee grenswachters die de voorbijgangers gewoon doorwuifden. Het was een heuse mensenstroom die hier in de richting van Turkije voortbewoog. Ik mengde me onder de menigte, Mustafa liep achter me en droeg mijn tas. Zo liepen we vooruit, langzaam, tot we bij de volgende Turkse controlepost kwamen. Iedereen werd op luide toon verzocht zijn paspoort te laten zien. Mustafa siste me toe om gewoon langs de grenspolitie heen te lopen. Ik schuifelde voetje voor voetje naar voren in de mensenmassa en staarde voor me uit. Het lukte. Zo kwamen we bij de derde controlepost.

Identiteitskaarten, zei de Turkse politieagent daar. Hém kon je niet zo gemakkelijk voorbijlopen. De beambte naast hem doorzocht alle tassen. Ik probeerde opnieuw om gewoon langs hen heen te lopen, maar toen dook er een derde politieman op, hij kwam voor me staan en wilde mijn paspoort zien.

Ik wist niet wat ik moest zeggen.

Hij heeft ruzie gehad met zijn vader, zei Mustafa, en is dwars over de velden en de grens naar Syrië gelopen, helemaal tot in Qamishli. Hij had geen paspoort bij zich, zei Mustafa. Ik ben hem nu gaan ophalen om hem weer naar huis te brengen.

Natuurlijk geloofde de politieman hem niet.

Hoeveel krijg je van ons, vroeg Mustafa.

Tweeduizend lira, zei de politieman.

Tweeduizend lira is veel te veel, zei Mustafa.

Mij maakte het eigenlijk niet uit, ik wilde alleen de grens over. Maar Mustafa schudde vastberaden het hoofd. We draaiden ons om en mengden ons weer onder de mensenmenigte op de grensstrook.

We wachtten tot de aflossing van de wacht en gingen toen weer in de rij staan.

Hoeveel krijg je van ons, vroeg Mustafa opnieuw.

Vijfentwintighonderd lira, zei de politieman. Dit keer betaalde ik.

In Nusaybin zat ik eerst gewoon even in de schaduw van het stoffige grensstation en keek ik achterom. Syrië lag achter me. De onzichtbare grens waar ik zo vaak naar had gekeken, de grens die mijn vader en de andere dorpelingen 's nachts steeds weer hadden overgestoken, met tabak, thee, schapen en ezels, de grens met zijn mijnenvelden, waar zoveel mensen waren omgekomen, de grens die pas aan het einde van de Eerste Wereldoorlog was getrokken, vastgelegd in de verdragen van Sèvres en Lausanne, volledig kunstmatig – nu had ook ik die grens overgestoken.

Ik moest naar het dorp Qolika, zo'n twintig kilometer bij Nusaybin vandaan, waar Sharo woonde, die me zou helpen om in Duitsland te komen. Mustafa vroeg naar de verbinding met Qolika, en toen hij de juiste minibus voor me had gevonden, legde hij mijn situatie uit aan de chauffeur. Het was de zomer van 1980, de tijd kort voor de staatsgreep van de Turkse generaals. Het Turkse leger bereidde zich al voor, op elke straat werd er gecontroleerd. Maar ik had geen identiteitspapieren.

De bussen hadden destijds busbegeleiders, die de bagage inlaadden en de kaartjes verkochten. De begeleider van mijn bus was aardig. Hij zei dat hij net was opgeroepen voor het leger, waar hij zijn identiteitskaart had moeten afgeven. Ter vervanging had hij een brief gekregen die zijn identiteit bevestigde. Die brief gaf hij aan mij. Hij zei dat ik die bij straatcontroles moest laten zien, hijzelf werd toch niet meer gecontroleerd, omdat hij het traject verschillende keren per dag aflegde en de soldaten hem allang kenden.

En dus nam ik afscheid van Mustafa en ging ik in de bus zitten, en dat als een man die volgens zijn papieren Cemil Aslan heette en in 1962 in Nusaybin was geboren, een Koerd met een Turkse naam en het Turkse staatsburgerschap, die over een paar dagen aan zijn militaire dienst in Diyarbakır zou beginnen. We vertrokken. En we waren nog niet lang onderweg of we kwamen al een straatcontrole tegen. Iedereen liet zijn identiteitskaart zien, ik overhandigde mijn briefje. Gelukkig vroegen de soldaten me niets, anders hadden ze meteen door dat ik niet Cemil Aslan was zoals op mijn papier vermeld stond. Ik sprak immers geen woord Turks, Leyla. We reden verder, nog een eind langs de grens, en ten slotte sloegen we af. Het landschap was heuvelachtig en was verbleekt door de lange zomermaanden.

En zo kwam ik in Qolika. Ik vroeg waar Sharo woonde en vond zijn huis. Hij kwam van het veld aangerend toen hij hoorde dat ik er was. Helemaal buiten adem sloeg hij me op de schouder en kuste mijn wangen. Eindelijk, riep hij, en net als bij onze eerste ontmoeting maakte hij grapjes, dat ik zo klein was dat hij me wel moest helpen, en hij was inderdaad beslist twee koppen groter dan ik. Zijn zus bracht thee, zijn moeder kookte voor ons.

De volgende dag reden Sharo en ik het hele eind terug naar Nusaybin. Ditmaal had ik geen papier dat ik kon laten zien, maar ik wist waar de controlepost zich bevond. Vlak daarvoor stapten we uit. Naast de straat lag een groot tuincentrum. We liepen door de tuinen, langs de kassen, en kwamen zo in de stad, zonder door de soldaten te worden gecontroleerd.

In Nusaybin bracht Sharo me naar Majed, een Qereçî met een flinke snor, die me verder zou helpen. Met Majed ging ik naar een fotograaf. We lieten pasfoto's van me maken en liepen daarna naar het bevolkingsbureau.

Ik probeerde te begrijpen wat Majed daar in het Turks zei: Ik ben hier om mijn zoon in te schrijven. De ambtenaar bekeek hem niet, keek in plaats daarvan mij aan en vroeg of ik uit Qamishli of Aleppo kwam. Hij vroeg het meteen in het Arabisch, maar ik antwoordde niet, deed alsof ik hem niet begreep. Majed zei: Ik zweer op het hoofd van je vader dat hij mijn zoon is. De ambtenaar geloofde hem niet. Waarom zou hij ook, mijn huid was veel lichter dan die van Majed, en bovendien was Majed korter dan ik. Hij was gezet, ik lang en slank. De ambtenaar wilde mijn identiteitskaart zien. Die heeft hij niet, zei Majed.

Waarom heeft hij geen identiteitskaart, zei de ambtenaar, nog steeds in het Arabisch, hij had ons door. Er zijn overal militairen, hoe is hij überhaupt hier gekomen zonder identiteitskaart? Daarna wilde hij weten waar ik me had schuilgehouden. Ik was een herder, zei Majed, in de bergen had ik geen identiteitsbewijs nodig. Ook dat leek de ambtenaar niet te geloven. Pas toen we geld op tafel legden, knikte hij en registreerde me als het negende kind van Majed. Firat, zei Majed, zoals de rivier, Firat Ekinci heet hij. Ik knikte. We vertrokken.

Majed bracht me naar zijn familie. Zijn ouders waren al ver boven de negentig. Ik kuste hun handen. Ze vroegen waar ik vandaan kwam. Uit een dorp in Hasaké, zei ik. Welke familie, vroegen ze. Oorspronkelijk van deze kant van de grens, zei ik, uit Beşiri in de omgeving van Batman. Toen ik de namen van mijn grootouders en overgrootouders noemde, glimlachten ze, ze kenden hen van vroeger.

Twee dagen bleef ik bij hen, en in die tijd slachtten ze een kip voor me en haalden ze lekkernijen bij de banketbakker. Twee dagen waarin ik at, theedronk, bij Majeds ouders zat en voetbalde met Majeds jongste zoon. Toen ging Majed met me naar Mardin, waar ik met de verklaring van het bevolkingsbureau een Turks paspoort zou krijgen. Op het kantoor in Mardin zeiden ze tegen me dat ik mijn paspoort zou krijgen, maar dat de politie eerst mijn identiteit wilde controleren. Ze gaven me een brief en zeiden dat ik over negen dagen terug moest komen.

Ik ging naar Qolika, naar Sharo en zijn familie, de negen dagen verstreken. Daarna ging ik weer naar Mardin, weer in een minibus, deze keer naar de politie. Sharo ging met me mee. Het was 9 juli 1980, twee maanden voor de legercoup. Het politiekantoor was stampvol, we begrepen niet waarom. Er heerste een koortsachtige haast, overal mannen in uniform en in burger, mannen van heinde en ver. Sharo en ik wisten niet wat we moesten doen. We liepen naar een tearoom in de buurt van het politiekantoor en kwamen daar een vriend van Sharo tegen, met wie we koffiedronken. We bleven niet lang, betaalden en liepen weer naar de bushalte.

Later heb ik me vaak afgevraagd wat er gebeurd zou zijn als het politiekantoor in Mardin die dag niet stampvol was geweest en ze me het paspoort gewoon hadden gegeven. Of als we, toen we op het politiekantoor geen geluk hadden, meteen terug naar de bushalte waren gelopen, zonder eerst in de teamroom Sharo's vriend te ontmoeten, die hem cassettes van Gulistan en Şivan Perwer had gegeven. Of als Sharo's vriend de cassettes, met muziek die in Turkije verboden was, die dag thuis was vergeten. Wat was er dan gebeurd? Dat vraag ik me vaak af, Leyla.

We zaten in de minibus, reden, keken uit het raam, en ineens was alles te laat. Achter Mardin werd de weg versperd door een nieuwe straatcontrole. Legervoertuigen, stapels zandzakken, soldaten met geschouderde geweren. We moesten allemaal uitstappen. We stonden in een rij voor de minibus, onze handen uitgestrekt naar het dak van het busje, terwijl de soldaten ons fouilleerden.

We moesten onze identiteitskaart laten zien. Maar ik had die vervloekte identiteitskaart niet. In plaats daarvan toonde ik de verklaring van het bevolkingsbureau en de brief die ze me op het politiekantoor in Mardin hadden gegeven. Een soldaat vroeg me iets wat ik niet begreep. Sharo vertaalde voor mij. De soldaat blafte hem toe dat hij zijn mond moest houden, en stelde zijn vraag opnieuw. Ik keek hem aan. Hij was net zo lang als ik, maar zijn gezicht zag er nog zo ontzettend jong uit. Hoe oud was hij, zestien, zeventien? Spreekt hij geen Turks, vroeg de soldaat, ik begreep zijn vraag min of meer. Sharo schudde het hoofd en zei: Nee.

Meekomen, zei de soldaat.

We werden in een legerauto gezet. Ze hadden onze handen achter onze rug vastgebonden, en daarna hadden ze een zak over ons hoofd getrokken. Ik kon niets zien. Mijn ademhaling voelde warm aan onder de ruwe stof, het zweet liep in straaltjes van mijn voorhoofd. Sharo, zei ik. We reden weg.

Op een zeker moment kwamen we ergens aan. Een soldaat riep iets, ik begreep het niet. Sharo vertaalde: Uitstappen! Iemand rukte de zak van mijn hoofd. We stonden op een binnenplaats. Het licht was oogverblindend scherp. Daar naar binnen, vertaalde Sharo, en hij wees met zijn hoofd op een deur. Voor en achter ons stonden soldaten.

We waren nog maar net in het vertrek of we werden al van elkaar gescheiden. Twee soldaten grepen Sharo's arm beet en duwden hem naar de volgende deur. Niks zeggen, riep hij me nog toe in het Koerdisch, waarop een van de soldaten hem een klap gaf.

Nee, riep ik, ik zeg niks. Maar toen was Sharo al verdwenen.

Ik had geen tijd om zelfs maar om me heen te kijken. Een officier kwam de kamer in gelopen en droeg een soldaat op om in het midden van het vertrek een stoel neer te zetten. Mij beval hij om erop te gaan zitten. Opnieuw kreeg ik een blinddoek om. Ze snoerden mijn armen achter mijn rug vast aan mijn hals, bonden mijn benen vast aan de stoel. Ik hoorde de officier iets zeggen wat ik niet begreep. Een deur ging open en viel weer in het slot. Het was stil. Plotseling was het stil.

Was ik alleen? Ik wist het niet. Minuten verstreken, en omdat ik niemand hoorde ademen, niemand bewoog of zijn keel schraapte, nam ik aan dat ik alleen was. Buiten hoorde ik het geluid van een auto, een hek dat werd opengemaakt, stemmen, iemand riep iets. Daarna weer die stilte. Ik probeerde me te bewegen, het lukte niet. Mijn armen waren hoog achter mijn rug geboeid, het touw zat rond mijn hals geknoopt. Daardoor had ik maar twee opties: of ik zat in een min of meer natuurlijke houding, met rechte rug en ontspannen spieren, maar dan kreeg ik geen lucht, omdat het touw in mijn keel sneed. Of ik zat helemaal krom en gespannen, met een vreselijk verdraaide rug, maar kon wel normaal ademhalen.

Ik koos voor de tweede variant. Door de blinddoek kon ik niet zien hoe het licht veranderde, of het al avond werd of pas laat in de middag was. Ik realiseerde me hoeveel dorst ik had. De koffie in Mardin was het laatste wat ik had gedronken. Hoelang was dat geleden, vier uur, vijf uur? Ik had meer dorst dan honger. Sharo's zussen hadden vast voor ons gekookt en zaten te wachten met de lunch of het avondeten. Uiterlijk tijdens het avondeten moesten ze beseffen dat we niet meer zouden komen.

Zachte muziek haalde me uit mijn gedachten. Ik hoorde een saz en twijfelde aan mijn verstand. Toen begreep ik dat de muziek van de tape kwam. Toch dacht ik haast dat mijn oren me bedrogen. Waar kwam de muziek vandaan, die melodie kende ik toch? Ze hoorde bij een lied dat mijn moeder altijd zong als ze brood bakte, bij een oud lied, de herder van ons dorp zong het als hij zijn schapen hoedde, mijn zus zong het als ze zat te naaien. De melodie hoorde bij een Koerdisch lied. Ik vroeg me af wat dat lied hier in de gevangenis te zoeken had.

Toen hoorde ik Şivans stem, en ik wist meteen dat ze Sharo's cassettes hadden gevonden.

Malan bar kir lê çûne waran lê, hoorde ik Şivan zingen: *Ze hebben hun spullen gepakt en zijn teruggegaan. Ons vlees werd opgegeten door de muizen en slangen. Ik ben een wees, mijn handen zijn gebonden. Ze hebben hun spullen gepakt en zijn teruggegaan.*

Ik kan niet zeggen hoe ik die nacht ben doorgekomen, Leyla. Ik heb niet geslapen, geen seconde. Tegen de dorst probeerde ik te kauwen, speeksel in mijn mond te verzamelen en door te slikken. Maar het hielp niet. Mijn verdraaide rug deed zeer, mijn verdraaide nek deed zeer. De pijn in mijn rug en nek straalde uit naar mijn hoofd, naar mijn handen, mijn benen. Zo zat ik daar. De tijd verstreek zoals hij altijd verstreek, maar elke seconde deed vreselijk veel pijn. Toen hoorde ik dat iemand de deur opendeed. Iemand kwam het vertrek binnen en liep op me af. Hij bleef voor me staan. Ik zag zijn laarzen. Hij raakte mijn bonzende hoofd aan, rukte de blinddoek af, ik knipperde met mijn ogen. Hij zei iets wat 'opstaan' moest betekenen, en liep alweer weg. Ik stond op, maar kon nauwelijks op mijn benen staan.

Ik keek om me heen. Er hingen spiegels en wastafels aan de muur. Een groepje soldaten kwam met veel herrie de kamer binnen. Ze liepen langs me heen alsof ik er niet was, en schoren zichzelf meteen daarna bij de wastafels. Ik stond gewoon te wachten. Een soldaat kwam naar me toe, droeg me op om weer op de stoel te gaan zitten en schoor met ruwe bewegingen mijn hoofd. Plotseling moest ik aan Cemil Aslan denken, die me in de bus van Nusaybin naar Qolika zomaar de brief had gegeven die zijn identiteit bevestigde, en die een paar dagen later aan zijn militaire dienst in Diyarbakır zou beginnen. Of was hij daar intussen al aan begonnen? In welke gevangenis waren ze hier eigenlijk? In Mardin of in een andere stad? Hoewel ik wist hoe dwaas het idee was, dacht ik aan Cemil Aslan, en ik stelde mezelf voor dat hij me misschien een tweede keer kon helpen. Toen ik geschoren was, liet de soldaat me bij de wastafel water drinken. Ik dronk en dronk, gulzig, alsof ik de hele leiding leeg wilde drinken, wist ik veel wanneer ik de volgende keer water zou krijgen. Genoeg, zei de soldaat en hij leidde me het vertrek uit, een lange gang door. De gang kwam uit op een trap die naar de kelder voerde. Ik moest kolen scheppen. Ze deden de deur achter me op slot, ik was alleen.

Ik droeg nog steeds de kleren waarin ik gisteren op weg was gegaan naar het politiekantoor van Mardin, een overhemd, een broek met wijd uitlopende pijpen, en de leren schoenen die ik destijds in Damascus had gekocht, toen ik nog dacht dat ik in die outfit naar de universiteit zou gaan. Een keurig overhemd, een keurige broek, keurige schoenen, maar geen herder die ooit zulke kleren droeg.

En dat terwijl ik zogenaamd Firat Ekinci was, de negende zoon van Majed en Canan Ekinci, een herder uit de bergen. Hoe zou wie dan ook ooit geloven dat ik een herder was, in die kleren? Terwijl ik de kolen schepte, schuurde ik mijn schoenen telkens weer langs de ruwe betonmuur tot het leer helemaal onder de krassen zat, ik smeerde het stof van de kolen uit over mijn broek en scheurde mijn overhemd kapot. Het bovenste knoopje gooide ik in de berg kolen. Misschien zouden ze me zo toch al wat eerder geloven.

Toen ze me terugbrachten naar het vertrek met de stoel en de wastafels, stond er een bed. Ze lieten me in dat bed slapen, en ik mocht ook water drinken. Ik begreep er niets van. Ik was zo verbaasd dat ik mezelf de hele tijd afvroeg waar de valstrik zat.

In de gevangenis maakten ze van alles een valstrik, dat was het eerste wat ik leerde. De ochtend na de nacht op de stoel, toen mijn keel brandde omdat ik zoveel dorst had en nog geen water kreeg, terwijl de soldaat mijn hoofd schoor, waren ze buiten op de binnenplaats begonnen met het schoonspuiten van een jeep. Ik kon het zien door het raam. En de soldaat kon mijn blik op de waterplassen onder de jeep zien, mijn gretige blik. Toch liet hij me wachten. Nee, niet toch, precies daarom liet hij me wachten en ging hij genietend verder met het scheren van mijn hoofd. Hij wachtte totdat ik smeekte om ook maar één slokje water uit de kraan, die maar een meter bij me vandaan was. En op het moment dat ik om een slokje water smeekte, zou hij het me ontzeggen. Juist omdat ik er zo om smeekte. In de gevangenis was je door je eigen behoeften een valstrik voor jezelf.

Toen de soldaat me uiteindelijk liet drinken, zoals je een dorstige hond laat drinken, en toen ik dronk alsof ik er nooit meer mee kon stoppen, was dat de volgende valstrik. Dat hij me zo zag drinken, dat hij zag dat ik wilde huilen vanwege dat beetje water, blij als ik was om eindelijk te kunnen drinken, dat was ook een valstrik. En dat hij zag hoe ik mezelf zag, hoe ik nederig voor de waterkraan neerknielde en hij met een wapen aan zijn riem in zijn volle lengte naast me stond, was dat een valstrik. En dat hij mij, slim als hij was, bij de waterkraan moest wegsleuren, zodat ik niet te veel dronk – ik kon namelijk niet meer stoppen – was ook een valstrik.

Sharo legde me dit later allemaal uit. Hij zei: De eerste nacht, toen ze je al die uren op de stoel lieten doorbrengen, had een officier van de MHP dienst, de fascisten, Leyla. Ik ken die officier nog van de laatste keer dat ik hier was, zei Sharo, hij heeft een hekel aan Koerden. De tweede nacht, toen ze je in een bed lieten slapen, had een andere officier dienst. Hij is nog steeds een officier, maar heeft niet echt een hekel aan Koerden. De derde nacht moest je weer op die stoel zitten, toen was de officier van de MHP terug.

Na drie dagen ontmoetten we elkaar weer, Sharo en ik. Sharo zat al op de achterbank van de militaire transportwagen, opnieuw geblinddoekt en met zijn handen achter zijn rug geboeid. Sharo, riep ik. Hij knikte, maar ze lieten me niet naast hem zitten. Ook ik werd geblinddoekt. We vertrokken, ik voelde de straat onder de autobanden. Daarna een nieuw hek, stemmen. Uitstappen. Toen ze mijn blinddoek afdeden, bevond ik me in een ruimte met tweeëndertig andere gevangenen, ik telde ze later. Maar Sharo was er niet bij.

Die tweede gevangenis lag in een militaire zone en was op grote schaal afgezet. Alleen militairen konden er naar binnen. De gevangenen mochten van buitenaf geen familieleden, geen advocaten of journalisten ontvangen.

Maar er waren wel journalisten en advocaten binnen de gevangenismuren, er zat zelfs een advocaat bij mij in de cel. Als we soep kregen, één bord voor vier mensen, als we brood kregen, zes Turkse broden voor drieëndertig man, zorgde de advocaat ervoor dat er eerlijk werd verdeeld. Hij sneed de broden in drieëndertig gelijke stukken en gaf ieder zijn deel. Als er ruzie ontstond in onze cel, werd hij er eveneens bij geroepen, om te bemiddelen.

Leyla, zei haar vader, die militaire gevangenis was zoiets als een universiteit. De gevangenis was mijn universiteit.

Ik werd naar het verhoor geleid. Opnieuw spraken ze Turks met mij. Opnieuw begreep ik hen niet. Dit keer had ik een zin paraat die een medegevangene me van tevoren had geleerd: *Ben türkçe bilmiyorum*, ik spreek geen Turks. Ik herhaalde telkens weer: *Ben türkçe bilmiyorum*. De soldaten bleven in het Turks op me inpraten. Ik zei in het Koerdisch: *Ez tirkî nizanim*, en toen gaven ze me een klap. Ik zei: Jullie kunnen me zoveel afranselen als jullie willen, dan nog spreek ik geen Turks. Ze sloegen me in het gezicht.

Ik moest op een stoel gaan zitten. Ik wachtte. Ze kwamen terug met een vertaler. De vertaler was een Koerd, dat hoorde ik, hij sprak hetzelfde dialect als Sharo. Terwijl hij vertaalde, trilden zijn handen en beefde zijn lichaam. Hij kon geen van de aanwezigen in de ogen kijken. Zijn blik schoot heen en weer, en ik vroeg me af wat ze met hem hadden gedaan dat hij zo'n panische angst had.

Ik kon me nauwelijks concentreren op de vragen van de officier, ik bleef de man die daar links voor me zat te vertalen strak aankijken.

Met welke politieke groepering heb je contact, wilde de officier weten.

Met geen enkele, zei ik. Ik breng mijn dagen door met mijn schapen en geiten in de bergen.

Ik overwoog of de vertaler een bondgenoot was. Of dat hij me zou verraden en tegen de officier zou zeggen dat ik niet het dialect sprak van de mensen uit Dibek.

Bij die mensen hoorde Sharo. Hij vertelde me later dat ze hem zo erg hadden gefolterd dat hij op een bepaald moment had gezegd dat hij wapens had verstopt, in Qolika onder een berg stro bij zijn oom. Ze grepen hem beet, droegen hem, want lopen kon hij niet meer, en zetten hem in een legerauto. Er reed een militaire transportwagen voor hen en een achter hen, een hele troep soldaten was onderweg, vertelde Sharo. Kort voor hun bestemming zag hij vanuit het raampje van de legerauto zijn broer, die zoals elke andere doodgewone dag buiten op het veld op zijn tractor zat. Ze reden langs hem heen. In het dorp, bij het huis van Sharo's oom, stapten de soldaten uit, ze zochten in het stro, zochten overal, maar vonden geen wapens. Daarna reden ze met Sharo gewoon terug naar de foltergevangenis.

Tijdens mijn tijd in de gevangenis leerde ik wie ik kon ver-

trouwen. Bijvoorbeeld de man wiens arm vol stond met brandwonden toen hij terugkwam van het verhoor, de officier had
zijn sigaretten erop uitgedrukt. De man zei tegen mij: Praat
met niemand hier. Ik weet dat je uit Syrië komt. Ik hoor het
aan je dialect. Als je praat, horen de anderen het ook. Ik leerde
tijdens mijn tijd in de gevangenis ook wie ik niet kon vertrouwen. Bijvoorbeeld de man die na elk verhoor terugkwam zonder dat zijn overhemd zelfs maar verschoven was.

Ik leerde dat ik niet om water moest smeken, omdat ze me
het dan zeker niet gaven. Ik leerde dat ik niet moest smeken
om ermee te stoppen, omdat ze nooit deden wat je vroeg.

Ik leerde een onderscheid te maken. Zo had je de politiek
gevangenen, die zaten bij een organisatie, bij de PKK bijvoorbeeld of bij de Kawa. De politiek gevangenen wisten waarom
ze hier zaten, ze waren voorbereid op de gevangenis, net zoals
degenen die hier niet voor het eerst waren. Of zoals degenen
die vanwege hun overtuiging hier zaten en die uit overtuiging
hun werk hadden gedaan, als journalist misschien of als advocaat. Maar er waren ook gevangenen die niet waren voorbereid, die gewoon van straat waren geplukt, dorpsbewoners,
herders die van een bruiloft kwamen, op weg waren naar het
veld of in de stad boodschappen gingen doen. Er waren zoveel
gevangenen die niet waren voorbereid op wat er met ons gebeurde. Ik herinner me een oude man die elke avond jammerde: Wie komen ze morgen halen? Wie komen ze morgen halen? Tot ik het niet meer uithield en zei: Een van ons komen
ze halen. Een van ons zal worden verhoord. Hoeveel dagen zit
je hier al, je weet toch dat ze altijd een van ons komen halen.

Tijdens het verhoor wilden ze namen van me horen. Niet
veel later werd er door een andere Koerd vertaald. Hij trilde
niet, en hij leek niet voor het eerst te vertalen. Omdat hij zo
rustig praatte, kwam ik tot de conclusie dat hij voor de Turkse
geheime dienst werkte. Er werd me gevraagd of ik politieke
contacten had met Koerden, in welke organisatie ik zat, of ik

de een of ander kende. De vragen werden herhaald. Of ik politieke contacten had met Koerden, steeds weer diezelfde vraag. Nee, zei ik, ik ben een eenvoudige herder, ik weet alleen iets van geiten en schapen. We weten dat je onschuldig bent, zeiden ze. En dat ik meteen zou mogen gaan als ik hun namen zou noemen. Waarom was je samen met die jezidi, vroegen ze, waar ken je Sharo van? Ik ken hem alleen van gezicht, zei ik. Ik vertelde dat mijn broers muziek maakten en op bruiloften in Qolika hadden gespeeld. Qolika is een klein dorp, zei ik, iedereen kent er iedereen. Ik vertelde dat het puur toeval was dat ik Sharo op de dag van onze arrestatie bij de bushalte had ontmoet, dat we toen samen naar huis hadden willen gaan.

Ze legden drie muziekcassettes voor me op tafel neer. Het waren de cassettes van Gulistan en Şivan Perwer. Ken je die muziekcassettes? Ik schudde het hoofd. Nee, zei ik, ik ben een eenvoudige herder, ik heb geen cassetterecorder.

Ze sloegen met stroomkabels op mijn voetzolen. Ze sloegen met hun geweer op mijn schouders en rug. Ze sloten me een dag lang op in een smerig toilet. Het toilet werd nauwelijks gelucht, het was er veertig graden. Ze leidden me naar de binnenplaats, daar zat een opzichter zijn voeten te wassen in een plastic emmer. Ze gaven me dat water te drinken.

Ze brachten me terug naar de cel, keer op keer.

Ik sliep op een vuile matras op de vloer en legde mijn schoenen als kussen onder mijn hoofd.

Drie dagen lang kregen we niets te eten en amper iets te drinken. Toen kregen we soep, die zo pikant was dat we die bijna niet naar binnen kregen. Daarna kregen we geen water meer.

De man met de brandwonden op zijn armen werd drie dagen na elkaar voor verhoor opgehaald, en op de vierde dag kwamen ze hem weer halen. Als hij voetstappen hoorde op de gang, kromp hij ineen. Op een bepaald moment kromp hij zelfs ineen als er geen voetstappen te horen waren op de gang.

Elke avond zaten er een paar mannen bij elkaar om als gekken moppen te vertellen. Ze vertelden elkaar moppen tot diep in de nacht. Ze lachten, maar de volgende ochtend, als de tijd van de verhoren aanbrak, werden ze stil.

Er kwam een nieuwe gevangene in onze cel, hij wilde weten hoe ik heette. Firat Ekinci, zei ik, zoon van Majed en Canan. Hij antwoordde dat hij mijn familie kende. Iedereen uit de omgeving kende hen. Maar jou heb ik nog nooit gezien, vervolgde hij. Iedereen in je familie heeft een donkere huid, maar die van jou is licht, zei hij. Welk instrument speel je in de familie, wilde hij weten. Kemenche, zei ik. Hij knikte, maar leek me niet te geloven. Ik zweeg.

Opnieuw werd ik naar het verhoor geleid. Opnieuw sloegen ze me, en gilde ik niet.

Leyla, zei haar vader, ik zweer het je, ik ben altijd sterk gebleven. Ze sloegen me, maar ik verdroeg het. Nooit heb ik om water gesmeekt, nooit heb ik gesmeekt dat ze ermee ophielden. Haar vader lachte. Hij kraakte zonnebloempitten.

Op een dag hoorden we ineens dat er vijfhonderd nieuwe gevangenen zouden komen. Waar moeten die naartoe, vroegen we ons af. In onze cel was er nauwelijks genoeg plek voor onszelf. We waren bang.

Maar nog diezelfde dag leidden ze me weer naar een legerauto. Weer een zak over mijn hoofd, weer mijn handen achter mijn rug geboeid. Ze brachten me naar de militaire rechtbank van Diyarbakır.

Daar stelde een officier me verschillende vragen, in het Turks natuurlijk. Toen ik zei: *Ben türkçe bilmiyorum*, stormde hij op me af en gaf me een klap. Er werd een vertaler bij gehaald. Weer dezelfde vragen als altijd: Of ik in een politieke organisatie zat. Welke organisatie dat was. Of ik namen kon noemen. En weer diezelfde antwoorden: Ik ben een eenvoudige herder, ik weet niks van politiek. Ik trek met mijn schapen en geiten de bergen in. Toen nam een andere officier het woord. Volgens de vertaler verkondigde hij dat mijn beweringen werden gestaafd door het feit dat ik in het verleden nooit was opgevallen. Er stond geen enkele aantekening in mijn dossier, het was volkomen leeg. Toen het vonnis werd uitgesproken, keek ik de vertaler vragend aan, ik kon niet begrijpen wat hij daar zo geroutineerd stond te vertalen. Toen ging alles heel snel. Soldaten brachten me naar het hek, ze praatten met de opzichter, de opzichter opende het hek. Ik liep er gewoon doorheen.

De volgende ochtend ging ik naar het politiekantoor in Mardin, om mijn paspoort op te halen. Ik kon nauwelijks op mijn benen staan, mijn rug deed vreselijk veel pijn, ik moest steun zoeken bij de muur. Maar ten slotte was ik aan de beurt. Voor het eerst in mijn leven had ik een identiteitsbewijs, voor het eerst was ik een staatsburger. Firat Ekinci, geboren in 1961 in Nusaybin, en Turks staatsburger. Vanaf het politiekantoor liep ik naar de bushalte, waar ik de bus naar Nusaybin nam, naar Majed en Canan. Ik kuste hun handen. Wist niet hoe ik hen moest bedanken omdat ze me hadden geholpen, hoewel ze me helemaal niet kenden. Maar Majed was woest op me. Ik heb je toch gezegd dat je je niet met die Sharo moest inlaten, zei hij.

Ik antwoordde dat het niet allemaal Sharo's schuld was, het was precies andersom, ik was degene die hem in moeilijkheden had gebracht. Maar Majed wilde daar niets van horen.

Canan gaf me te eten en te eten en nog meer te eten. Ze slachtte een kip, kookte bulgur, kocht lekkernijen voor me. Je bent mager geworden, mijn zoon, zei ze.

Toen ik een paar dagen later vernam dat ook Sharo was vrijgekomen, ging ik naar Qolika, hoewel Majed het daar niet mee eens was. Wil je jezelf alweer in de problemen brengen, vroeg hij.

Ik bleef een hele dag bij Sharo.

Hij was nog zwak. We zaten bij hem thuis op het erf onder de wijnstokken. Hij zei dat hij met mij naar Istanbul wilde gaan, zoals we ons nog niet zo lang geleden hadden voorgenomen, om koffie te drinken aan de Bosporus. Dat was natuurlijk absoluut onmogelijk, de staatsgreep hing in de lucht. Je bent te zwak, Sharo, zei ik. Hoe wilde je in Istanbul komen, hoe wilde je dat voor elkaar krijgen? Hij gaf me de foto die we voor onze arrestatie van ons samen hadden laten maken bij de man van de pasfoto's in Nusaybin. Zie je het verschil, zei Sharo en hij lachte. Ons haar is weg, en we zijn mager geworden, hoewel het maar een paar weken waren. Dat haar groeit wel weer terug, zei ik. En we zullen ook weer bijkomen, Sharo.

Ik nam de laatste bus terug. Sharo heb ik nooit meer gezien.

Majed stond erop om me naar Istanbul te brengen. We waren twintig uur onderweg met de bus. In Istanbul stapte ik op een vliegtuig. Ik landde in Hamburg, Leyla.

2

Laat in de avond van 15 februari 2011, Leyla moest de datum opzoeken, kalkte een groepje jongens in Daraa, in het zuidwesten van het land, met een spuitbus een slogan op de muur van hun schoolplein.

Zo begon het allemaal, of begon het opnieuw, stelde Leyla zich voor. Toen een van de jongens op de knop van zijn spuitbus drukte, de rode verf uit de sproeikop spoot en de okerkleurige muur van het schoolplein raakte, was het of alles wat er daarna gebeurde recht uit dat flesje kwam geschoten. Geen enkele revolutie begon alleen met een spuitbus. Zonder veertig jaar onderdrukking zou de revolutie er niet zijn geweest. Maar elke revolutie had nu eenmaal een verhaal nodig.

De conciërge van de school in Daraa was de eerste die de volgende ochtend de graffiti las: Je bent er geweest, doctor! Weg met Assad!

De conciërge lichtte het schoolhoofd in, las Leyla. Het schoolhoofd lichtte de politie in. En de politie arresteerde de scholieren. Ze werden gefolterd. Ze zaten een maand in de gevangenis.

Hun ouders wisten niet of hun kinderen nog leefden, ze eisten hun vrijlating. Atef Najib, het hoofd van de veiligheidstroepen in Daraa en een neef van de president, antwoordde hun het volgende: Vergeet dat jullie die kinderen hebben gehad. Ga naar huis. Maak nieuwe kinderen. En als jullie dat niet voor elkaar krijgen, breng dan jullie vrouwen naar ons toe, dan maken wij wel nieuwe kinderen voor jullie.

Maar de ouders van de kinderen gingen niet naar huis, in plaats daarvan trokken ze de straat op.

Steeds meer betogers sloten zich bij hen aan. Ook in andere steden protesteerden de mensen. In Damascus, maar ook in het Koerdische Qamishli eisten ze de vrijlating van politiek gevangenen, en ze eisten hervormingen.

Twee jaar later wisten journalisten een van de jongens van 15 februari 2011 op te sporen. Ze gingen ervan uit dat hij degene was die destijds in die februarinacht op de knop van de spuitbus had gedrukt. Ze vroegen hem of hij zijn daad betreurde. Foute vraag, dacht Leyla, betreuren, wat een woord, alsof je spijt moest hebben van een kinderstreek. Maar wat wisten de journalisten nou van die jongen? Hij had in klaslokalen gezeten waar de foto's van de president en diens vader aan de muur hingen, hij had vakken moeten volgen die nationale en militaire opvoeding heetten. Hij had op parades ter ere van de president moeten marcheren, had ontelbare keren leuzen moeten schrijven. Misschien had hij een neef in de derde graad of een tante of een oudoom gehad die gearresteerd waren en gebroken uit de gevangenis waren teruggekeerd. Of misschien had hij ook alleen de verhalen over de Shabiha gehoord, de boze geesten, die steeds alleen 's nachts kwamen, de huizen binnendrongen en de bewoners arresteerden, vermoordden en verkrachtten. De grote militaire gevangenissen waren afgesloten, er waren er dertig in totaal, verspreid over het hele land. Mensen werden er zonder arrestatiebevel heen gebracht, verdwenen voor lange tijd en werden nooit meer gezien, of ze werden vrijgekocht, waarna ze voorgoed gebroken waren. Angst die op een bepaald moment veranderde in woede, dacht Leyla. Misschien was dat net zoiets als te veel druk in een gesloten vat, een druk die naar buiten drong, naar buiten schoot, en er was geen weg terug.

Haar vader zat voortdurend op de bank, met de televisie aan. De beelden van het nieuws wierpen een vaal licht op de muren van de woonkamer en op zijn gezicht. Bij geen van Leyla's schoolvriendinnen stond de televisie zo vaak en zo lang aan als bij hen thuis. KurdSat, Kurdistan TV, Roj TV, Rudaw, Al Jazeera, Al Arabiya. Haar vader zat voor de televisie en at zonnebloempitten of het fruit dat altijd op de tafel in de woonkamer stond. Soms keek hij naar het Duitse journaal als haar moeder dat wilde zien, maar daarna zapte hij meteen weer naar zijn Arabische en Koerdische zenders.

Het was of er iets ontplofte achter het beeldscherm. Alsof het televisieoppervlak barstte en het lawaai en de beelden de kamer in stroomden, over Leyla's familie op de bank heen. Vanaf 2011 werd de televisie niet meer uitgezet.

Haar vader boog voorover en liet zijn armen op zijn knieën rusten. Hij zag er opgewonden uit. Leyla, kom eens kijken. Op de televisie was een grote mensenmenigte te zien, een openbaar plein omgeven door gebouwen, het was avond en het werd al donker. De menigte – je kon geen gezichten onderscheiden, het beeld was onscherp – bewoog, danste, juichte en sprong op en neer. Hoepel op, Bashar, zong iemand. De menigte herhaalde: Hoepel op, Bashar! De stem van de zanger werd versterkt door een megafoon en schalde over het hele plein. De menigte klapte op het ritme. Hoepel op, Bashar!

Kijk eens, zei haar vader. Kijk nou eens, Leyla.

Bashar, je bent een leugenaar. De vrijheid staat voor de deur. Het is tijd om op te hoepelen. Hoepel op, Bashar!

Haar vader kwam overeind. Hij stak zijn vuisten in de lucht en stond te juichen voor de televisie. Hij beende heen en weer tussen de bank en de kast. Hoepel op, Bashar, zong hij en hij lachte.

Oom Memo stuurde een e-mail met een bijlage, een foto van Zozan en Miran. Ze hadden allebei vlaggen van Koerdistan om zich heen gebonden en stonden arm in arm, met om hen heen talloze andere mensen. Ze lachten allebei gelukkig naar de camera. Qamishli, zei haar vader, ze zijn allemaal samen naar Qamishli gereden, naar de betoging.

In alle steden, zei haar vader, gaan mensen de straat op. Ze roepen: Het volk wil de val van het regime. Arabieren, Koerden, Armeniërs, Arameeërs, druzen, zei haar vader. Christenen, alawieten, soennieten, sjiieten en jezidi's. Allemaal roepen ze: Het volk wil de val van het regime.

Het is slechts een kwestie van tijd, zei haar vader. Nog een of twee maanden, dan gaan wij drieën naar een vrij Syrië.

Hoe dat vrije Syrië eruit zou zien, daarover sprak haar vader tijdens het avondeten in de keuken of voor de televisie keer op keer. Er zal een democratisch verkozen parlement zijn, en persvrijheid natuurlijk, zei hij. De Koerden zullen geen tweederangsburgers meer zijn, maar staatsburgers. Eén, zei hij, dat is wat ze roepen op straat: Eén, één, het Syrische volk is één. Kun je je dat voorstellen, Leyla? Koerden, Arabieren, christenen, alawieten, soennieten – allemaal roepen ze dat Syrië één is.

Naar zulk een Syrië, zei haar vader, zal ik terugkeren.

Laten we eerst maar eens afwachten hoe alles zich ontwikkelt, zei haar moeder. Maar haar vader luisterde niet echt naar haar. Hij zapte van Al Jazeera naar Al Arabiya, van Al Arabiya naar Rudaw, KurdSat en BBC Arabiya, en dan weer naar Al Jazeera. Hij zat aan de keukentafel achter zijn laptop, had verschillende nieuwspagina's tegelijk openstaan en keek op YouTube naar nog meer filmpjes van de betogingen.

Naast de laptop stond zoals altijd zijn schaaltje met zonnebloempitten, de schillen spuwde hij uit op papieren servetten, die haar moeder tijdens het opruimen in de prullenbak gooide. Hij zat nog steeds achter zijn laptop als Leyla en haar moeder allang naar bed waren gegaan, en de volgende ochtend keek hij alweer naar het nieuws en dronk hij van zijn koffie voordat hij naar zijn werk vertrok. Hij leek onvermoeibaar.

Als Leyla op vrijdagavond de deur uit ging, vroeg hij tegenwoordig niet eens waar ze heen ging. Leyla zat met Bernadette bij Boris op de bank, en bij Boris was alles nog gewoon zoals altijd. Hij zat gehurkt achter zijn computer en vocht tegen vijandige legers, zoals hij al jaren deed. Bernadette had muziek opgezet, de muziek overstemde de schoten uit de computerspeakers. Bernadette overhandigde Leyla haar joint en Leyla nam een trek. Ze streek met haar vinger over de brandgaten in Boris' bank. Bernadette rolde een tweede joint, Boris haalde een zakje chips en kwam bij hen zitten.

Leyla waggelde naar huis, ze was compleet high. In de woonkamer brandde er nog steeds licht. Leyla trok haar schoenen uit, liep blootsvoets naar de keuken en dronk water uit de kraan. Ze hoorde hoe haar vader de televisie in de woonkamer uitzette. Hij kwam naar haar toe in de keuken. Je bent nog wakker, zei Leyla moeizaam. Haar tong voelde zwaar aan. Misschien was het geen slim plan om te praten, dacht ze.

Maar ook dit keer vroeg haar vader niet waar ze was geweest.

Ze hebben zijn lijk gevonden in de rivier, zei hij alleen.

Wiens lijk, vroeg Leyla.

Het lijk van Ibrahim Qashoush, zei haar vader.

Van wie, vroeg Leyla.

Hij heeft gezongen tijdens de betoging in Hama, je hebt dat op de televisie gezien. Ze hebben hem de keel doorgesneden en daarna zijn stembanden eruit gerukt, zei haar vader. Toen liep hij meteen weer naar de woonkamer.

In mei kwam dan het eindexamen. Drie dagen lang zat Leyla aan een van de vele tafeltjes in de grote gymzaal te schrijven. Het ging niet echt goed, maar ook niet echt slecht.

Ze kregen hun diploma op een vrijdagmiddag. In de grote gymzaal stond nu een podium opgesteld. De schooldirectrice hield een toespraak en riep vervolgens de scholieren van de klas van 2011 een voor een bij zich, die op hun beurt naar voren liepen, langs het ritmisch klappende publiek heen, het podium op, om daar handen te schudden met de klassenleraar en ten slotte hun diploma overhandigd te krijgen door de schooldirectrice.

Later gingen alle scholieren van hun jaar achter de gymzaal zitten. Bernadette haalde een fles sekt uit haar tas en Leyla trok een pakje sigaretten uit haar jaszak. Iemand had een speaker meegebracht en muziek opgezet. De kurk van de sekt knalde tegen de muur van de gymzaal. Geeft niks, zei Bernadette, ze kunnen ons toch niet meer van school sturen.

Bernadette en Leyla hadden gedurende hun hele schooltijd bij elkaar in de klas gezeten. Omdat Bernadette in de zevende klas Latijn had gekozen, had Leyla ook Latijn gekozen, en omdat Leyla in de tiende klas Frans had gekozen, had Bernadette dat ook gedaan. Ze hadden van elkaar overgeschreven en elkaars lunch gedeeld, ze hadden alles gedaan wat boezemvriendinnen in de films en romans die ze samen bij de stadsbibliotheek leenden ook deden. Ze gaven elkaar vriendschapsbandjes, schreven hun gezamenlijke initialen op de kaft van hun schriften en in de wc-hokjes op school, ze gingen samen naar alle feestjes en vertrokken samen weer. Bernadette tekende Leyla's zwarte ooglijntjes, omdat ze een vaste hand had en omdat Leyla's lijntjes er altijd onbeholpen uitzagen, als het probeersel van een kind.

Wie gaat nu mijn ooglijntjes tekenen, zei Leyla. Met wie moet ik nu mijn series kijken, zei Bernadette.

Een tijdje later ging Leyla naar huis. Ze was dronken. Haar vader was al thuis van zijn werk en zat natuurlijk voor de televisie. Ze struikelde en hield hem het diploma voor, haar vader knikte en keurde het amper een blik waardig. Hij staarde naar de televisie. Wat is je gemiddelde, vroeg hij. 6,3, zei Leyla. Haar vader knikte weer. Goed, zei hij.

Leyla liep naar haar kamer om zich om te kleden. Het belangrijkste is dat je geslaagd bent, zou haar moeder zeggen en ze zou haar praktische ziekenhuiskleren gladstrijken, en dat was dat wat Leyla's einddiploma betrof.

Leyla trok haar nieuwe bikini aan met daarover een korte jurk. Ze fietste door de vroege avond naar het meer, waar haar jaargenoten doorgingen met feesten. Er schalde luide muziek uit de speakers, iedereen dronk bier, wodka en sekt door elkaar heen. Leyla nam plaats op de picknickdeken die Bernadette over de grond had uitgespreid. Bernadette gaf haar een biertje en stak voor zichzelf een sigaret op. Leyla vroeg zich af wat de bedoeling van het feestje was. Helemaal volgieten, had Bernadette altijd gezegd, als we eindelijk ons einddiploma hebben, gaan we ons helemaal volgieten. En dat terwijl Bernadette altijd alleen moe werd van veel alcohol en zomaar ergens in slaap viel, of dat nu op een van de banken in het jeugdhuis was of in het bed van hun gastheer.

Bernadette pakte ook een van Leyla's sigaretten en zei: Nu hebben we nog de hele zomer. Deze zomer ga je toch niet naar Syrië, vroeg ze.

Leyla schudde het hoofd. Te gevaarlijk, zeggen mijn ouders.

Dan hebben we de zomer eindelijk eens voor onszelf, zei Bernadette. Op de zomer, Leyla! Ze hief haar bierflesje en dronk.

Leyla legde haar hoofd op Bernadettes benen. We kunnen dan eindelijk samen naar Annalena's verjaardagsfeestje, Annalena's verjaardagsfeestjes zijn de beste, zei Bernadette. En jij hebt ze altijd gemist. Leyla sloot haar ogen. Hé, niet in slaap vallen, zei Bernadette. Boris komt zo ook nog langs. Stel je voor, hij wil het huis uit.

Later gingen ze met Boris het meer in. Nog een stukje verder, zei Bernadette, ik wil niet dat de jongens me onder water trekken. Leyla zwom voor hen uit en keek op een zeker moment over haar schouder. Bernadette lag op het luchtbed, haar armen hingen in het water, ze liet zich drijven. Boris zwom naast haar, hield zich af en toe vast aan het luchtbed en was er nog steeds voortdurend op bedacht haar niet aan te raken. Leyla voelde er ineens niets meer voor om zich weer bij hen te voegen. Het water was koel, ze dook omlaag en maakte brede zwembewegingen. Ze zwom steeds verder en liet het tweetal een heel eind achter zich. Voor haar uit lag alleen het meer, en overal langs de oevers reikten de bomen met hun wortels in het donkere water. Als ze met haar hoofd onder water dook, verstomden de muziek en het geroep en gegil van de anderen. Dit jaar gingen ze dus niet naar Syrië. Nog maar een jaar geleden had Leyla tijdens haar zomer in het dorp weleens gehoopt dat ze vroeger zouden terugkeren naar Duitsland, en ze had gewild dat ze voor één keer ook naar Annalena's feestje kon gaan. Nu schaamde ze zich daarvoor. Ze hadden haar voor het eerst in een vliegtuig gezet toen ze net vier was. Destijds had haar vader tegen haar gezegd: Als iemand je vraagt waar we heen gaan, zeg dan dat we naar je grootouders gaan. Je mag tegen niemand zeggen dat we naar Koerdistan gaan. Leyla was een auto uit gestrompeld, het erf van haar grootouders op. De oude vrouw in de bloemetjesjurk die zich naar haar toe haastte, haar kuste en huilde, was haar grootmoeder. En de oude man die langzaam het huis uit liep, leunend op zijn wandelstok, was haar grootvader. En nu zou ze gewoon niet naar hen toe gaan. Leyla voelde zich als een stuk drijfhout dat in een trage, waterrijke rivier was gegooid. Ze zwom naar de overkant van het meer. In haar eentje zat ze uitgeput op de oever en keek ze toe hoe de waterdruppels langs haar armen en benen omlaaggleden.

Waar was je, vroeg Bernadette. We maakten ons zorgen. Naast haar op haar handdoek stak Boris een joint op, hier, wil je een trek? Leyla knikte, spreidde haar eigen handdoek uit en pakte nog een biertje.

Niet veel later begonnen de feestvierders te dansen en elkaar te zoenen. Als de meisjes dronken waren, zoenden ze ook andere meisjes, maar daarvoor moesten ze eerst dronken zijn. Normaal gesproken zorgde Leyla ervoor dat ze tussendoor ook jongens zoende, zodat het minder opviel, maar nu kon het haar niets schelen. Op een zeker moment had ze geen zin meer in dansen en zoenen, en dronk ze alleen nog.

Op weg naar huis remde Leyla, ze stapte van haar fiets, legde die voorzichtig op de grond en gaf over in een veld. Eerst werd ze daar zo duizelig van dat ze nauwelijks op haar benen kon staan, maar toch voelde het braken goed.

Bernadette stapte ook van haar fiets en hield het haar uit haar gezicht. Gaat het, vroeg ze. Leyla knikte en ging langs de rand van de weg zitten, ze klemde haar hoofd tussen haar knieën. Ogen open, ogen dicht, het draaierige gevoel ging niet weg.

Wil je wat water, vroeg Boris. Dank je, zei Leyla en ze dronk.

Het liefst was Leyla hier voor altijd blijven zitten of was ze op het grind tussen het veld en het asfalt gaan liggen, zoals een verwonde ree die door een auto was aangereden en nu langs de rand van de weg op zijn dood lag te wachten, of zoals een aangeschoten mens. Leyla was te moe om zich te schamen voor haar zelfmedelijden. Achter de velden brak de ochtend aan. Het was stil om hen heen. Leyla wist dat Boris en Bernadette voor haar stonden en dat haar fiets naast hen lag. Ze wist dat de twee elkaar aankeken, omdat ze hoopten dat de ander wist wat ze nu moesten doen. En dat ze daarna omlaagkeken naar haar. Ze wist dat Boris en Bernadette stonden te wachten tot ze zich weer verroerde. Maar Leyla wilde zich niet verroeren, waarom zou ze ook?

Kom, Leyla, zei Bernadette ten slotte, je kunt hier niet slapen. We zullen je duwen, zei Boris.

De zomer was een Duitse zomer, soms twintig graden en zonnig, dan weer regenachtige dagen of een bewolkte lucht zoals in de herfst, alleen was het geen herfst. Ineens werd het dan toch warm, een zwoele, drukkende warmte, waar Leyla hoofdpijn van kreeg. Haar vader zat elke vrije seconde voor de televisie, er werd nog steeds op alle kanalen verslag uitgebracht. Haar moeder ging van tijd tot tijd een paar minuten naast hem op de bank zitten, alsof ze hem niet alleen kon laten. Ze leek te verwachten dat Leyla bij hen kwam zitten. In elk geval zei ze dat telkens weer: Leyla, kom toch bij ons zitten. Maar niet veel later stond haar moeder altijd weer op en zei ze: Ik kan het niet meer aanzien.

In de loop van de zomer veranderden er dingen op de televisie. Bashar al-Assad kondigde hervormingen aan, tegelijkertijd werd er tijdens betogingen op de mensenmenigtes geschoten. Iemand maakte een filmpje met de camera van zijn telefoon, het beeld bewoog, er rende iemand weg, er werd gegild. Mensen werden begraven, rouwstoeten werden protestmarsen. Klaagliederen gingen over in protestliederen, daarna werd er weer geschoten.

Homs ging op slot en werd afgesneden van de voedselvoorziening. In Daraa ontdekten de bewoners een graf met dertien lijken. Syrische veiligheidstroepen trokken met tanks Hama binnen. Er stierven 136 mensen.

De nieuwslezer zei dat er sinds het begin van de revolutie twaalfduizend mensen waren gearresteerd.

Haar vader telefoneerde via Skype met oom Memo en tuurde ondertussen naar de televisie. Het beeld van de laptop bleef hangen, oom Memo's gezicht bevroor telkens weer. Zodra het beeld verder liep, verschoven de pixels. De verbinding werd verbroken. Haar vader zette de televisie harder.

Leyla ging met Bernadette naar het meer. Ze legden hun handdoeken in de zon. Leyla droeg haar nieuwe groene bikini met de witte stippen en de zonnebril met het rode montuur, Bernadette had dezelfde.

Leyla's armen en benen waren zongebruind. Als haar ouders overdag naar hun werk waren, trok ze soms ook haar bh uit en ging ze liggen zonnen op het grasveld in de tuin, zodat ook haar borsten konden bruinen.

Leyla bladerde door een tijdschrift dat Bernadette had meegebracht. Ze las zulke tijdschriften niet meer in het bijzijn van haar vader sinds hij haar een keer had gevraagd wat ze daar aan het lezen was, waarop zij het tijdschrift omhoog had gehouden en hij had gezegd: Altijd maar mode en make-up, dat is het enige waar jij aan denkt. Je kunt beter eens in je schoolboeken kijken, dan zouden je cijfers ook beter zijn. Nu hij alleen nog voor de televisie zat, zei hij zulke dingen niet meer, maar toch schaamde ze zich voor haar tijdschriften, vooral sinds ze op de televisie de doden telden.

Leyla gooide het tijdschrift naast zich neer, stond op en liep naar de oever van het meer. Op deze plek lagen er scherpe steentjes in het water, ze wankelde een beetje. Doordat ze lang in de zon had gelegen, voelde ze zich versuft. Ze liep het warme water in, zwom een paar slagen en liet zich drijven. Naast haar zwommen er eenden, net zo roerloos en verdoofd als zijzelf. Leyla dook onder, deed haar ogen open en tuurde naar het troebele water. Ze tilde haar hoofd pas weer op toen ze geen lucht meer had. Naar adem snakkend trappelde ze met haar voeten tot ze de bodem vond. Daarna ging ze weer aan land.

Bernadette had intussen bij de kiosk friet gehaald. Heb je trek, vroeg ze. Leyla schudde het hoofd. Ze stak een sigaret op. Terwijl ze rookte, staarde ze naar de lucht. De lak op haar vingernagels was gebarsten. Leyla dacht aan Evin, die ook altijd had gerookt zoals zij nu deed, met gespreide vingers, de Marlboro tussen haar wijsvinger en middelvinger geklemd. Waar was Evin nu, en waar waren Zozan, tante Havin en oom Memo? Waarschijnlijk zaten ze nu te lunchen in hun woonkamer of lagen ze daar op de matjes te slapen. Haar grootmoeder maakte de lunch klaar en sneed paprika. Het is rustig in het dorp, had oom Memo via Skype gezegd. In het dorp merk je niks. Maar 's avonds, had hij gezegd, is er nu niemand meer buiten. De dorpelingen zitten voor de televisie, het is hier nog nooit zo stil geweest. Leyla dacht aan het dorp, deed haar best om het zich zo nauwkeurig mogelijk voor de geest te halen. Alles goed, vroeg Bernadette. Leyla knikte.

Het was laat in de middag toen Bernadette haar wakker maakte. Leyla had een ontzettend vieze smaak in haar mond, greep haar flesje water en dronk. Het water was warm en smaakte muf. Ze trok haar jurk over haar hoofd en raapte langzaam haar spullen bijeen. Ze vertrokken. Omdat ze moe waren, slenterden ze. De terugweg van het meer naar het dorp voerde een paar meter langs een bosje, dat te klein was om het een bos te kunnen noemen. Onder de bomen was de lucht vochtig, het rook er naar aarde. Ze liepen over de snelwegbrug en daarna door de velden, terug naar hun woonwijk met de rijtjeshuizen aan de rand van het dorp. Bernadette had Leyla een keer gevraagd hoe ze de hitte in het dorp kon uithouden als het daar minstens tien graden warmer was dan hier. Het wordt er zelfs vijfenveertig graden, had Leyla gezegd. Maar de hitte is daar anders.

Ze slenterden het dorp in en liepen naar de ijssalon.

Sinds hun kleutertijd hadden ze hier op de plastic stoeltjes voor de winkel gezeten, eerst vergezeld door hun moeder, daarna alleen, toen ze daar oud genoeg voor waren.

Ook dit is nu bijna afgelopen, zei Bernadette, het is de laatste zomer dat we hier allebei nog wonen, en Leyla knikte alleen. Bernadette had een studieplek gevonden op iets minder dan twee uur rijden, Leyla had er een gevonden in Leipzig, ver weg, zodat ze niet elk weekend naar huis kon komen. Waarom Leipzig, zei Bernadette, wie gaat er nu naar Leipzig? Je bent er nog nooit geweest. Wat als het je niet bevalt? Ik begrijp niet waarom je je daar hebt aangemeld. We hadden toch naar dezelfde stad kunnen gaan, dat was toch altijd al ons plan, zei ze. We hadden samen op kamers kunnen wonen.

Leyla wist niet wat ze moest zeggen. Het was niet zo dat Leipzig een betere of slechtere keus was dan elke andere willekeurige stad, maar Leipzig lag in elk geval ver genoeg van Noord-Duitsland, waar tante Felek en oom Nuri en de talrijke neven en nichten van haar vader woonden, en van het Zwarte Woud met de familie van haar moeder. Haar cijfers waren juist goed genoeg voor Leipzig, en bovendien was ze er nog nooit geweest, net zomin als de rest van haar familie, Leipzig was een onbeschreven blad.

Bernadette zei dat ze zenuwachtig was. In de herfst zou ze beginnen aan haar opleiding basisonderwijs. Al toen ze op de basisschool zaten, had Bernadette in Leyla's vriendenboek onder de rubriek 'Droombaan' het woord 'juf' ingevuld, en Leyla op haar beurt had in Bernadettes vriendenboek het woord 'stewardess' geschreven, omdat ze zo dol was op vliegvelden. En nu zou Bernadette dus inderdaad juf worden, terwijl Leyla de lijst met studierichtingen gewoon één keer had doorgenomen en zich vervolgens voor germanistiek had aangemeld. Waarom geen rechten, had haar vader gevraagd, en Leyla had haar schouders opgehaald. Waarom geen medicijnen? Daar zijn mijn cijfers niet goed genoeg voor, had Leyla geantwoord. Wie heeft er nou wat aan germanistiek? Wie ter wereld? Toen Leyla zei dat ze met dat diploma ook het onderwijs in kon gaan, had haar vader uiteindelijk geknikt en gezegd: Ja, dat is goed, kinderen zijn de toekomst van een land.

Bernadette zei: Ik ben bang dat ik geen kamer zal vinden. Ik ga je missen. Ik ga Boris missen.

Leyla zei: Ik weet zeker dat je een kamer zult vinden. En Boris en jij kunnen toch bij elkaar op bezoek gaan. En wij bellen elke dag.

Ben jij dan niet zenuwachtig, vroeg Bernadette. Leyla haalde haar schouders op.

Ze zat op haar bed haar teennagels te lakken en keek op haar laptop naar haar favoriete serie. Ze had oortjes in. Als ze die uitdeed, hoorde ze de televisie in de woonkamer. Buiten was het allang donker. Leyla zweette, hoewel ze alleen een T-shirt droeg. Ze keek één aflevering, daarna een tweede en een derde. Opnieuw haalde ze de oortjes uit haar oren en luisterde ze. De televisie stond eindelijk uit, haar vader sliep dus. Op de gang was het donker. Leyla liep naar de badkamer en poetste haar tanden. Daarna zat ze weer achter haar laptop. Rohat had op Facebook een filmpje gedeeld, een betoging in Damascus. Leyla keek maar tot de helft en bekeek toen het einde, daarna klikte ze op het volgende filmpje. Dat liet ze afspelen. Ze zag het naakte lichaam van een jongen. Hij lag op iets wat eruitzag als een plastic zeil. Een rustige, maar vastberaden mannenstem sprak in het Arabisch. De camera zoomde in op het hoofd van de jongen. Zijn huid had een onnatuurlijke kleur, donkerrood, op sommige plekken grijs en bruin. De camera zoomde in op de borstkas van de jongen, op iets wat eruitzag als een wond, maar Leyla kon het niet goed zien, omdat het beeld onscherp was.

Het filmpje had Engelse ondertiteling. Leyla las: Zijn naam is Hamza Ali al-Khatib. Hij komt uit Al-Jiza, in de provincie Daraa. Hij was dertien. Op 'de vrijdag van de woede' nam hij deel aan een demonstratie voor het einde van de belegering van Daraa.

Hij werd gearresteerd, las Leyla, en teruggebracht naar zijn ouders. Nu zoomde de camera in op zijn arm. Een hand gehuld in een plastic handschoen pakte de levenloze arm van de jongen beet en tilde die een stukje omhoog. Een kogel doorboorde zijn rechterarm, las Leyla. En raakte hier zijn borst.

Het beeld bewoog. De camera zoomde in op de buik. Leyla las: Deze kogel raakte zijn buik. Een andere kogel doorboorde zijn linkerarm en raakte eveneens zijn borst. De gehandschoende hand kwam opnieuw in beeld en wees op de andere arm en daarna op de borst.

Leyla las: Een vierde kogel werd recht in zijn borstkas geschoten. Kijk naar die bloeduitstortingen in zijn gezicht. Zijn nek werd gebroken.

Opnieuw die hand. Heel even zag je het gezicht van de jongen, zijn gesloten ogen. Dan weer zijn bovenlichaam, zijn borst.

Kijk naar die verwondingen op zijn rechterbeen. Leyla zag een wond.

Maar deze folteringen waren niet genoeg voor hen, las Leyla, ze hebben ook nog zijn penis afgesneden. Ze hebben zijn penis afgesneden!

Kijk ook naar de hervormingen die Bashar zo geniepig heeft aangekondigd. Waar is het Mensenrechtencomité, waar is het Internationaal Gerechtshof, waar zijn degenen die roepen om vrijheid? En toen was het filmpje afgelopen.

Leyla klapte haar laptop dicht en zette hem naast haar bed. Hoewel het warm was op haar kamer, trok ze de deken op tot onder haar kin. Ze deed haar ogen dicht, maar kon de slaap niet vatten. De beelden stonden nog steeds op haar netvlies gebrand.

Leyla dacht aan haar grootmoeder, aan tante Havin en oom Memo, aan Zozan, Miran, Welat en Roda, die nu vast op de hoogslaper op het erf lagen te slapen, of onder de olijfboom naast het kippenhok. Sliepen ze eigenlijk nog wel op het erf? Ze dacht aan het dunne, op talrijke plaatsen verstelde muskietengaas dat boven hen hing, zo dun dat je door het vlechtwerk heen naar de sterrenhemel kon kijken. Leyla had er zo vaak onder gelegen, vlak naast haar grootmoeder, en de geur van haar grootmoeder opgesnoven, of die van het hoofdkussen en de matras, die haar grootmoeder had genaaid en met schapenwol had gevuld. De takken van de boom, die boven Leyla in de wind heen en weer bewogen. De angst die haar overviel als ze te lang naar de sterrenhemel tuurde. Wat als de zwaartekracht zich omkeerde en haar het oneindige in trok? Het geblaf van de honden in het dorp, het gedreun van de jaknikkers en haar eigen hartslag.

Misschien sliepen ze niet langer buiten. Misschien was dat te gevaarlijk geworden, dacht Leyla. Alsof het binnen in huis minder gevaarlijk was dan buiten onder het muskietengaas. Het huis had weliswaar dikke muren, ramen met tralies ervoor, een deur van metaal en een van hout, maar geen van die deuren was ooit op slot geweest, zelfs 's nachts niet. Misschien werden ze nu wel op slot gedaan, dacht Leyla. Alsof dat zou helpen. Als het erop aankwam, dacht ze, was een gesloten deur net zo weinig waard als een muskietengaas. Welat was dertien, zoals de jongen in het filmpje. Ze moest er niet aan denken om plotseling hem in zo'n filmpje te zien, of haar grootmoeder. Hoe ze lagen te slapen en dan ineens... Ze staarde naar de duisternis van haar kamer en bedacht dat het donker hier even bodemloos was als de hemel boven het muskietengaas. Ze sloot haar ogen weer. De beelden waren er nog steeds, op de binnenkant van haar oogleden.

Leyla fietste met Bernadette naar de stad en kocht een grote rugzak. Ze stond met Bernadette in het kleedhokje broeken te passen. Niet één daarvan vond ze mooi. Wat vind je van deze, vroeg Bernadette. Leyla schudde het hoofd en kocht ten slotte een t-shirt dat ze eigenlijk ook lelijk vond en dat niet eens paste.

Zijn we nu volwassen omdat we niet meer jatten, vroeg

Bernadette lachend en ze gaf Leyla een por in haar zij. Jammer, we zouden zulke goede gangsters zijn geworden, zei ze. Leyla knikte en verlangde terug naar de tijd waarin zij de wacht moest houden terwijl Bernadette haastig T-shirts, make-up en glitteroorringen in haar schooltas propte, waarna ze op Bernadettes bed de gaten van de uitgeknipte chips weer dichtnaaiden.

Met de nieuwe rugzak en het T-shirt, waar Leyla zich nu al aan ergerde, fietsten ze naar het meer. Onderweg kocht Bernadette bier, voor ieder twee flesjes, die tijdens het fietsen rinkelden in haar tas en die ze op de oever meteen openmaakten. Eigenlijk had Leyla geen trek in bier, maar ze waren nu toch bij het meer. Schouder aan schouder zaten ze op de houten steiger, Bernadette had haar hoofd op Leyla's schouder gelegd. Ze zei opnieuw hoe triest ze het vond dat ze nu niet meer in dezelfde stad zouden wonen.

Ze hadden hun tweede biertje nog niet leeggedronken of er kwamen wolken opzetten. Leyla kieperde de laatste slok in het meer terwijl de eerste regendruppels vielen. Toen ze bij hun fietsen kwamen, gierde er een windvlaag door de bomen. De takken werden kromgebogen, het donderde en bliksemde. De druppels werden zwaarder. Toen Leyla en Bernadette bij hun woonwijk aankwamen en onder het eerste bushokje gingen schuilen, plakte de stof van hun kleren aan hun huid.

Daar in dat bushokje, kletsnat en rillend, stonden ze te roken, en Bernadette vroeg het niet. Ook eerder, op de houten steiger, had Bernadette het niet gevraagd, ze had het niet gevraagd toen ze op weg waren naar het meer en ook daarvoor niet, toen ze naar stad waren gefietst. Gisteren voor de ijssalon had ze het niet gevraagd, en ook de week daarvoor niet, toen ze bij Boris op de bank hadden zitten blowen. Leyla keek Bernadette van opzij aan. Bernadette tuurde naar de straat en rookte. Het regenwater stroomde omlaag langs het dak van het bushokje. Bernadette stak een volgende sigaret op en zei: Gelukkig zijn die droog gebleven.

Keek Bernadette niet naar het nieuws, of waarom vroeg ze het niet? Kreeg ze er niets van mee? Kon het haar niets schelen? Het kon haar beslist wel iets schelen, dacht Leyla. Maar begreep ze eigenlijk wat er aan de hand was? Iedereen had het er immers over. Maar wat had Bernadette haar kunnen vragen? Heel simpel, dacht Leyla: Bernadette had kunnen vragen hoe het met Leyla's grootmoeder ging, en met haar nicht, haar tante en haar oom. Of ze had iets heel anders kunnen vragen. Het ging tenslotte helemaal niet om haar grootmoeder, haar nicht, haar tante en haar oom. Het ging om zo ontzettend veel mensen, mensen die Leyla zelfs niet eens kende. Het ging om meer, dacht Leyla.

Hoe gaat het ermee, had Bernadette haar kunnen vragen, zonder te zeggen wat dat 'ermee' precies betekende. Het was wat minder gaan regenen, in elk geval beeldde Leyla zich dat in, en bijna was ze blij dat Bernadette het niet vroeg.

Bernadette had een kamer in een studentenhuis gevonden. De kamer was niet groot, maar lag aan de rand van de oude binnenstad van Neurenberg. Leyla hielp Bernadette om de meubels van haar oude kamer te demonteren, in de bestelwagen te laden en op haar nieuwe kamer in Neurenberg weer in elkaar te zetten. Het was warm, ze zweetten. Bernadettes pony plakte aan haar voorhoofd, Leyla gooide steeds weer water over zich heen.

Bernadette was zenuwachtig, hoewel haar ouders, haar zus, Boris en Leyla haar hielpen. Ze was nerveus, ook al had ze haar verhuizing wekenlang gepland en haar plannen keer op keer met Leyla doorgenomen. Ze wilde haar kamermuren verven, maar wist nog niet in welke kleur. Ze had gespaard en wilde een nieuw bed kopen, maar het bed dat ze wilde kopen was te duur en de bedden die ze zich kon veroorloven, waren te lelijk. Moest ze haar oude, hinderlijk grote kleerkast meenemen of toch maar een kledingrek kopen? Je luistert niet eens, had Bernadette op een gegeven moment midden in haar zin tegen Leyla gezegd. Het is toch maar een verhuizing, had Leyla geantwoord. Toen hadden ze ruziegemaakt zoals ze nog nooit ruzie hadden gemaakt. Leyla had gezegd dat ze niemand kende die zo egoïstisch was als Bernadette. Bernadette zei dat ze niemand kende die zo weinig belangstelling had voor de mensen om zich heen als Leyla. Leyla was opgestaan, op haar fiets gestapt en naar huis gereden.

Maar nu zaten ze samen op Bernadettes nieuwe kamer pizza uit pizzadozen te eten. Leyla was blij dat ze te moe waren om te praten. Ten afscheid omhelsden ze elkaar lang. Toen stapte Leyla met Boris in de bestelwagen en reden ze terug. Op de radio werd popmuziek gespeeld. Leyla keek uit het raam en dacht niet aan Bernadette. Ze voelde zich opgelucht.

Leyla verhuisde drie weken later. Ze stouwde haar nieuwe rugzak vol met kleren, stopte de rest in een sporttas, kocht een treinkaartje en stapte met de rugzak en de sporttas in de trein. Voorlopig had ze een kamer die tijdelijk werd onderverhuurd. Misschien is dat niet slecht, had haar moeder tegen Leyla gezegd, je kunt altijd nog iets anders zoeken. En Leyla had geknikt.

Het huis lag in het westen van Leipzig. Leyla stapte per ongeluk een halte te laat uit en moest een eindje teruglopen. Ze was moe toen ze aankwam. De sporttas was zwaar en sneed in haar schouder.

Haar kamer had alles wat ze nodig had: een bed, een tafel en een kleerhanger. Leyla maakte haar rugzak leeg, hing haar kleren aan de kleerhanger, zette haar laptop op het bureau en legde haar shampoo, make-up en haarborstel op het schap in de badkamer. De kamer had twee grote ramen, die uitkeken op het zuiden. Leyla deed een raam open. Op de vensterbank stond een asbak. Beneden op straat reed een tram langs. Leyla ging op de vensterbank zitten en stak een sigaret op. Later lag ze op bed naar het plafond te staren. Het plafond was wit, met aan de randen pleisterwerk, dat onder de spinnenwebben zat. Onder die spinnenwebben zaten bladranken en wijndruiven van gips.

Sophie, van wie Leyla de kamer huurde en die voor een uitwisselingsjaar naar het buitenland was, had haar fiets in Leipzig laten staan, Leyla reed op Sophies fiets door de stad. Het zadel stond te hoog, Sophie moest langer zijn dan zij. Maar de schroef klemde, en Leyla deed geen moeite om een tang te zoeken. Wanneer ze op Sophies te hoge fiets door Leipzig reed, stelde ze zich voor hoe zij Sophie werd. Door Sophies ogen zag ze de prefabwoningen, de huizen uit de gründerzeit, de prachtige socialistische bouwwerken, de verwilderde braakliggende terreinen, het stadspark met zijn kleine meer, doodgewone huizen, standbeelden vlak voor de herfst, en zonnestralen die op voorgevels vielen. Het was nog steeds warm, de zomer was nog niet helemaal voorbij. Leyla stelde zich voor hoe ze als Sophie nog een stukje verder zou fietsen, tot de rivier, hoe ze daar op de voetgangersbrug van haar fiets zou stappen en een sigaret zou opsteken. Daarna zou ze als Sophie terugrijden, dacht Leyla, misschien zou ze gewoon Sophie blijven.

Leyla las op haar telefoon dat de Shabiha, de boze geesten, weer volop actief waren. Terwijl in de jaren negentig nog werd aangenomen dat ze verdwenen waren, reden ze nu weer met hun zwartgelakte auto's zonder nummerplaten door de straten. Lange, gespierde mannen op gymschoenen, met kaalgeschoren hoofden en lange baarden. Ze riepen: Assad, of we steken het land in de hens. Ze kwamen naar de dorpen en steden, schoten mensen dood, plunderden, verkrachtten, en folterden hun gevangenen net zolang tot ze zeiden: Er is geen andere God behalve Assad.

Leyla las dat de geheime dienst in de ziekenhuizen zat. Een arts uit Homs zei: Je komt met een kogel in je been naar binnen en gaat met een kogel in je hoofd weer naar buiten.

Leyla las dat de gevangenissen vol liepen, dat de lijken uit de gevangenissen in vuilniszakken werden gestopt, één over het bovenlichaam en één over de benen, en dat die lijken in hun vuilniszakken vervolgens met vuilniswagens naar de massagraven werden gebracht. Ze las dat bij veel doden eerst de organen werden weggehaald, en dat die organen werden doorverkocht, in Libanon of Egypte.

In Aleppo, Deir ez-Zor en Idlib, las Leyla, veranderden ze de parken in kerkhoven omdat er niet meer genoeg plaats was voor de doden.

Leyla moest eraan denken hoe haar grootmoeder destijds de tuin in was gelopen en een kuil had gegraven, om er de verboden boeken van Leyla's vader in te leggen. Hoe ze er gewoon alle boeken in had gelegd, zonder onderscheid. Ze stelde zich voor hoe haar grootmoeder de kuil met daarin de boeken had dichtgegooid. Alsof de aarde gulzig was, dacht Leyla. En nog geen tel later bedacht ze dat de aarde natuurlijk niet gulzig was, het maakte de aarde niet uit hoeveel boeken en hoeveel doden erin werden begraven.

De zinnen die Leyla in die tijd dacht, maakte ze niet af. Maar volledige zinnen zijn nodig, zei ze telkens weer bij zichzelf, zonder volledige zinnen kun je het aan niemand vertellen. Maar aan wie kon ze eigenlijk vertellen waar ze constant aan dacht? Ze kon het niet eens aan zichzelf vertellen.

Leyla ging naar haar eerste colleges. Grondbeginselen van de Duitse taalkunde. Het Duitse taalsysteem. Ze zat in de collegezalen en luisterde niet.

Ongeïnteresseerd maakte ze aantekeningen van wat de professoren zeiden, stopte die aantekeningen in mappen en downloadde college-opnames. Ze zat in de bibliotheek te studeren. De hoorcolleges vond ze leuker dan de werkcolleges, waarin de docenten vragen stelden en verwachtten dat je iets zei, je mening gaf. Leyla las in stilte, worstelde zich door de theorieën heen en was die uren later alweer vergeten.

Het duurde niet lang of Leyla ging alleen nog naar werkcolleges met zo veel studenten dat het niet opviel als ze niets zei. Ze tekende op vaste afstanden in de kantlijnen van haar schrijfblok drie parallelle strepen, die ze vervolgens bovenaan en onderaan op zo'n manier met elkaar verbond dat ze een vlechtpatroon vormden. Ze tekende de strepen op alle bladzijden van haar schrijfblok, totdat elk vel links en rechts door hetzelfde vlechtpatroon werd omgeven. Uiteindelijk gooide ze het schrijfblok weg en kocht ze een nieuw, met lege witte vellen.

Leyla meldde zich aan voor een cursus Arabisch. Ze zag voor zich hoe ze werkwoordschema's en woordenschat zou leren of grammaticaoefeningen zou maken. Na afloop zou ze de taal kunnen spreken. Studiegenoten die de cursus in het vorige semester hadden gevolgd, zeiden dat het ontzettend veel werk was, dat ze nergens anders meer mee bezig waren, dat ze zelfs 's nachts alleen nog van werkwoordschema's hadden gedroomd. Leyla bedacht hoe fijn het zou zijn als de werkwoordschema's in haar dromen zouden voorkomen en het dorp, haar grootmoeder en de doden konden verdringen.

Na een van de eerste lessen Arabisch ging Leyla met twee studiegenoten naar de mensa. De ene had een nieuwe huisgenoot, die uit Syrië kwam, en had daarom belangstelling voor de taal. De andere zei dat ze later graag in een ngo wilde werken, daar zou Arabisch van pas komen.

Leyla's vader zei aan de telefoon: Waarom leer je de taal

van onze onderdrukkers? Je spreekt niet eens fatsoenlijk Koerdisch, en nu wil je Arabisch leren.

Leyla ging niet meer naar de cursus. De tentamens kwamen eraan. Ze zat in de collegezaal te luisteren. Grondbeginselen van de Duitse taalkunde. Het Duitse taalsysteem. Taalvariatie. Verbale communicatie.

Leyla las dat activisten zich toegang hadden verschaft tot de e-mails van Bashar en Asma al-Assad. Ze hadden drieduizend mails doorgenomen. De berichten tussen Assad en zijn vrouw. Korte aantekeningen, onbenulligheden, geluidsbestanden van countrymuziek. De berichten tussen Assad en zijn adviseurs, tussen Asma en haar assistente. Schoenen die Asma wilde kopen, haar onlineshopping, haar sieraden. Met kristallen bezette dameshandschoenen, kandelaars uit een goudsmederij in Parijs, handgemaakte meubels uit Londen. Gordijnen, vazen en schilderijen. De Assads deden hun aankopen via een stroman in Londen, vanwege de handelsbeperkingen. Leyla bekeek een filmpje van het staatsbezoek van het echtpaar in Londen, in 2002. Ze straalden allebei, Bashar niettemin met strakke lippen, op Asma's arm zat hun oudste zoon, toen nog een kleuter. De foto's uit Londen, las Leyla, waren verboden in Syrië, omdat ze de president lieten zien als een gezinshoofd en niet als een streng staatsman.

Het trottoir op weg van de tramhalte naar het collegegebouw bestond uit grote stenen tegels. Toen Leyla van het collegegebouw naar de bibliotheek liep, moest ze opnieuw over die tegels. Daarbij moest ze steeds aan de voegen tussen de tegels denken, in die voegen schuilt de dood, dacht ze.

Om het even wie kon vanaf de weg komen aanrijden, met een pick-up, langs het bord waarop in afgebladderde letters de naam van het dorp stond, tot de splitsing, daarna over het grindpad langs de tuin en zo het erf op, waar haar grootmoeder, oom Memo, tante Havin, Zozan, Miran, Welat en Roda net zaten te ontbijten. Terwijl Leyla op datzelfde moment over de stenen tegels liep, van de collegezaal naar de bibliotheek, met onder haar voeten die donkere voegen. Ze struikelde niet eens. Ze kon ook in de mensa zitten, in de supermarkt haar inkopen op de band leggen of op een feestje zijn, met een biertje in haar hand, of zoals afgelopen weekend met Anne, toen Anne haar tegen de muur had gedrukt en de bierflesjes die naast hen op de grond hadden gestaan omkieperde, maar dat gaf niks, en Anne, Anne drukte haar tegen de muur en kuste haar.

Leyla kon thuiskomen van een feestje en in haar bed kruipen, terwijl haar grootmoeder, tante Havin, oom Memo, Zozan, Miran, Welat en Roda eveneens in hun bed lagen, en precies op dat moment kon er weer iemand het erf op lopen. Zou de hond blaffen? Zouden ze wakker worden van het geblaf? Terwijl Leyla de volgende ochtend wakker werd, waren zij misschien allang dood. En lagen ze misschien net zo op de grond als alle anderen op de foto's en in de filmpjes die Leyla zo vaak had gezien.

Drie dagen later zou haar vader dan aan de telefoon tegen haar zeggen: Ik maak me zorgen. Ik kan ze al drie dagen niet bereiken. En nog wat later zouden ze het dan te weten komen. Op de een of andere manier kwam je het altijd te weten.

Als iemand hen kwam vermoorden, kon Leyla niets doen. Ze zou dan nog steeds naar haar college gaan, en naar de supermarkt. Het zou geen verschil maken of ze naar haar college ging of naar de supermarkt.

Telkens wanneer Leyla over de stenen tegels liep, probeerde ze niet op de voegen te gaan staan. Zodra ze erop ging staan, zouden ze sterven, zei ze bij zichzelf, en tegelijkertijd wist ze dat de voegen er niets mee te maken hadden.

Tijdens haar eerste collegevrije periode ging Leyla naar haar ouders. Het was de tweede opeenvolgende zomer dat ze niet naar het dorp reisde, de tweede zomer dat ze haar grootmoeder, haar tante, haar oom, haar nichten en haar neven niet zou zien.

Leyla liep met Bernadette naar het meer, ze lagen te zonnen op hun handdoeken, zaten op de plastic stoelen voor de ijssalon, gingen naar Boris om te blowen, keken toe terwijl hij zat te gamen en luisterden naar muziek. Bernadette ratelde maar door over haar studie, over Neurenberg en haar nieuwe vrienden, wier namen Leyla meteen weer vergat. Leyla knikte. Luister je eigenlijk wel, zei Bernadette. Leyla fietste met oortjes in haar oren naar het huis van haar ouders, maar luisterde niet naar muziek. De oortjes dempten de geluiden van buitenaf, het geruis van de wind als ze op haar fiets zat.

Haar vader was thuis en zat voor de televisie. Op de televisie woedde de oorlog. Het Vrije Syrische Leger rekruteerde inmiddels minderjarigen. Tussen de groen-wit-zwarte vlaggen van de Syrische Revolutie verschenen steeds meer zwarte vlaggen met daarop de islamitische geloofsbelijdenis, duizenden buitenlandse strijders waren naar het land gekomen. Naast het Vrije Syrische Leger vocht het Islamitisch Front tegen het regime, en daarnaast het Al-Nusra Front. Het Al-Nusra Front was opgericht door leden van Al Qaida in Irak en van Islamitische Staat Irak. Een schoolvriend van oom Memo, zei Leyla's vader, Ahmed, je kent hem wel, had zich bij hen aangesloten. Hij was af en toe in het dorp op bezoek geweest, had dan urenlang met oom Memo op het erf gezeten, theegedronken en gerookt. Hij was ook op de trouwfilm van oom Memo te zien, dansend in de rij tussen de anderen, met in het midden de trommelaar. We waren ook een keer bij hem uitgenodigd, zei haar vader, jij was nog klein. Je hebt met zijn neefjes en nichtjes in de tuin gespeeld. Nu kwam Ahmed niet meer naar het dorp, maar hij had oom Memo wel opgebeld en gezegd: Zolang ik voor de provincie Hasaké verantwoordelijk ben, laten we jullie met rust.

Op de televisie zag Leyla zwart vermomde mannen achter zandzakken staan. De mannen losten schoten, stof en zwarte rook trokken door het beeld. Een in het zwart geklede man met een lange baard liep door een straat en hield een zwarte vlag in de lucht. Een groepje vermomde mannen poseerde zomaar ergens in een landschap, ze staken hun wapens omhoog, riepen 'Allahu akbar' en schoten.

Leyla was blij toen ze weer in Leipzig was. Haar vader had nog gevraagd: Waarom blijf je niet langer? Maar Leyla moest verhuizen in haar nieuwe stad, Sophie kwam terug van haar uitwisselingsjaar. Leyla propte haar kleren weer in haar rugzak, stopte de rest in de sporttas en nam een tram dwars door de stad. Ook haar nieuwe kamer in de nieuwe wijk beviel haar. En ook hier lag er in de buurt van haar nieuwe studentenhuis een park, maar dit keer zonder vijver en mét platgetrapt gras, verbleekt door de zomer. Er stonden een paar skatehellingen, een jeugdhuis en een muur waar je legaal graffiti op kon spuiten. Er zaten families te picknicken en te barbecueën. Vrouwen die de taal van haar vader en haar grootmoeder spraken, zaten op de bankjes achter de skatehellingen. Mannen reden met luide muziek door de straten van de wijk. De stoepen lagen bezaaid met de schillen van gezouten zonnebloempitten, er waren shishabars, Arabische, Turkse en Koerdische supermarkten en veel verscheidene restaurants.

In een van de supermarkten, waar de verkopers doorgaans Koerdisch spraken maar met Leyla Duits, kocht ze een dubbele theepot, een halve kilo zwarte thee, kleine ronde glazen en onderzetters. De verkoper verpakte alles in blauwe plastic tasjes, en Leyla droeg haar inkopen naar huis. In haar nieuwe studentenhuis was zij de enige die zwarte thee dronk. De theepot was de kleinste die in de winkel te koop was geweest, en toch was hij nog steeds enorm. Leyla kon er thee in koken voor een grote familie die veel bezoek kreeg. Ze dronk haar thee met veel suiker, in haar eentje, 's nachts, als ze op de vensterbank zat te roken en naar de verlaten straat onder haar tuurde.

De dorpelingen hebben nu een greppel gegraven, zei haar vader aan de telefoon. Elke nacht liggen ze daar met hun kalasjnikovs op de uitkijk, elke nacht een andere familie. Voor het geval dat er iemand komt, zei haar vader, om het dorp te verdedigen.

Verdedigen waarmee, vroeg Leyla. Een stel herders, een stel boeren met kalasjnikovs? Dat is toch belachelijk, zei ze. Konden ze eigenlijk wel schieten? Eén keer per jaar met Newroz schoten ze in de lucht, dat wist ze nog, maar oorlog was toch nog wat anders. Niemand in het dorp was in militaire dienst geweest, op één man na, hij heette Miro. Niemand had een Syrisch paspoort behalve Miro. Maar Miro had zijn militaire dienst in Deir ez-Zor in de kantine van de kazerne vervuld. En kreeg daar, dat vertelden de dorpelingen, telkens een pak slaag van de anderen wanneer ze het eten niet lekker vonden.

Leyla stelde zich voor hoe de dorpelingen in de greppel lagen, de oude Abu Aziz naast haar oom, schouder aan schouder in het donker, hoe de gezouten zonnebloempitten kraakten in hun mond als ze die opaten, hoe ze hun best deden om niet in slaap te vallen. Ze stelde zich voor hoe de mannen daar lagen, met boven hun hoofd de sterrenhemel, achter hun rug het dorp, die verzameling leemhutten waar de wereldgeschiedenis geen belangstelling voor had en waar de familie van Um Aziz en die van haar oom lagen te slapen, en voor hun ogen de duisternis, de haast oneindige duisternis, waar ze de lopen van hun kalasjnikovs op gericht hielden.

Iedereen in het dorp, zei haar vader aan de telefoon, heeft nu een koffer gekocht. Voorheen waren er nauwelijks koffers. Waarom ook, zei haar vader.

Niemand had vakantie, en een paspoort evenmin. Aleppo lag op vijf uur rijden met de auto, en de kust, Latakia, was onbereikbaar. Maar nu werden de weinige koffers die al in het dorp waren geweest uit de wandkasten gehaald, uit de hoeken achter de graanzakken in de voorraadkamer. Ze werden uitgeklopt en schoongemaakt, en niet veel later stonden ze naast de nieuw gekochte koffers bij de deuren, al helemaal volgestouwd met de belangrijkste spullen.

Het is nu eenmaal een jezidisch dorp, zei haar vader. En Leyla wist: Omdat het een jezidisch dorp was, wisten de dorpelingen dat er geen tijd was om te pakken zodra ze moesten vluchten. En dat de koffer niet zwaar mocht zijn als je het op een lopen moest zetten. En dat je er soms ook zonder koffer gewoon vandoor moest gaan.

Leyla ging met haar nieuwe huisgenoten naar het park. Ze kochten bier en zaten op het grasveld. Het was een zaterdagmiddag in oktober, en het was nog steeds warm. Een vriend van een huisgenoot liep langs en kwam bij hen zitten. Leyla noemde haar naam. Hij wilde weten waar die vandaan kwam en vroeg: Ben je een Arabische? Leyla schudde het hoofd: Nee, een Koerdische. De vriend van haar huisgenoot zei dat hij dat cool vond. Hij sprak lang over de Koerdische vrijheidsstrijd en over de vrouwen bij de PKK. Leyla knikte. Waar komt je familie vandaan, vroeg hij. Uit Syrië, zei Leyla. Daar is het nu heel erg, zei hij. Leyla knikte en dronk van haar biertje.

Toen stond ze abrupt op en liep ze naar de wc in de tearoom aan de rand van het park. Op de terugweg liep ze langs een grote familie die op het grasveld zat te barbecueën, grootouders, ouders, kinderen, en misschien ooms, tantes, nichten of gewoon vrienden van de familie. Ze hoorde dat de familie

Koerdisch sprak. Ineens wilde ze niet meer terug naar haar huisgenoten en hun vrienden. Het liefst was ze bij de familie gaan zitten, maar het was niet haar familie. Leyla moest denken aan de picknickuitstapjes met oom Memo, tante Bahar, Zozan, Miran, Welat en Roda naar de Tigris. Ze hadden op de oever gebarbecued. Ze waren langs de oever gewandeld. Waren weer op de pick-up gestapt en teruggereden naar het dorp, terwijl de zomerzon langzaam onderging. Leyla had haar gezicht naar de wind toe gekeerd en haar ogen dichtgeknepen.

In de herfst trok Assads leger weg uit de Koerdische gebieden, Leyla las het in de krant.

Een jaar later gaf de regering ook de controle over de gebieden uit handen.

De Koerdische gebieden kregen een officiële naam: Rojava, 'het westen'. Rojava werd onderverdeeld in drie gebieden, die kantons werden genoemd: Afrin, Kobani en Cizre. In de kantons nam de Koerdische PYD het bestuur over, samen met de Assyrische Uniepartij. De militaire controle was nu in handen van Koerdische eenheden, zoals de YPG en de vrouwelijke gevechtseenheden van de YPJ, mannen en vrouwen van Leyla's leeftijd in uniform. Er werd een bestuur opgericht, Assads foto werd van de schoolmuren gehaald en vervangen door afbeeldingen van Abdullah Öcalan, de man met het ronde gezicht en de snorbaard die wat weg had van Leyla's oom Memo. In de scholen werden lessen Koerdisch gegeven, en de steden en dorpen kregen hun oude namen weer terug. Leyla moest ze eerst leren. Al-Qahtaniyah heette nu weer Tirbespî, Ras al-Ayn heette weer Serekaniye, en Ayn al-Arab weer Kobani.

Leyla ging met een huisgenote naar een feestje. De feestjes hier in de stad waren anders dan die waar ze vroeger met Bernadette naartoe was gegaan. Met Bernadette had ze schoenen met hoge hakken en een rokje aangetrokken, en ze had zich opgemaakt. Hier droegen de feestvierders spijkerbroeken, sneakers en T-shirts, en feestten ze in voormalige autogarages, kelders of leegstaande winkels. Bernadette zou met haar ogen rollen en zeggen: Die denken dat ze cool zijn, en daarna zou ze een biertje gaan halen.

Er stond een lange rij op straat. We zijn vriendinnen van Sascha, zei Leyla's huisgenote tegen de portier. De portier knikte, liep naar binnen en kwam terug met een vrouw die zich voorstelde als Sascha. En wie ben jij, vroeg Sascha.

Leyla knikte alleen maar.

Dit is Leyla, zei haar huisgenote.

Ik moet achter de bar werken, zei Sascha. Leyla knikte opnieuw.

Leyla en haar huisgenote stonden te dansen en te zweten. De muziek was zo luid dat Leyla er voor haar gevoel in zwom. Later gingen ze in de kamer naast de bar op een bank zitten. Haar huisgenote haalde een biertje voor hen allebei. Leyla dronk. Ze had dorst. Vanaf de bank kon ze de vrouw zien die Sascha heette. Ze bestudeerde nauwkeurig hoe Sascha achter de bar stond, geld in de collectebus wierp, flessen uit de koelkast haalde, even tegen de muur leunde als er geen klanten waren, een slok van haar gin-tonic nam of een sigaret rolde, die gerolde sigaret naast de collectebus legde omdat er een klant kwam, een schijfje citroen afsneed, gin in een maatbeker goot, tonic in het glas schonk, haar sigaret opstak, rookte, en tussendoor hun kant op keek, naar Leyla's huisgenote en beslist ook naar Leyla. Wanneer Sascha hun kant op keek, voelde Leyla zich betrapt en probeerde ze zich weer te concentreren op wat haar huisgenote dwars door het lawaai heen in haar oor riep.

Sascha was mooi, vond Leyla. Zo mooi dat haar geen ander woord te binnen schoot, behalve mooi. Ze was lang, slank en droeg een T-shirt dat haar veel te groot was en waarvan de pastelkleurige opdruk was verkleurd, zodat het eruitzag als iets wat Leyla alleen nog zou dragen om in te slapen. Daaronder droeg ze een wijd zittende spijkerbroek waar ze haar T-shirt in had gestopt, en om haar middel een brede leren riem, maar ze zag er niettemin elegant uit. Het was de manier waarop ze tegen de muur leunde, rookte of bier uit de koelkast haalde, dacht Leyla. Ze had een smal gezicht en kort haar dat aan de zijkanten was weggeschoren. Leyla kon eeuwig naar haar blijven staren.

Ik ga weer dansen, riep haar huisgenote door de muziek heen en ze stond op. Kom je mee? Leyla schudde het hoofd.

Ze bleef op de bank zitten roken en drinken. Sascha keek opnieuw haar kant op, en toen stond Leyla toch maar op en liep ze naar de dansvloer.

Later liep ze terug naar de bar en kocht ze nog een biertje, maar Sascha was verdwenen. Ze zag haar een keer in de menigte, maar was haar meteen daarna alweer uit het oog verloren. Leyla dronk veel, steeds meer. Haar huisgenote bestelde jenever.

Niet veel later stond Leyla voor Sascha.

Nou, riep Sascha door de muziek heen.

Nou, riep Leyla. Is je shift afgelopen?

Kennelijk, riep Sascha.

Leyla knikte en wilde zich het liefst omdraaien en weglopen. Ze wist niet wat ze moest zeggen. Ze stonden elkaar midden in het gedrang aan te kijken. Leyla dacht aan datgene waar ze ooit over zou moeten praten, ze wilde helemaal niet praten. Ze wilde Sascha aanraken, zoals ze daar midden in de gang voor de wc's stond, ze wilde haar schouders beetpakken, haar kussen en haar tegen de muur drukken.

Pas uren later, toen ze het feestje verlieten, zag Leyla dat Sascha's haar de kleur van modder had. Het was licht buiten. De bakkerij op de hoek was allang open. Ze kochten twee chocoladebroodjes. Ze liepen de trap naar Sascha's flat op. Sascha's kamer stond vol planten. Er stonden planten op de vensterbanken, op het bureau en op de kast, er hingen planten aan het plafond en er stonden zelfs een paar planten op de grond naast het matras. Zijn die allemaal van jou, vroeg Leyla. Sascha knikte en zei: Van wie anders. Ze noemde een voor een hun naam, langzaam, alsof elke naam belangrijk was: succulent, calathea, groene lelie, monstera en dwergpalm.

Naast de planten zag Leyla in Sascha's kamer niets dan boeken. Ze lagen overal verspreid, opgestapeld op de vloer, kunstcatalogi, romans en theorieboeken.

Het matras lag naast het raam. Achter het raam stond een grote boom. De takken van de boom vulden het hele raam. Leyla ging naast Sascha op het matras liggen en keek omhoog naar de takken.

Sascha begroef haar gezicht in Leyla's haar, kuste haar hals en trok haar T-shirt en spijkerbroek uit.

Naar bed gaan met Sascha was anders dan naar bed gaan met Anne of met de andere vrouwen met wie Leyla naar bed was geweest sinds ze in Leipzig was komen wonen. Ze kon niet zeggen wat er anders was, het leek wel of ze de grens die ze altijd tussen haar eigen lichaam en dat van de ander moest bewaren, plotseling kon opgeven. Op een gegeven moment wist ze niet meer waar haar eigen lichaam begon en dat van Sascha eindigde. Hun handen, vingers, lippen en tongen grepen elk stukje lichaam beet dat ze maar van elkaar konden krijgen. Capitulatie, dacht Leyla toen ze niet veel later doodmoe en in elkaar verstrengeld bleven liggen, en meteen daarna viel ze in slaap, ze ademde in Sascha's nek.

Leyla bleef twee dagen bij Sascha. Er was geen reden om naar huis te gaan. De zaterdag verstreek, toen de zondag. Leyla's telefoon stond uit, ze dacht er niet eens aan. Ze lag bij Sascha en keek met haar naar concertopnames van Sascha's favoriete band, en toen ze trek kregen, liepen ze naar Mr Wok op de hoek en droegen ze het eten in witte plastic dozen en tassen de trap naar Sascha's flat op. Ze zaten op de bank in de keuken te eten. Terwijl ze aten, praatte en lachte Sascha veel, en Leyla praatte en lachte ook veel. Ze aten niet alles op, ze zetten de halfvolle dozen in de koelkast, voor later.

Toen Leyla weer thuis was en haar telefoon aansloot op de lader, had ze drie gemiste oproepen van haar ouders.

Leyla koos Bernadettes nummer. Ze zei: Sascha heeft kort haar dat aan de zijkanten is weggeschoren, en op haar armen en benen zitten tattoos, die ze zelf heeft gezet. Ze zei: Sascha heeft een kamer vol planten. Ik heb nog nooit iemand ontmoet die zoveel planten heeft. Dat is toch mooi, zei Bernadette. Ja, zei Leyla. Dan weet ik niet wat je probleem is, zei Bernadette.

Leyla koos het nummer van haar ouders. Haar moeder nam op. Jullie hebben gebeld, zei Leyla. Wat is er aan de hand?

Reber, de zoon van oom Sleiman en tante Khezal, was met de bus op weg geweest van Deir ez-Zor naar zijn neef in Hasaké. Bij Deir ez-Zor werd de bus tegengehouden. Drie mannen uit de bus werden doodgeschoten. Een van hen, zei haar moeder, was Reber. Het is vreselijk, zei haar moeder. Ja, zei Leyla. Haar moeder zei: Je vader gaat morgen naar Bielefeld, naar de oom van Reber.

Toen ze had opgehangen, begroef Leyla haar gezicht in haar kussen. Ze ademde in het kussen, beet in de stof, net zolang tot ze het dons kon voelen en het katoen proefde, en ze bleef haar gezicht maar in het kussen drukken. Ten slotte stond ze op, liep naar de keuken van het studentenhuis, schonk een glas water in, dronk het leeg, zette het glas in de gootsteen en liep weer naar haar kamer. Ze was misselijk. Het schuldgevoel schoot door haar hoofd en verspreidde zich naar haar hals, haar schouders, haar bovenlichaam, haar armen, handen en vingertoppen, en naar haar benen, die doorbogen onder het schuldgevoel. Leyla moest gaan zitten.

Het was haar schuld, zei ze bij zichzelf. Ze had staan dansen en drinken en was met Sascha naar bed geweest, terwijl Reber in de bus zat. Het was zo, ook al wist Leyla dat het niet klopte, haar moeder had gezegd dat het al vier dagen geleden was gebeurd. Toen zij had staan dansen, was Reber allang dood. Reber was gewoon gestorven, dacht ze, en zij had toch staan dansen.

In november werd Rebers jongere broer Welat opgeroepen. In december kwam het bericht dat hij was gesneuveld. Kun je je hem nog herinneren, vroeg haar vader. Een beetje, zei Leyla. Ze hadden elkaar steeds alleen bij oom Sleiman en tante Khezal in Aleppo ontmoet, telkens wanneer Leyla daar aan het begin en aan het einde van de zomers bleef logeren. Ze herinnerde zich hoe haar vader op het vliegveld was gearresteerd en hoe zij met Nesrin over haar stickeralbum gebogen had gezeten. Hoe ze een andere keer met Nesrin op het balkon had gestaan en de taxi's beneden op straat had geteld, en hoe ze nog een andere keer tijdens een wandeling naar de soek naast Nesrin had gelopen. Misschien herinnerde ze zich alleen Nesrin, omdat Welat en Reber te cool waren geweest om zich in te laten met een meisje als zij. Op de foto's uit Aleppo waren ook altijd alleen Leyla en Nesrin te zien, naast elkaar, allebei met vlechten in hun haar, die tante Khezal had gemaakt. Leyla dacht aan Nesrin. Toen de gevechten toenamen, was haar hele familie van Aleppo naar verwanten in Tirbespî gegaan. Eerst die verandering van de grote naar de kleine stad, weg van haar medescholieren, toen de dood van haar twee broers, en nu zat

Nesrin alleen in Tirbespî, samen met haar rouwende ouders. Ze had nog drie broers, maar die waren allemaal al getrouwd en weggetrokken, en twee van hen waren inmiddels op de vlucht naar Duitsland.

Legaal, vroeg Leyla aan de telefoon. Nee, dat niet, zei haar moeder. Met mensensmokkelaars.

Haar moeder stuurde haar een andere foto, Leyla kon zich niet herinneren dat die was gemaakt. Ook op deze foto was het zomer. Leyla zat onder de wijndruiven op het erf van haar grootouders, met links en rechts naast haar twee jongens. Haar gezicht was niet goed te zien, het ging schuil in de schaduw van de wijnranken, net als de gezichten van de twee jongens. Alle drie hielden ze stukken watermeloen in hun handen, en ook in de kom voor hun blote voeten lag een opengesneden meloen. Hoe oud zou je toen geweest zijn, zei haar moeder, vier of vijf misschien. En Reber en Welat waren maar een of twee jaar ouder dan jij.

Leyla ging met Sascha naar de Oostzee. Sascha's oudtante had daar een huisje, dat ze aan toeristen verhuurde. 's Winters stond het leeg. Sascha had er tijdens haar jeugd haar zomers doorgebracht. Ze had gezegd: Het is daar mooi, en ze had Leyla tegen zich aan gedrukt.

In de trein aten ze noten en de boterhammen die Leyla voor hen had gesmeerd. Sascha zat te lezen en Leyla viel in slaap, met haar hoofd op Sascha's schouder.

Het huisje was door en door koud toen ze aankwamen. Ze legden alle dekens die ze konden vinden op een hoop, kropen eronder en omhelsden elkaar, maar hadden het nog steeds ijskoud.

Tegen de ochtend stelde Sascha voor om de kou te verdrijven met een bad. Ze lieten de badkuip vollopen met warm water, kookten met de theekoker nog warmer water en lagen samen in bad terwijl ze koffiedronken en rookten. Sascha zat weer te lezen en Leyla rookte alleen, tot ze op een gegeven moment trek kregen, de deur uit gingen en de straat naar het dorp af liepen, naar de supermarkt, die in de winter maar halve dagen open was.

Sascha stelde Leyla geen vragen. Ze zei vrijwel niets. Alles goed, vroeg Leyla. Ja, alles goed, wat zou er moeten zijn, zei Sascha en ze trok haar wenkbrauwen op. Toen Leyla stond te koken, zat Sascha gewoon op de bank in de keuken naar haar te kijken.

Op het strand stond er al die tijd een ijzige wind, en wanneer ze over het strand liepen, was het net of ze op weerstand stuitten. De wind sneed door hun kledinglagen heen, dwars door hun jassen, truien en T-shirts, tot onder hun huid. Meeuwen zaten op houten palen en begroeven hun snavel in hun veren, de zee was grijs en had dezelfde kleur als de lucht. Leyla verzamelde mosselschelpen in haar jaszakken, en toen ze er zo veel had verzameld dat haar jaszakken uitpuilden, gooide ze ze allemaal weer de zee in.

De zee was vreemd voor haar, net als de meeuwen, de mosselen, de rijen palen die 'paalhoofden' werden genoemd, en de wind. Voor Sascha was het anders. Ze zei: Hier gingen we altijd zwemmen. Daarginds op het strand aten we altijd ijs. Leyla knikte maar wat. Alleen als je thuis bent in een landschap, dacht ze, kun je het benoemen. Op een toon alsof het om iets belangrijks ging, vervolgde Sascha: Als je over die weg daarginds rijdt, kom je bij een ondiepe baai.

Die nacht droomde Leyla van het dorp. Van de dagen waarop de wind het stof zo hoog had doen opwaaien dat er geen horizon meer te zien was geweest en de lucht net zo grijs was als de akkers, de huizen en het dorp. Het stof van het dorp was net zo warm als de zee hier koud was. Toen ze wakker werd, had een pijnlijk verlangen zich als stof op haar huid vastgezet, maar misschien was ook dat een droom. Ze dacht aan de bergen achter het huis van haar grootouders, terwijl ze naast Sascha op het strand naar de zee zat te turen. Ze dacht aan de verbleekte velden, aan de bloemetjesrok van haar grootmoeder, aan de broden in de van hitte vibrerende oven op het erf en aan de lange zomermiddagen die ze doezelend had doorgebracht. Ze dacht aan de warme wind. Aan de steden waar ze familieleden gingen opzoeken en samen in woonkamers zaten te eten. Aan de binnenplaatsen, en aan de kippen op straat. Aleppo, Raqqa, Deir ez-Zor. Hasaké, Qamishli, Kobani, Afrin. En die autorit van Tirbespî naar Damascus, dwars door de woestijn, toen ze een keer in Palmyra waren gestopt, vroeg in de ochtend, en helemaal alleen buiten voor de huizen hadden gestaan – het museum was nog niet open. Ze waren via de grote zuilengalerij langs de tempel van Bel geslenterd, hadden foto's gemaakt, waren weer in hun auto gestapt en gewoon voorgoed doorgereden.

Sascha zei: Ik heb mijn moeder over jou verteld. Ze was alleen bij haar moeder opgegroeid. En die was nog jong geweest toen ze Sascha ter wereld had gebracht, net zo oud als Sascha en Leyla nu. Sascha's moeder ging met haar dochter op vakantie, kwam haar opzoeken in de stad en belde haar zomaar op. Als Sascha met haar moeder aan de telefoon hing, praatte ze alsof ze het tegen een goede vriendin had. Ze zei: Mijn moeder zou je aardig vinden.

Leyla op haar beurt kon zich niet voorstellen dat ze haar ouders over Sascha zou vertellen. Haar ouders wilden vooral horen dat het goed met haar ging. Haar vader vroeg aan de telefoon: Hoe gaat het met je, en dan verwachtte hij dat Leyla gewoon 'goed' zou antwoorden. En dat terwijl hij nog steeds iedere avond voor de televisie zat, zappend van Al Jazeera naar Rudaw, KurdSat, BBC Arabiya en Kurdistan24, en haar moeder maar bleef zoeken naar mogelijkheden om hun familie het land uit te krijgen, e-mails stuurde en telefoneerde.

Weet je familie het van jou, had Sascha gevraagd. Leyla had niet geweten wat ze daarop moest zeggen.

Het idee was absurd: Sascha bij hen thuis, met Leyla's ouders en Leyla zelf voor de televisie, waarop de oorlog woedde. Sascha bij tante Pero in Hannover, die Sascha's bord volschepte met kutilk, sla, bulgur en brood, zoals haar tante bij iedere bezoeker deed. Duitse vrouwen, zou tante Pero later zeggen, zoals Leyla's andere tantes ook telkens weer zeiden, vinden die dat nou echt mooi, zulk kort haar? Ze zou Sascha voortaan alleen nog 'het meisje met het korte haar' noemen. Per slot van rekening, zou haar tante zeggen, studeert mijn nichtje nog, en daarom heeft ze vriendinnen en nog geen man. Ze zou Sascha nog een bord versgebakken kûlîçe brengen, naar de woonkamer, waar net als bij Leyla's vader de televisie aanstond, met daarop de oorlog. De afstandsbediening op de tafel in de woonkamer zat nog verpakt in een plasticfolie, haar tante had de televisie pas sinds ze niet meer in het asielzoekerscentrum woonde.

Op het strand, in het huisje, als ze samen onder de dekens lagen, sinds Sascha had gevraagd of haar ouders het wisten, kon Leyla het beeld van Sascha bij haar familie niet meer uit haar hoofd zetten. Onmogelijk, dacht Leyla, en ze kuste Sascha. Toen ze ten slotte in de trein terug naar Leipzig zaten, probeerde ze ineens over zichzelf te vertellen. Maar het enige wat in haar opkwam, waren verhalen over iemand die Sascha niet kende, over een heel andere Leyla. Ze probeerde het toch. Leyla zei dat ze naar drie vrouwen was vernoemd, naar Leyla Qasim, Leyla Zana en de Leyla met wie haar vader had willen trouwen, maar die in de bergen was gaan vechten, en die nu als foto in de woonkamer van oom Nuri en tante Felek boven de televisie hing. Leyla stopte algauw weer met praten, ze streelde alleen Sascha's hand. Dat er foto's waren die pas werden verspreid als de gefotografeerde persoon was gesneuveld, en dat je zo'n gevallen strijder 'sjahid' noemde, daar wist Sascha niets van, bedacht Leyla. Sommige dingen, dacht ze, kon je niet vertellen.

Het begin van de zomers bijvoorbeeld, hoe Leyla zich in de armen van haar grootmoeder wierp. Hoe haar grootmoeder Leyla's haar kuste, haar ogen, haar handen. Of hoe ze op een keer waren uitgenodigd voor een bruiloft en haar grootmoeder haar een tulen jurk had aangetrokken waarin Leyla eruitzag als een prinses, haar haar had gekamd en gevlochten, en haar zwarte lakschoentjes had aangetrokken. Leyla liep aan de hand van haar grootmoeder door het dorp en sprong over de afvoergreppels. Niet zo snel, niet zo snel, zei haar grootmoeder, net zolang tot ze bij de bruiloft kwamen. De mannen stonden met de bruidegom op het dak van het huis te roken. Op het erf speelde een zurna-speler, iemand trommelde. De menigte klapte, en de vrouwen slaakten schrille kreten. Telkens opnieuw klonk hun harde, trillende gezang, net zolang tot de bruid kwam aangelopen.

Bruid en bruidegom stonden voor de drempel van het huis. Ze hielden gezamenlijk een aarden kruik vast en gooiden die op de grond. De kruik barstte open, er vlogen munten en snoepjes uit. De kinderen doken erop af. Vooruit, Leyla, zei haar grootmoeder. Ga dan.

De bruid droeg een rood lint om haar middel.

Leyla zag de bruid voor zich, haar met lak gefixeerde haar was opgestoken en viel in golven over haar schouders, ze droeg gouden sieraden om haar polsen. En de menigte danste.

Wanneer Leyla het collegegebouw uit kwam gelopen, zat Sascha daar al op een bank te roken. Ook voor de bibliotheek zat ze Leyla op te wachten. Als Leyla naar buiten kwam, had Sascha telkens al een sigaret voor haar gerold. Ze liepen dan samen naar het park en zaten op de bankjes voor het grasveld, dat 's winters leeg was. Leyla op haar beurt haalde Sascha op bij de tearoom waar ze als kelner werkte. Dat was een tearoom waar ze anders nooit zouden komen. Sascha droeg er een bloes, serveerde slagroom bij de taart en bracht de koffie in kannetjes. Maar de fooi is goed, zei Sascha elke keer wanneer Leyla haar kwam ophalen. Sascha werkte ook in een bar. Daar kreeg ze geen fooi, maar ze kon er in haar T-shirt, spijkerbroek en sneakers staan roken als ze even geen bierkratten vanuit het magazijn naar de bar sleepte, wodka in shotglazen schonk of asbakken leegde. De bar had geen tapvergunning, en Sascha geen arbeidsovereenkomst. Sascha en de anderen betaalden zichzelf cash uit en sloten de bar als ze er geen zin meer in hadden. Als Sascha aan het werk was, zat Leyla aan de bar. Maar ook als Sascha niet werkte, hingen ze samen in de bar rond. Sascha ging ook naar de universiteit, maar nogal onregelmatig, soms ging ze drie weken lang niet, dan weer ging ze van 's ochtends tot 's avonds en daarna nog naar de bibliotheek. Deze keer maak ik dat werkstuk echt af, zei ze dan, waarna ze zo veel boeken leende dat Leyla haar moest helpen dragen, en toch had ze het er een week later al niet meer over. Ook de boeken las ze vrijwel nooit. Ze vergat ze terug te brengen of bracht ze niet terug in de hoop dat ze er ooit alsnog in ging lezen, Leyla wist het niet. Na een tijdje kreeg ze aanmaningen van de universiteitsbibliotheek, en Sascha pakte de boeken dan weer bijeen en Leyla hielp haar om ze terug te brengen. Ze stonden bij de betaalautomaat van de bibliotheek, Sascha schoof bankbiljetten in de gleuf en zei: Dat was mijn fooi van de afgelopen drie weken. Geeft niks, volgende week krijg ik opnieuw fooi.

Sascha kookte nooit. Als ze trek had, ging ze naar Mr Wok, Asia Express, Haci Baba of Tito Pizza. Of ze at brood met beleg, of soep uit een pakje, waar ze water uit de waterkoker overheen goot.

Ik kook wel, zei Leyla tegen haar. Ze kocht wijnbladeren, rijst, knoflook, gehakt, peterselie en uien, en droeg uitpuilende blauwe plastic tassen Sascha's flat binnen. Sascha zat op de bank te roken en keek toe hoe Leyla de wijnbladeren oprolde, ze opstapelde in een pan, er water overheen goot en er een bord op legde zodat ze op hun plaats bleven, zoals haar grootmoeder haar had geleerd. Leyla hakte knoflook fijn en deed die in een kom met olijfolie. Ze zette borden op tafel, mengde yoghurt met water en deed er wat munt bij. Meestal praatten ze weinig. Soms vroeg Leyla zich af wie wie meer nodig had, Leyla Sascha of Sascha Leyla. Ze liep naar Sascha's flat, bleef bij haar, ging naar huis, douchte, trok andere kleren aan en ging weer naar Sascha.

Er is nieuws van oom Memo, zei haar vader aan de telefoon. Hij zegt dat Ahmed hem heeft gebeld met de boodschap: Ga ervandoor, ik kan jullie niet langer beschermen. Al-Nusra is minder machtig geworden, zei haar vader. Er zijn nieuwe milities. Ze noemen zichzelf Daesh, Islamitische Staat in Irak en de Levant.

Haar moeder begon nog meer e-mails en brieven te sturen dan gewoonlijk. Net als vroeger stopte ze kopieën van de brieven in dikke mappen en stuurde ze de mails door naar Leyla. Onderwerp: Aanvraag voor de opvang van familieleden uit Syrië – Opvangprogramma Syrië / [ref-nr.: 001929], Syrië: Opvangbepaling van het ministerie van Binnenlandse Zaken van 23-12-2013. Haar moeder schreef naar de Dienst voor Migratie en Vluchtelingen, naar het ministerie van Binnenlandse Zaken en naar syrien.unhcr.org. Ze schreef dat Leyla's grootmoeder oud was, dat haar voeten moe waren, dat ze een vlucht naar een opvangkamp in Turkije of Libanon of via de Middellandse Zee of de Balkan niet zou overleven. Welke mogelijkheden zijn er, vroeg ze. Ik sta borg voor hen, schreef ze. Jezidische Koerden zijn in de ogen van de milities ongelovigen, kufar, schreef ze. Ze deed een beroep op de menselijkheid. Net nu in de kerstperiode, schreef ze. Het is ontzettend moeilijk om met die angst te leven, zowel voor ons als voor onze familieleden. Aan de ene kant de troepen die trouw zweren aan Assad, aan de andere kant de islamitische milities. Wat is er mogelijk, wat kunt u doen?

Telkens wanneer ik contact opneem met de UNHCR, schreef ze, wordt me gezegd dat onze familieleden niet in aanmerking komen voor het opvangprogramma van de Bondsregering, omdat ze zich niet in Libanon bevinden, maar in Syrië. Er rest mij niets anders dan u nogmaals beleefd maar met klem te vragen om de weg van menselijkheid en solidariteit te bewandelen voor deze door oorlog en fanatisme bedreigde mensen, en een veilig en vredig leven voor onze familieleden mogelijk te maken.

Heb je hen kunnen bereiken, vroeg Leyla aan de telefoon.

Nee, zei haar vader, al vijf dagen niet. Ik denk dat de stroom weer is uitgevallen.

Twee dagen later belde hij haar opnieuw: Ik heb hen kunnen bereiken. Als een spel, dacht Leyla. Zij vroeg, haar vader antwoordde. Alsof ze zaten te dobbelen, een kansspel, en haar vader aan de hand van de ogen van de dobbelsteen zou zeggen: Ik heb hen kunnen bereiken of ik heb hen niet kunnen bereiken. Alsof ze om hun leven speelden, alleen was het geen spel.

Naast haar haalde Sascha zacht en regelmatig adem, Leyla lag wakker. Ze zag het dorp voor zich, gehuld in duisternis, en verlangde naar die duisternis. Ze stelde zich voor hoe ze naast oom Memo en Miran op de grond zou liggen en de ene sigaret na de andere zou opsteken om wakker te blijven. Voor hen de opgeworpen zandwal, daarachter de duisternis. Af en toe geluiden, de wind, het geblaf van honden, stilte. Ze stelde zich voor hoe ze lagen te wachten en hoopten dat datgene waarop ze wachtten niet zou gebeuren. Wat zou ze liever met de anderen daar in die greppel op de uitkijk liggen dan hier in bed naast Sascha's gelijkmatige ademhaling. Wachten was eenzaam als je de enige was die wachtte.

Steeds weer die stroomonderbrekingen. Al zeven dagen heb ik hen niet kunnen bereiken, zei haar vader. Daarna zijn stilzwijgen aan de andere kant van de lijn, hoe hij zijn keel schraapte. Leyla vroeg of hij zich zorgen maakte. En daarna zei ze: Natuurlijk maak je je zorgen, wat een domme vraag. Leyla lag naast Sascha naar de boom achter het raam te staren. De takken werden opgeslorpt door de duisternis. Wat als ze haar grootmoeder nooit meer zou zien? Leyla dacht aan de bloemetjesjurk van haar grootmoeder, aan haar kromme rug. Ze zag voor zich hoe haar grootmoeder na het douchen in de woonkamer zat en haar lange witte haar kamde en vlocht. Leyla stond op, liep zachtjes naar de badkamer en trok de deur achter zich dicht. Ze was nog steeds misselijk. De misselijkheid nam niet af, ging niet weg. Leyla boog zich over de wc-pot en stak een vinger in haar keel, net zolang tot ze kokhalsde en er tranen in haar ogen sprongen. Ze trok door, waste haar handen met zeep, spoelde haar mond, dronk water, liep terug naar de slaapkamer, naar de slapende Sascha, en ging weer naast haar liggen.

Ze sterven. Ze sterven niet. Ze sterven. Ze sterven niet. De angst en de misselijkheid die Leyla tegelijkertijd overspoelden, kenden geen structuur. Ze overvielen haar zonder waarschuwing, in bed, in de bibliotheek, of als ze over de voegen van de stenen tegels liep. Het was net zoiets als struikelen, in elke stap en elk moment school het gevaar om te struikelen.

Ze stond in de supermarkt voor het koelvak met de melkproducten. Ze wist niet wat ze daar deed. Een hele tijd liep ze met haar linnen draagtas door de eindeloze rijen rekken, ten slotte ging ze naar huis, zonder iets te hebben gekocht.

Assads troepen belegerden de steden, barricadeerden ze, lieten de bevolking verhongeren, gooiden bommen in woongebieden en op ziekenhuizen.

Leyla las over de omsingeling van Yarmouk, dat de bewoners sneeuw lieten smelten tot water, dat ze honden en katten slachtten. Een moeder zei: We hebben kruiden in water gekookt en dat water opgedronken. We hebben gras gegeten, totdat er geen gras meer was.

Hoe kon zij eten, vroeg Leyla zich af. Hoe kon ze slapen, naar haar colleges gaan, op de trappen voor de bibliotheek zitten, roken en 's avonds in Sascha's bar bier drinken, terwijl op datzelfde moment... Leyla wilde niet verder denken.

Ze kon niet meer eten. Alleen al het idee om te eten stond haar tegen. Hoewel ze daar het recht niet toe had. Ze zei het steeds weer bij zichzelf: Daar heb ik het recht niet toe. Hoe kon ze nou problemen hebben met eten als ze zoveel eten had? Leyla hield zich voor dat ze nu geen zelfmedelijden mocht hebben. Het ging immers niet om haar.

De angst maakte haar bijgelovig. Keer op keer vormde ze hun namen geluidloos met haar tong. Oma, oom Memo, tante Havin, Zozan, Miran, Welat en Roda. Alsof ze daarmee iets kon uitrichten, alsof het een soort bescherming was.

Wanneer hield je op met praten over een revolutie, wanneer begon je over oorlog te praten? Als de oppositie zich bewapende, als er buitenlandse strijders naar het land kwamen, mannen met gevechtservaring in Afghanistan en Irak die de islamitische geloofsbelijdenis op hun vlaggen hadden geschreven, als de eerste bomauto's de lucht in vlogen, als mensen bomgordels omdeden, als het regime steden begon te bombarderen? Leyla ging naar haar colleges, ging na afloop nog inkopen doen, werkte haar lijstje af – melk, brood, kaas – en droeg het eten naar huis.

Ze liet Sascha's gootsteen vollopen met water en afwasmiddel, maakte de spons nat en deed de afwas. Sascha zei: Laat dat, dat hoef je niet te doen. Leyla deed het toch. Ze begon ook het afval naar beneden te brengen als de vuilnisbak uitpuilde. Ze maakte de vuilnisemmers schoon en droogde ze af in de badkuip. Ze gaf Sascha's planten water met de tinnen kan die op het bureau stond. En ze stofte de planten af met een vochtige doek, zoals Sascha soms ook deed als ze eraan dacht.

Leyla lag naast Sascha op bed, haar gezicht begraven in Sascha's rode trui. Sascha streelde haar haar, net zolang tot Leyla in slaap viel.

Sascha zei: Je bent de hele tijd hier, wil je niet liever bij mij komen wonen?

Leyla zei: Ik woon toch al bij jou.

Je hebt nog steeds je eigen kamer, zei Sascha.

Maar om de paar dagen zei Sascha ook: Ik kan niet meer, het wordt me te veel. Leyla ging dan naar haar kamer in het studentenhuis, lag daar op bed naar het plafond te staren, kon niet slapen en ging de volgende ochtend toch naar haar colleges.

De weg naar de collegegebouwen, de duiven, die opvlogen op het plein voor de universiteit, de harde wind, waar haar ogen van gingen tranen.

De vele studenten in de mensa, met naast hen Leyla, die in haar eentje met haar dienblad aan een van de tafeltjes zat, geen trek had en toch at, het gebouw weer uit liep en op haar telefoon keek, Sascha had haar niet geappt. Leyla liep opnieuw het plein over, deed de duiven een tweede keer schrikken, stapte in een tram en wist zich geen raad met zichzelf. Terug in het studentenhuis wierp ze zich weer op bed, ze begroef haar hoofd in de deken en keek nog een keer op haar telefoon.

Sascha appte haar pas dagen later. Ze ontmoetten elkaar in het park. Gingen op een bankje zitten om te roken. Leyla had Marlboro's gekocht. Sascha rolde haar volgende sigaret en zei: Het kan zo niet verder. Het wordt me te veel. Ik heb ruimte nodig. Jij kunt niet alleen zijn. Leyla knikte. Sascha zei: Ik wil het niet uitmaken, maar het gaat gewoon niet. Je snapt er echt niks van, zei Leyla. Sascha stond op, en Leyla ook. Het spijt me, zei Sascha. Ze liepen in tegenovergestelde richting weg, allebei dwars door het park naar huis.

Die avond ging Leyla naar de bibliotheek, de leeszaal was al bijna leeg. Ze zat aan een van de enorme houten tafels in het midden van de zaal. De bibliotheek met haar boekenkasten, rijen tafels en stoelen werd weerspiegeld in de zwarte openslaande ramen. Leyla stelde zich voor dat er niets anders bestond dan deze bibliotheek, als een eiland dat werd weerspiegeld in het omringende water, en dat de bibliotheek de laatste plek op aarde was. Ze stelde zich voor hoe ze dagenlang door de gangen zou zwerven, door de openbare zones, de computerplekken en het open keldermagazijn met zijn verschuifbare kasten. Het ruwe tapijt dat haar voetstappen dempte, de geur van oud papier.

Om middernacht sloot de bibliotheek. Leyla liep langs de securitymannen bij de ingang, ze was moe, maar niet moe genoeg. Ze maakte omwegen, sloeg zijstraten in, dwaalde rond zonder te weten waarheen, tot ze ineens voor haar eigen voordeur stond.

Ze maakte de deur open.

Ben je nog wakker, appte Sascha.

Ja, stuurde Leyla. Zal ik langskomen?

Ja, appte Sascha.

Leyla keerde om in de hal en haastte zich door het uitgestorven park.

Sascha deed meteen open.

Leyla bleef een dag bij Sascha, ging naar huis om te douchen en andere kleren aan te trekken en vertrok naar haar college. Ze zat in de collegezaal en luisterde geen seconde. Ze zat gewoon aantekeningen te maken, maar geen van haar zinnen was volledig. Waar had de professor het eigenlijk over? De vrouw deed haar mond open en weer dicht. Ze gebaarde met haar handen en verwisselde de dia's die op de witte muur achter haar werden geprojecteerd. Leyla kon zo niet doorgaan, dat wist ze. Ze kon hier ook niet blijven zitten, onmogelijk. Maar waar moest ze heen? Moest ze de collegezaal uit rennen? Maar hoezo rennen, ze had toch geen haast. Ze kon in alle rust haar pen en schrijfblok in haar tas stoppen, de tas over haar schouder hangen en de zaal uit lopen. Ze zou de deur achter zich dichttrekken, de trap af lopen, het universiteitsgebouw uit. En dan, waar moest ze dan heen? Leyla bleef zitten tot het college was afgelopen, stopte haar pen en schrijfblok langzaam in haar tas en liep met de anderen naar buiten.

Sascha zat voor het universiteitsgebouw te wachten.

Ik heb ze allemaal geschreven, zei haar moeder aan de telefoon. Haar stem klonk zwak, maar brak niet. Ik kan niet meer, zei haar moeder. Ik weet niet wie ik verder nog moet schrijven. Wat kan ik nog meer doen? Ik heb naar de Dienst voor Migratie en Vluchtelingen geschreven, naar de UNHCR, naar parlementsleden, zelfs naar de bondspresident.

Dreig met de pers, zei Leyla. Schrijf hun dat onze familie in gevaar is. Zeg dat we het in de openbaarheid brengen.

Welke openbaarheid dan, zei haar moeder.

Als ze sterven, zei Leyla bij zichzelf, ga ik met een kalasjnikov, met net zo'n kalasjnikov als die waarmee oom Memo elk jaar met Newroz in de lucht schoot en waarmee hij zich later in de greppel verschanste om het dorp te bewaken, met zo'n kalasjnikov ga ik dan naar de Dienst Migratie en Vluchtelingen. Die dienst had teruggeschreven, Leyla's moeder had er een foto van gemaakt: Gelieve u te wenden tot de bevoegde instantie. Maar die bevoegde instantie had er in een eerste brief al op gewezen dat hun verwanten vóór 2012 in Libanon hadden moeten zijn om als vluchteling in aanmerking te komen voor gezinshereniging in Duitsland, en omdat dat niet het geval was, achtte die bevoegde instantie zichzelf niet bevoegd. En bij die bevoegde, maar zichzelf niet bevoegd verklarende instantie zal ik naar binnen lopen, zei Leyla bij zichzelf. Met een kalasjnikov, met oom Memo's kalasjnikov.

Op YouTube vond Leyla een filmpje met de titel *Drone fly over Aleppo*. Ze bekeek het filmpje telkens weer. Verlaten straten en pleinen, platgebombardeerde huizen, overal puin. Hele woonblokken waren ingestort, alleen de lucht erboven was ongerept blauw. Meer dan veertig procent van Aleppo was verwoest, het hele oostelijke gedeelte van de stad, zo luidde het in het filmpje. Er was nauwelijks nog fruit en groente te koop, de markten waren leeg, las Leyla. We hebben steeds minder brandstof, we verbruiken onze laatste reserves. Binnenkort zullen we in volslagen duisternis leven.

Ik liep door de wijk Al-Mashhad, waar mijn kantoor zich bevindt. Ik stond net in de winkel in onze straat om iets te drinken te kopen toen de eerste vatbom insloeg, slechts vijf huizen verderop. Heel even dook ik weg, vanwege de stukken metaal die in het rond vlogen. Toen rende ik naar buiten, de straat op. Amper een paar tellen later sloeg er een tweede vatbom in. Een metaalsplinter boorde zich in mijn rug, een andere in mijn been. Ik rende van de straat terug naar de winkel. Zeven mensen die daar beschutting hadden gezocht, waren dood, verpletterd door het puin van het ingestorte plafond. Ze stierven alleen omdat ze in die luttele seconden van de explosie een andere beslissing namen dan ik en dekking zochten tussen de winkelrekken, terwijl ik de straat op liep.

Sascha wilde niet meer dat Leyla haar kwam ophalen wanneer ze in de tearoom aan het werk was, of dat ze aan de bar bier zat te drinken of te roken terwijl Sascha achter de bar stond. Sascha zei: Ik kan dit niet meer, ik heb ruimte nodig. Aan die zin moest Leyla voortdurend denken, zelfs als Sascha de deur voor haar opendeed, Leyla de laatste treden op rende en haar schoenen, rugzak en jas uittrok, als ze haar handen in Sascha's haar begroef en Sascha haar beetpakte, als haar lippen Sascha's mond zochten en haar handen de knoop van Sascha's spijkerbroek openmaakten, als ze met haar tong Sascha's schaamlippen spreidde en Sascha onder haar lag te kreunen, en als ze naast elkaar naar adem lagen te snakken of gewoon ademhaalden.

Sascha ging weer meer naar haar colleges en was na lange tijd weer aan het schilderen. Ze kwam nu altijd laat in de avond thuis en appte haar dan dat ze moe was en gewoon wilde slapen. Sascha ging dansen. Je zou ook iets voor jezelf moeten doen, zei ze. Daarop ging Leyla met haar huisgenoten eveneens dansen. Na afloop namen ze de tram terug naar huis. Voordat Leyla het licht uitdeed, appte ze Sascha: Ik ben thuis. Welterusten. Sascha antwoordde niet. Leyla keek om vijf uur op haar telefoon, toen ze wakker werd maar niet wist waardoor, ze was met de telefoon in haar hand in slaap gevallen. Om negen uur keek ze nog eens, en om elf uur nog een keer, Leyla appte: Alles goed?

Laten we straks praten, antwoordde Sascha ten slotte.

Om drie uur in het park, appte ze nog een paar uur later. Op de bankjes achter het grasveld.

Sascha stak een sigaret op. Leyla pakte de aansteker en stak ook een sigaret op. Niet veel later liepen ze opnieuw in tegenovergestelde richting het park uit, naar huis. Leyla dacht helemaal nergens aan.

Ze zag hen samen op de opening van een tentoonstelling. Ze had blond haar, dat was vrijwel het enige wat ze Bernadette over haar vertelde aan de telefoon. Blond haar en een grote bril met een dikke rode rand. De bezoekers van de tentoonstelling waren knap. Ze wierpen allemaal slechts een korte blik op de portretten aan de witte muren en op de filmpjes die ernaast werden geprojecteerd. Leyla was er samen met haar huisgenoten. Er werd wijn in plastic bekers geserveerd. Leyla vertelde Bernadette dat de andere vrouw waterig blauwe ogen had, achter haar bril met de dikke glazen. Ze had naast Sascha gestaan. Weet je het zeker, vroeg Bernadette. Ja, zei Leyla. Ik weet het zeker.

Sascha verliet het vertrek, kwam terug en stond toen weer naast de vrouw met de waterig blauwe ogen en het blonde haar. Leyla sloeg haar wijn in één teug achterover, zei iets tegen haar huisgenoten en draaide zich om.

Op weg naar huis regende het. Thuis nam ze een lange, hete douche, net zolang tot de ramen en de spiegel beslagen waren. Wat een waterverspilling, dacht ze. Maar ze had het niet langer ijskoud. Ze sloeg een handdoek om zich heen en zat op de rand van het bad.

De dagen gingen als in een waas voorbij. Leyla kleedde zich aan, bond haar haar naar achteren en ging naar haar college. Ze zat in de tram en wikkelde haar sjaal dichter om haar hals. Wat was het toch een lelijk land. Overal dat grijs, het was niet om uit te houden.

Leyla kon zich later niet meer herinneren hoe de dag was begonnen. Waarschijnlijk waren haar ouders allang aan het werk toen Leyla opstond, de keuken in liep, de espressopot op het fornuis zette en moe van het lange slapen aan de tafel zat te wachten tot de pot begon te sissen en de koffie naar het bovenste gedeelte van de pot liep. Met de koffie in haar hand ging ze in de zon zitten roken.

Haar vader kwam veel vroeger thuis van zijn werk dan gewoonlijk. Die dag kleedde hij zich zelfs niet om, hij ging meteen voor de televisie zitten. Leyla vroeg wat er aan de hand was, maar haar vader sloeg geen acht op haar. Op alle kanalen waren dezelfde beelden te zien. Leyla kon later niet zeggen wanneer ze begreep wat er gebeurde. Ze herinnerde zich alleen dat ze niet praatten. Haar vader bleef maar zappen.

Ze staarden naar de vrouwen in de kleren van haar grootmoeder, haar tantes en haar nichten. Leyla zag een uitgestrekte kale vlakte, verdord gras, stro. Ze zag mannen zoals haar grootvader, haar vader en haar oom. Ze zag hoe ze allemaal voor hun leven renden, met niets bij zich dan de kleren die ze droegen. Ze zag hoe hun stappen het stof deden opwaaien. Ze zag de zon, moeders die hun baby tegen zich aan drukten, vrouwen die huilden in hun witte hoofddoek, en mensen die van uitputting zelfs niet meer konden huilen.

Ze zat dagenlang voor de televisie. Sinjar was omsingeld, werd er gezegd, Sinjar was gewond. De nieuwslezer herhaalde die zinnen telkens weer, alleen zijn formulering en gelaatsuitdrukking veranderden af en toe. De beelden werden eindeloos herhaald. Vrouwen met baby's in hun armen. Stof. Huilende gezichten. Zwarte vlaggen. Op de grond het lichaam van een man wiens gezicht was geblurd, zodat het leek alsof hij onder melkglas lag. Het is hartje zomer, zei een commentaarstem. Vijfenveertig graden in de schaduw. In de bergen komen kleine kinderen, ouderen en zieken om van de dorst. De eerste vluchtelingen bereiken Duhok. Tienduizenden mensen hebben het niet gehaald, zij zitten vast in de bergen. Een man zei: In de bergen is geen water of stroom, er zijn geen straten, er is geen brood, zelfs groene bomen zijn er niet. Leyla zag hoe de presentator en de verslaggever van de Koerdische televisie tegelijkertijd in tranen uitbarstten toen ze het over Sinjar hadden. Ze zag de beelden van reddingsvluchten door het Iraakse leger, de waterflessen die ze uit de helikopters gooiden en die te pletter sloegen op de rotsen. Ze zag kinderen huilen en krijsen, zag hoe mensenmenigtes elkaar verdrongen om als eerste bij de laadklep van die ene helikopter te komen. Ze zag hoe de jezidische volksvertegenwoordiger Vian Dakhil tijdens haar toespraak voor het Iraakse parlement instortte. *There have been 73 genocide campaigns on the yezidis and now it is being repeated in the twenty-first century. We are being slaughtered. We are being exterminated. An entire religion is being exterminated from the face of the Earth. Brothers, I appeal to you in the name of humanity to save us!*

Leyla zag filmpjes van massa-executies, de vermomde strijders, de voor hen knielende dorpelingen, de schoten, opwervelend stof.

Ze zag filmpjes van geketende vrouwen en meisjes, en van de slavenmarkten voor de strijders van is. Mannen met baarden die lachend in de camera keken en zeiden: Ik wil een jezidische met blauwe ogen. Berichten van vrouwen die waren gevlucht en die van strijder tot strijder werden doorverkocht. Dertigjarige, zeventienjarige, negenjarige vrouwen en meisjes die zo vaak waren verkracht dat ze stierven aan inwendige verwondingen. Leyla zette de televisie uit.

De misselijkheid verdween niet meer. Het gevoel was er nog steeds als ze zich over de wc-pot had gebogen en haar vinger in haar keel had gestoken. Leyla zat overdag in haar eentje op de bank en begroef haar blote tenen in het tapijt van de woonkamer. Ze zag hoe het licht over het tapijt speelde, hoe het stof dwarrelde in de lichtstralen die door de gordijnen naar binnen vielen. Buiten was het zomer.

Leyla at alleen als het haar opviel hoelang ze al niet meer had gegeten. Ze douchte alleen als ze haar eigen zweet rook. Ze sliep bijna nooit, ondanks haar vermoeidheid. 's Nachts zat ze op haar kamer achter haar laptop, terwijl haar ouders beneden voor de televisie zaten en naar dezelfde beelden keken. Ze zag filmpjes van terechtstellingen, van slavenmarkten en vluchtelingenkampen, en van mannen en vrouwen die net zo oud waren als zij en voor het eerst een wapen oppakten.

Leyla ging naar betogingen in München, die voor elke dag van de week waren aangekondigd, net als in Hannover, Bielefeld, Berlijn, Hamburg en Keulen. Haar vader zei: Ik kan niet, ik moet werken. Maar ook tijdens het weekend, als hij vrij was, kwam hij niet mee, hij bleef voor de televisie zitten, stond niet op, praatte urenlang niet en zei dan ineens iets als: Ik begrijp het niet, waarom, hij herhaalde het woord 'waarom' telkens weer. Leyla's moeder kwam twee keer mee en moest toen weer werken.

Na de betogingen ging Leyla nooit meteen naar huis, maar bleef ze telkens nog een tijdje doelloos door de stad dwalen. Ze waren altijd alleen op de veel te grote pleinen of in de voetgangerszone. Ze stonden daar te huilen en te roepen. Soms bleven er voorbijgangers staan, keken dan een poosje naar hen en liepen gewoon verder. Op het journaal werd een keer verslag gedaan van de betogingen, toen nog een keer. Toch was het net of ze altijd alleen hun eigen gezichten zagen. In het eerste nieuwsbericht toonden ze een huilend meisje in Bremen, ze zei: Mijn tante zit in Sinjar, we hebben al een week niks van haar gehoord. Leyla zat naast haar ouders voor de televisie. Niemand zei iets. Op de tafel stond zoals altijd een kom met zonnebloempitten, maar haar vader raakte ze niet aan. Toen ze naar bed ging, zag ze dat Bernadette had gebeld, maar Leyla belde haar niet terug, ook de dagen daarna niet.

Later probeerde Leyla de gebeurtenissen te ordenen, maar het lukte haar niet. In juni had IS Mosoel in handen gekregen. Het Iraakse leger had niet eens gevochten. Op 3 augustus viel IS Sinjar binnen, en alles raakte ontwricht. Leyla had die dag niet op de kalender gekeken, pas later verbond ze de datum 3 augustus 2014 met de gebeurtenissen die ze op de televisie zag, en met de woorden 'genocide' en 'ferman', zoals zij het noemden. 3 augustus, zo kwam het haar later voor, was de dag waarop een bres werd geslagen in de tijd. Alles wat daarna gebeurde, hoe ze die weken precies doorkwam, wie ze tijdens de betogingen ontmoette, hoe ze weer in Leipzig kwam, kon ze zich zelfs niet herinneren. Het deed er ook niet toe. De Koerdische YPG slaagde erin om een humanitaire corridor in te stellen van Syrië tot in de bergvlakte van Sinjar. Maar al in september viel IS de stad Kobani aan, en in oktober werd er om elke straat gevochten. Toch werd het herfst.

Terug in Leipzig ging Leyla niet langer naar de seminars, de colleges en de bibliotheek. Ze verhuisde, opnieuw, ditmaal naar de flat van een kennis van haar huisgenoot, die na zijn bachelor een fietsreis maakte. Door Oost-Europa en de Balkan, misschien nog verder, hij had alle tijd van de wereld, zei hij.

Leyla bracht haar nachten door voor het keukenraam en keek omlaag naar de straat, alsof ze op iets zat te wachten. Beneden op straat leek alles rustig. Ze tuurde naar het gele licht van de straatlantaarns en bleef voor zich uit staren.

Op een zeker moment begon ze de deur uit te gaan. Ze zwierf 's nachts rond, keek omhoog naar de ramen van de flats, waarachter nog maar een paar mensen wakker waren en televisies flakkerden, en bestudeerde de gedoofde aankondigingsborden bij de tramhaltes. Ze liep langs gesloten winkels en geluidloos oplichtende neonborden, sloeg bij lege kruispunten een richting in, liep door zijstraten en volgde treinsporen. Urenlang liep ze langs grote woonblokken en speeltuinen met smerige zandbakken, over stenen tegels en donkere grasvelden en asfalt, door parken en langs de bars waar ze met Sascha was geweest, net zolang tot ze de rijtjeshuizen van de buitenwijken met hun gekortwiekte heggen achter zich liet en de vermoeidheid haar inhaalde.

Haar vader lachte triest en zei aan de telefoon: Het is vreemd, maar voor het eerst weten de Duitsers wie we zijn.

Haar moeder zei: Ik kan niet meer. We moeten het al drie jaar lang aanzien. En nu Sinjar. Wie houdt zoiets vol, drie jaar lang, vroeg ze. Dat houdt niemand vol.

Het ergste, zei Leyla, is het toekijken. Ik kan niet langer toekijken.

Leyla en haar voormalige huisgenoot zaten in een tearoom bij het raam. Buiten reed een tram langs. In de tearoom zaten mensen achter hun laptop te werken, door tijdschriften te bladeren en taart te eten. Haar voormalige huisgenoot praatte over iets wat Leyla meteen weer vergat. Leyla knikte als haar voormalige huisgenoot aan het woord was en deed haar best om zich te concentreren. Toen praatte Leyla over Sinjar. Plotseling kon ze niet meer stoppen met praten. Ze somde alles op wat ze gelezen, gezien en gehoord had. Ze ging maar door. Ze probeerde haar stem onder controle te houden, maar die begon te beven en dreigde te breken toen ze zei: Zevenduizend vrouwen en kinderen zijn nog steeds in handen van IS. Leyla wist niet zeker of zij de enige was die merkte dat haar stem beefde. Haar voormalige huisgenoot knikte steeds weer terwijl Leyla praatte. Pas na heel wat minuten onderbrak ze haar. Ze zei: Dat is erg, ik weet het, maar er gebeuren voortdurend erge dingen op de wereld. Leyla wist niet wat ze daarop moest zeggen. Ze zweeg, praatte met haar bevende stem ergens anders over, betaalde haastig haar koffie, nam afscheid en ging naar huis. Toen ze thuiskwam, zag ze dat Sascha had gebeld. Maar Leyla belde niet terug.

's Ochtends bekeek ze de kuil in het hoofdkussen, op de plek waar haar hoofd had gelegen. Het mes dat nog op de keukentafel lag van het ontbijt van gisteren, naast het bord met de broodkruimels, en daarnaast stond al een hele dag lang een halfvol koffiekopje. Het leken wel tekens voor haar, sporen die erop wezen dat zij hier echt woonde, dat deze flat in deze stad in dit land haar thuis was. Het was haar handdoek die daar vochtig op de badkamervloer lag, ze had hem aan het haakje gehangen, maar hij was eraf gegleden, het was haar halfvolle koffiekopje dat daar nog net zo stond als zij, Leyla, het had achtergelaten. Leyla stond midden in de keuken en keek naar de voorwerpen om zich heen. Ze kon moeilijk geloven dat ze iets met haar te maken hadden. Zouden al die voorwerpen hier blijven als zij wegging, net zolang tot ze onder het stof zaten en er iemand kwam om haar sporen weg te vegen, uit te wissen?

Leyla wilde dat ze haar naam achter zich kon laten. Dat ze hem kon laten vallen als een sigaret die ze ergens buiten met de punt van haar schoen uittrapte, zodat niemand de peuk ooit met haar in verband kon brengen. Ze wilde haar naam en alles wat daarmee samenhing afwerpen als de huid van een slang. Zodat haar naam niet langer haar verhaal zou schrijven, maar zij het verhaal van haar naam. Onbeschreven wilde ze zijn, dacht Leyla, een mens zonder naam, zonder verhaal.

Ze was vernoemd naar drie martelaressen, drie sjahids. De dood van twee van hen en de gevangenschap van de derde, dat alles was haar van jongs af aan ingegeven, voorgeschreven. Haar naam bepaalde haar leven, haar verhaal. Leyla bedacht dat haar naam niet van haar was. Zij was van haar naam.

Wanneer ze het besluit nam, kon Leyla naderhand niet meer zeggen. Misschien was het woord 'besluit' ook wel verkeerd, misschien nam ze helemaal geen besluit. Ze las dat de IS-strijders de jezidische vrouwen eerst beroofden van hun linten. De linten die ook Leyla elk jaar had gekregen tijdens het nieuwjaarsfeest Çarşema Sor in april, van tante Felek. Je mocht die linten nooit doorknippen, en als ze uiteindelijk vanzelf loskwamen, moest je ze om de tak van een boom binden en een wens doen. Ze zag huilende mensen die in tenten woonden en foto's van hun vermoorde of ontvoerde dochters, zonen, moeders, vaders, grootmoeders en grootvaders omhooghielden. Het maandenlange toekijken was onverdraaglijk, en toch kon Leyla niet wegkijken.

Haar vader zei aan de telefoon dat de nicht van haar grootmoeder, die met een dorpeling uit Sinjar was getrouwd, met haar familie in de auto was gestapt toen de is-strijders hun dorp binnenreden. Met die auto wisten ze het dorp uit te komen. Ze hebben niks meegenomen, zei haar vader, op die auto na. Als ze die auto niet hadden gehad, zouden ze er nu niet meer zijn geweest.

Leyla bedacht dat het huis van haar grootmoeders nicht er nog steeds stond, hoewel zij met haar familie was gevlucht. De buitenmuren, de binnenmuren, het erf, de bomen in de tuin, de kussens en dekens waaronder ze hadden geslapen, de borden waarvan ze hadden gegeten, de glazen waaruit ze hadden gedronken. Leyla stelde zich voor dat het dienblad van het avondeten misschien nog op de vloer in de woonkamer stond, met daarop een pot thee en glazen met restjes suiker erin.

Leyla las over de familie Seso, over bakkers, politicologen en studenten die Duitsland verlieten om zich aan te sluiten bij de jezidische eenheden.

Ze postte een bericht op Facebook, daarna een tweede en een derde.

Ze bekeek filmpjes. De strijdsters maakten vlechten in elkaars lange haar. Ze droegen wijd zittende, okerkleurige broeken en vesten, allemaal met camouflagepatroon. Ze hielden kalasjnikovs vast en riepen: *Jin jiyan azadî*, vrouwen, leven, vrijheid. *Berxwedan jiyan ê*, verzet is leven. 's Nachts dansten ze rond kampvuren en zongen ze. Overdag losten ze schoten, ook daar waren filmpjes van. Ze leken nooit te slapen.

Ik heb me in 2011 bij de strijdsters aangesloten, zei een vrouw die zich Nesrin noemde. In die tijd bestonden er nog geen militaire academies om ons op te leiden. We opereerden ondergronds en verborgen onze wapens bij bevriende families. Ik ben niet alleen voor deze zeven strijdsters verantwoordelijk, maar voor het hele bataljon.

Als scherpschutter moet je kalm blijven en je doelwit in de gaten houden. Ik kan niet zeggen hoeveel ik er heb gedood, het waren er veel.

Als de vrouwen ten strijde trokken, slaakten ze vreugdekreten in de filmpjes, hoog, schril en trillend, zoals de vrouwen gewoonlijk op bruiloften deden. De IS-strijders waren bang voor die kreten, dat beweerden de strijdsters althans. Als IS-strijders door een vrouw werden gedood, kwamen ze niet in het paradijs.

Ik ga niet meer terug naar mijn oude dorpsleventje, zei Nesrin. Niet nu er zo veel kameraden en vrienden zijn gestorven. In het begin waren we nog bang voor de dood. Maar nu vechten we gewoon in deze oorlog. Ik ben niet bang meer. Mensen maken elkaar van kant. De dood stelt nu niks voor.

Als een strijdster stierf en in een sjahid veranderde, werd haar lichaam in een laken gewikkeld en begraven, en de foto die ze speciaal hiervoor had gemaakt, werd aan woonkamermuren gehangen.

Leyla, ze komen eraan, zei haar moeder aan de telefoon. We hebben eindelijk officiële toestemming. Ze klonk opgelucht. Leyla pakte haar rugzak in, liep naar het station en stapte in de trein. Haar ouders kwamen haar ophalen. Op weg naar huis zei haar moeder: Godzijdank, ik ben zo blij. Eindelijk. Leyla zei: Ik kan niet blij zijn. Ze komen immers omdat ze moeten vluchten. Wat is het alternatief, vroeg haar moeder. Leyla zei niets. Haar vader knikte maar wat.

Leyla stond naast haar ouders in de aankomsthal van het

vliegveld. Midden in een mensenmenigte, mannen stonden te wachten op hun vrouw, moeders op hun dochter, iedereen wachtte wel op iemand. Leyla beende rusteloos heen en weer tussen de winkeltjes. Telkens opnieuw stroomden er mensen met koffers en rugzakken door de deur de hal in. Sommigen waren met vakantie. Leyla kocht in een van de winkeltjes een pakje kauwgom. Wat was ze vroeger dol geweest op vliegvelden. Het vliegtuig uit Istanbul had de landing ingezet, stond op het aankondigingsbord. Er verstreek wat tijd, daarna nog wat meer tijd, toen stroomden er opnieuw reizigers door de uitgang naar buiten, allemaal langs hen heen. En plotseling klonk er een kreet, wie van hen riep het eerst, Leyla of Zozan? Ze liepen op elkaar af, met aan Zozans hand hun piepkleine grootmoeder. Kussen, omhelzingen, nog meer kreten, ze leefden allemaal nog, haar oom, haar tante, Zozan, Miran, Welat, Roda en haar grootmoeder. Leyla begroef haar gezicht in de hoofddoek van haar grootmoeder, ze huilde in de hoofddoek, snoof haar grootmoeders geur op, de geur van oude vrouw en zon en veld en de zomers en de tuin. En haar grootmoeder keek haar alleen maar met wijd opengesperde ogen aan en plukte nerveus aan de mouwen van haar jasje.

De anderen hadden, zo vertelden ze later aan Leyla, niet tegen haar grootmoeder gezegd dat het voor altijd zou zijn. Ze hadden gewoon tegen haar gezegd: Je gaat een uitstapje maken, een reisje. Je gaat voor een paar weken op bezoek bij je kinderen in Almanya. Haar grootmoeder had alleen maar geknikt.

Ze hadden tegen haar gezegd dat ze haar spullen moest inpakken. Oom Memo had haar een koffer gegeven. Haar grootmoeder had niet geweten hoe dat moest, pakken.

Ze was als jonge vrouw gevlucht uit het dorp waar ze was geboren en opgegroeid, had een paar maanden bij familieleden in Sinjar gewoond en was toen naar het dorp gekomen, dat ze sindsdien nooit meer voor lange tijd had verlaten. Vele tientallen jaren had ze in het huis met de tuin en de kippen gewoond, ze had haar kinderen ter wereld gebracht en haar kleinkinderen in haar armen gehouden. Op de heuvel in het midden van het dorp lag haar man begraven, haar dagen en jaren in het dorp verliepen volgens het ritme van feestdagen en oogsttijden, van zonsopgangen en zonsondergangen, ochtendgebeden en avondgebeden, het voeren van de kippen en het werk op het veld, het bakken van brood en het inleggen van kool, het besproeien van de tuin en het theedrinken met de buren.

Het dorp was het enige wat ze kende, meer kende ze niet. De anderen vertelden Leyla hoe ze oom Memo's koffer openmaakte en naar de lege binnenkant staarde. De koffer zat vol deuken en de voering was gescheurd. Ze liet haar knokige handen eroverheen glijden. Het was een kleine koffer, maar hij was nog steeds te groot voor het weinige wat ze bezat. Een stel rokken, schorten, kleren en hoofddoeken met bloemetjespatroon, stuk voor stuk door haar genaaid en vele malen versteld, alles vouwde ze zorgvuldig op en legde ze in stapeltjes in de koffer. Daarboven legde ze het stoffen zakje met aarde en de gedroogde olijftak uit Lalish, en het metalen kistje van het schap boven de deur, met daarin de naald en draad, het stuk zeep, de groene kam voor haar witte haar en de paar foto's die met een stuk touw waren samengebonden. Voordat ze de koffer dichtklapte, legde ze er nog een witte doek bij, haar lijkwade, die ze in de dagen daarvoor had geborduurd.

Ze waren vroeg in de ochtend vertrokken. Haar oom tilde haar grootmoeder op de laadklep van de pick-up. Ze trok haar hoofddoek voor haar gezicht en hield die met één hand vast, zodat alleen haar ogen nog te zien waren, met haar andere hand omklemde ze de achterklep, alsof ze bang was dat ze zou worden weggeblazen door de wind.

Misschien keek ze nog een keer achterom naar het dorp, of misschien hield ze alleen haar hand voor haar ogen, tegen het stof in de lucht.

Ze reden het erf af, over het grindpad tot bij de asfaltweg, langs de tuin met de olijfbomen, granaatappelbomen, sinaasappelbomen en citroenbomen, de struiken en de bloembedden, en de bijenhut. Op straat gingen ze harder rijden. Algauw vervaagden de aardkleurige huizen, algauw waren ze niet meer te zien.

Ze deden er vijf uur over om tachtig kilometer te rijden, maakten omwegen langs checkpoints waarvan ze hadden gehoord dat ze er niet moeilijk deden. Het laatste stuk legden ze lopend af. Haar grootmoeder was uitgeput, oom Memo droeg haar op zijn rug.

Toen ze de grens probeerden over te steken, werden ze vluchtelingen, niet voor het eerst in het leven van haar grootmoeder. Ook destijds, toen ze nog een kind was, hadden ze haar dorp omsingeld en iedereen willen vermoorden omdat ze jezidi's waren. Ze moesten een hele dag wachten. De grenssoldaten wilden hen niet doorlaten, Turkije nam geen vluchtelingen meer op.

Maar we hebben de nodige papieren, zei haar oom, en niet van Turkije, maar van Duitsland. De grenssoldaten spraken niet de taal van haar grootmoeder. Haar grootmoeder begreep niet wat ze zeiden. De soldaten stelden haar vragen waarop ze niet kon antwoorden. Ze greep de stof van haar jurk beet, streek die glad en staarde voor zich uit.

Ze bereikten Mardin laat in de avond.

Het pension lag in de nieuwbouwwijk in het noorden van de stad en had dunne muren. Ze kregen een kamer op de tweede verdieping. Omdat de lift buiten werking was, droegen oom Memo en tante Havin de koffers naar boven, en Zozan en Miran namen hun grootmoeder bij de hand en liepen met haar trede voor trede de trap op. Straatlawaai drong hun kamer binnen, stemmen en geroep uit de andere kamers. Haar grootmoeder was onrustig en kon niet slapen. Toen de muezzin opriep tot het avondgebed, raakte ze in paniek, haar schouders beefden. Er zijn hier moslims, gilde ze, ze komen ons halen.

Niemand komt ons halen, zei haar oom.

Toen hij naar buiten wilde gaan om voor iedereen iets te eten te halen, vroeg haar grootmoeder vanaf haar hotelbed: Waar ga je heen?

Iets te eten halen, zei haar oom, zo vertelden ze Leyla later.

Je kunt nu niet naar buiten, zei haar grootmoeder. Ze zijn buiten. Als je nu gaat, zullen ze je vermoorden.

Dagen later stapte haar grootmoeder voor het eerst in haar leven op een vliegtuig. Ze wist niet precies wat dat was, een vliegtuig. Oom Memo deed haar veiligheidsgordel om. Haar grootmoeder pakte steeds weer de metalen gesp van de gordel beet, en toen het vliegtuig in beweging kwam en versnelde, omklemde ze de strakke nylon gordel. Toen waren ze boven de wolken, de zon scheen en het licht glansde achter de plastic raampjes. Het lampje van de veiligheidsgordel boven hun hoofd ging uit. Haar grootmoeder zei: Het is mooi weer, ik ga naar buiten.

Met haar veel te dunne handen streek ze over het uitklapbare plastic tafeltje, over de armleuning en de in plastic verpakte croissant. Ze haalde hem niet uit de verpakking, ze hield hem nog steeds in haar hand toen Leyla haar in haar armen sloot.

Het huis waar ze haar grootmoeder naartoe brachten, had een rood pannendak, donkerbruin gelakte houten vensterluiken en zware deuren. Het was ontzettend groot. Haar oom zei: Dit is het huis van je op één na oudste zoon, het huis van Silo en van je kleindochter Leyla. Haar grootmoeder knikte en sloeg beleefd de kip af die ze voor haar neerzetten. Dank u wel, maar ik heb geen trek, zei ze, alsof ze in het huis van een vreemde was.

Ze drongen lang aan, smeekten bijna, totdat ze eindelijk begon te eten. En ook toen legde ze nog verschillende keren haar vork neer en vroeg ze: Hebben de kinderen al gegeten?

Ja, de kinderen hebben al gegeten, antwoordden ze.

Toen haar grootmoeder klaar was met eten, veegde ze haar handen af aan haar schort. Haar vader gaf haar een papieren servetje. Ze hield het lange tijd vast, vouwde het toen op en stak het in de zak van haar jurk.

Al die tijd zat ze op een matras in de hoek van de keuken, die ze daar voor haar hadden neergelegd omdat ze het niet gewend was om op een stoel te zitten.

Ze had het ijskoud. Ze droeg twee jassen, een dunne en een dikke, en twee paar sokken over elkaar heen, een sjaal en een wollen muts over haar hoofddoek. En toch zei ze onophoudelijk: Ik heb het koud.

Haar grootmoeder was dun geworden in de afgelopen vier jaar, nog dunner en kleiner dan Leyla zich herinnerde, en ook ouder, de groeven in haar afgetobde gezicht waren diep.

Ze verveelde zich. Al op de tweede dag vroeg ze: Wanneer komen de buren op de thee? En daarna: Wat is dit voor een huis, waarom komen er geen buren op de thee?

Ze zeiden haar: Je bent in Duitsland. Zo gaat dat hier.

Haar grootmoeder stond bij het tuinhek en praatte in het Koerdisch tegen hun buurvrouw, die net thuiskwam van haar werk. Leyla zei: Ze verstaat je niet, je bent in Duitsland. Leyla zei: Kom, oma, we gaan naar binnen.

Haar grootmoeder zei: Laat me toch, ik wil nog wat kletsen. Ze giechelde en hield haar hand voor haar mond, alsof het niet hoorde om je tanden bloot te lachen.

Leyla trof haar grootmoeder voor het huis aan. Ze liep voorovergebogen, weg van het huis, de ene stap na de andere, doelbewust. Waar ga je heen, zei Leyla. Haar grootmoeder zei: Ik ga naar huis, daarginds is mijn dorp. Ik kan de huizen al zien. Ze trok haar jas dichter om haar knokige lichaam. Ik heb het koud.

Leyla zei: Je bent in Almanya. Haar grootmoeder lachte. Almanya is ver weg, zei ze.

Algauw deden ze 's nachts de voordeur op slot, omdat haar grootmoeder steeds weer opstond, naar de voordeur schuifelde en de straat op liep. Nu stond ze huilend met de deur te rammelen. Waar wil je heen? Naar huis, zei haar grootmoeder.

Je bent in Almanya, zeiden ze. Ze gingen met haar voor de televisie zitten en keken naar de Koerdische zenders. Als de bloedbaden in Sinjar ter sprake kwamen, zapte haar vader weg. Je grootmoeder mag dat niet zien, zei hij.

Toch begreep haar grootmoeder alles. Ze wist dat je je dorp altijd verliet als ze kwamen om je te vermoorden.

Ze had er al die jaren met geen woord over gerept hoe haar vader was vermoord en hoe zij werden verdreven uit hun dorp toen ze nog klein was, en nu ineens begon ze te praten.

Ze zei: Mijn vader was op weg naar Siirt. Het was een warme dag. Ze waren al een paar uur onderweg en ze waren moe. Het was lunchtijd, ze pauzeerden. Ieder van hen zocht een plekje in de schaduw. Ze kwamen eerst naar hem. Ze eisten dat hij de islamitische geloofsbelijdenis zou uitspreken. Hij zei: Dat doe ik niet. Toen vermoordden ze hem. Haar grootmoeder vertelde het verhaal een tweede en een derde keer. Leyla zat naast haar en knikte. Bij de vierde keer zei Leyla: Ik weet het. Bij de vijfde keer: Dat heb je al verteld. Maar toch begon haar grootmoeder weer van voor af aan.

Ze zat op de keukenvloer klaagliederen te zingen, alsof haar vader nog maar net was gestorven. Ze zong een uur. Zo is het genoeg, zei Leyla's vader. Ze zong nog een uur, Leyla's vader vertrok. Ze zong nog steeds toen haar stem niet meer dan gekras was.

Haar grootmoeder jammerde, begroef haar gezicht in haar handen en snikte het uit. Ze sloeg met haar vuist op haar borst en rukte aan haar jurk. Wat is er, vroeg haar vader.

Ze hebben mijn vader vermoord, riep haar grootmoeder. Wat heeft hij toch gedaan dat ze hem hebben vermoord?

Kijk uit, zei haar grootmoeder tegen Leyla en ze greep haar hand beet, ze hebben ons in de val gelokt. Ze hebben ons omsingeld. Ze willen ons vermoorden.

Het was een vergissing, zei haar vader. Ze is oud. We hadden haar niet hierheen moeten halen.

Leyla beet op haar lip om niet in tranen uit te barsten. Haar vader wendde zijn blik af omdat hij merkte dat ze vocht tegen haar tranen. Haar moeder was de enige die haar kalmte wist te bewaren, zoals ze altijd haar kalmte wist te bewaren. Thuis, in het ziekenhuis, zelfs onder grote druk, als patiënten halfdood de spoedeisende hulp werden binnengebracht en elke seconde telde – altijd en overal bleef haar moeder kalm.

Kom, Leyla, zei ze nu, help me om je grootmoeder te wassen. Tante Havin heeft me gisteren al geholpen. Leyla probeerde er eerst onderuit te komen en zei: Ik weet helemaal niet hoe dat moet, ik heb nog nooit iemand gewassen. Het is niet moeilijk, zei haar moeder alleen. Ze hielpen Leyla's grootmoeder uit haar jasje, trokken haar jurk over haar hoofd en schoven haar witte onderbroek omlaag. Toen Leyla de spitse ellebogen van haar grootmoeder zag, en de vooruitstekende ribben onder de dunne laag huid, kromp ze ineen. Ze hielp haar grootmoeder in bad. Is het water warm genoeg, vroeg haar moeder in haar gebrekkige Koerdisch. Haar grootmoeder knikte. Nou, zei haar moeder tegen Leyla, kom je me nog helpen?

Leyla stelde zich voor hoe ze op een dag allemaal wakker zouden worden en de oorlog voorbij zou zijn. Hoe ze allemaal samen met haar grootmoeder weer op een vliegtuig zouden stappen, hoe ze bij het uitstappen even op de vliegtuigtrap zouden blijven staan om te kijken naar het van hitte zinderende landschap, en hoe ze daarna samen met haar grootmoeder van het vliegveld terug zouden rijden naar het dorp. Hoe ze met haar de kippen zouden voeren en brood zouden bakken, alsof er niets was gebeurd.

Leyla ging weer naar Leipzig.

Hadia. Die naam las Leyla op het document dat werd opgemaakt toen haar grootmoeder stierf. Ze las de naam voor het eerst. Ze hielp haar moeder bij het invullen van de formulieren voor de repatriëring van haar grootmoeders lichaam. Hadia – het klonk als de naam van een vreemde. Alsof het niet haar grootmoeder was die gerepatrieerd moest worden. Jawel, zei haar moeder, dat was de naam die op haar Syrische documenten stond. Naast de ontbrekende geboortedatum, en naast de aantekening 'Nationaliteit: ajnabi, buitenlander'. Hadia was de Arabische naam die waarschijnlijk het dichtst in de buurt kwam van haar Koerdische naam. Het was ook de naam die de Duitse autoriteiten in haar dossier hadden gezet, de naam die op haar Duitse inreisdocumenten vermeld stond en op haar asielbesluit, de naam die ze nog drie maanden had gedragen, tot aan haar dood.

Niemand had haar ooit Hadia genoemd.

Leyla moest denken aan de verschillende namen die haar vader meer dan dertig jaar geleden in Turkije had aangenomen, toen hij als Cemil Aslan de bus had genomen van Nusaybin naar Mardin en zich daarna had ingeschreven als Firat Ekinci, het negende kind van Majed en Canan Ekinci. In de jaren dat hij nog bijdragen schreef voor tijdschriften, toespraken hield op bijeenkomsten en spandoeken droeg op betogingen, noemde hij zichzelf Azad, vrijheid. Maar die vrijheid was nooit gekomen, in plaats daarvan was hij in de ambtelijke mallemolen beland: asielstatus onduidelijk, arrondissementsrechtbank van Hildesheim, verzoek geweigerd, gedoogstatus, residentieplicht, en brieven, steeds weer die brieven naar autoriteiten. Haar vader was moe geworden. Op een bepaald moment had hij weer zijn oude naam aangenomen, Silo.

Leyla dacht aan de drie Leyla's en aan de andere vrouwen en mannen in uniform wier foto's in de woonkamer van oom Nuri, tante Felek en tante Pero hingen. Hun Koerdische namen verschilden van de namen waaronder ze geregistreerd stonden, en ook van de Koerdische namen die ze zichzelf gaven als ze de bergen in trokken om te vechten; dat waren hun laatste namen, de namen waarmee ze stierven.

Drie dagen lang kwamen ze bijeen in het *Mala Êzîdiya*, hun religieuze ontmoetingsplaats in een industriegebied in Bielefeld. De ontmoetingsplaats bestond uit twee hallen met lange rijen tafels en stoelen, een hal voor de mannen en een voor de vrouwen, met daartussen een grote keuken die de twee hallen met elkaar verbond. In de keuken stonden tante Felek en tante Havin voor enorme pannen aanwijzingen te geven. Tante Felek, de oudste van de twee, klapte in haar handen. Nu ontbijt, riep ze.

De eerste gasten begonnen al binnen te druppelen. Leyla was al lange tijd niet meer onder zo veel mensen geweest. Ze stond er wat verloren bij, ontdaan en overweldigd door al die gezichten, maar niet lang. Tante Felek klapte opnieuw in haar handen. Vooruit, riep ze, er is werk te doen. Leyla droeg dienbladen met kleine glazen en onderzetters, bracht zwarte thee naar de vrouwen in de hal. Er viel een theeglas om, Leyla liep de keuken weer in, haalde een vaatdoek en liep daarna de hal van de mannen in, waar haar neven achter een bar stonden te helpen. Ik heb nog meer thee nodig, zei ze, en koffie.

Algauw bewogen Leyla's handen zonder erbij na te denken. Ze liep tussen de keuken en de hallen heen en weer, alsof ze deel was van een groter geheel, dat nog steeds functioneerde, hoewel het al zo vaak uiteen was gereten en weer in elkaar was gezet.

Leyla waste theeglazen af, sneed broden, komkommers en tomaten, deed olijven in schaaltjes en wachtte op de volgende aanwijzingen.

Tante Felek wist altijd wat daarna moest worden gedaan. Ze droeg pannen van het fornuis naar de tafel en weer terug, zoutte enorme hoeveelheden rijst, bulgur en tirshik. Terwijl ze stond te roeren, kletste ze met haar zussen en nichten, ze lachte, vertelde verhalen en roddelde. Leyla droeg kratten vol tomaten en komkommers van de auto naar de keuken. Die moeten daar staan, zei tante Felek, en die daar.

Leyla stelde zich voor dat ze allemaal eeuwig zo door zouden gaan, dat zijzelf voortdurend tussen de keuken en de hallen heen en weer zou lopen en de instructies van haar tantes zou opvolgen. Ze stelde zich voor dat er gewoon geen einde aan zou komen, dat ze hier voor altijd mocht blijven, en die gedachte troostte haar.

Het werd steeds drukker in de twee hallen. Vrouwen die Leyla helemaal niet of slechts oppervlakkig kende, maar die toch familie van haar moesten zijn, kwamen een handje helpen in de keuken. Er gingen steeds meer gasten aan de lange tafels zitten. De oudere vrouwen zaten om tante Pero heen, die was opgestaan om nieuw aangekomen gasten te begroeten. Allemaal samen barstten ze in luid gehuil uit, ze hielden elkaars schouders vast en droogden hun tranen met de punt van hun hoofddoek. Daarna gingen ze weer zitten, dronken thee en aten gebak. Maar zodra er nieuwe gasten arriveerden, stonden tante Pero en de andere vrouwen weer op en huilden en klaagden ze.

Leyla's neven waren er en de kant van haar familie die in Noord-Duitsland woonde, maar er waren ook veel andere familieleden, die Leyla voor het laatst had gezien tijdens haar zomers in het dorp, of in Tirbespî, Afrin of Aleppo. Hun buren uit het dorp waren er, de nichten van haar grootmoeder die waren getrouwd met Turkse mannen en hun kinderen, allemaal woonden ze intussen in Duitsland. Er waren zelfs familieleden die in 2014 uit Sinjar waren weggevlucht, tenminste een deel van hen had inmiddels in Duitsland weten te komen, onbekenden, die Leyla nog nooit had gezien, maar die toch, dat bleef iedereen maar benadrukken, familie van haar waren. Leyla bekeek hen nauwkeurig, de paar mannen met hun donkere jassen en snorbaarden die buiten voor de hal stonden te roken, en de oudere vrouw met de witte hoofddoek en het witte haar, wier hand Leyla kuste. Zozan, die blond haar had sinds ze aan de opleiding in de kapperszaak was begonnen, noemde de naam van de oudere vrouw en zei: Haar zoon heeft haar naar Duitsland gehaald, en ze somde de namen op van de overige familieleden die nog steeds in Iraakse vluchtelingenkampen zaten te wachten tot ze in aanmerking kwamen voor gezinshereniging in Duitsland, of tot ze genoeg geld bijeen hadden gespaard om de smokkelaars te betalen. Leyla knikte, wilde iets zeggen, maar werd alweer verder geduwd. Die vrouw die je de hand hebt gekust, zei Zozan later, haar eerste man is gesneuveld in de strijd tegen Saddam, en haar twee zonen zijn nu aan het vechten.

Leyla stond met de vrouwen achter de hal te roken toen ze merkte dat de telefoon in haar jaszak trilde. Ze liet de oproep voorbijgaan. Terug in de keuken zag ze dat Bernadette drie keer had gebeld. Ze had ook berichtjes gestuurd: Alles goed met jou? En tien minuten later: Wat is er aan de hand, waarom bel je niet terug? Leyla nam zich voor om Bernadette terug te bellen, maar niet nu, ze wist gewoon niet wat ze tegen haar moest zeggen, Bernadette was veel te ver weg, de meiden die ze ooit waren geweest toen ze samen T-shirts en zonnebrillen hadden gejat of bij het meer hadden liggen zonnen, waren te ver weg, en bovendien hadden ze Leyla nodig in de keuken. Maar ook de volgende dag belde Leyla niet terug, en de dag daarna ook niet.

Leyla herkende haar meteen toen ze de keuken binnenkwam. Evin.

Ook al was ze veranderd, heel erg veranderd zelfs. Leyla bekeek haar alsof ze een vreemde was, terwijl ze stond te wachten tot de andere vrouwen Evin hadden begroet en haar hadden omhelsd en gekust. Hoe langer ze stond te wachten, hoe nerveuzer ze werd. Het was allemaal zo ontzettend lang geleden. Leyla was intussen volwassen geworden. Ze was uit huis gegaan, was gaan studeren. En vierduizend kilometer verderop was Evin op haar beurt het huis uit gegaan, weg bij haar ouders en haar broer, voor wiens kinderen ze al die jaren had gezorgd, maar in tegenstelling tot Leyla was zij getrouwd, met een weduwnaar, en had ze kinderen gekregen. Zoveel had Leyla gehoord, maar ze wist niet eens hoeveel kinderen het precies waren. Toen tijdens de oorlog de levensmiddelen steeds duurder werden en de aanvallen van IS op Rojava steeds toenamen, had ook Evin op een zeker moment haar koffers gepakt en was ze met haar gezin naar Duitsland vertrokken.

Toen Evin, nog steeds met haar schaterlach en haar grote neus, eindelijk alle andere vrouwen had begroet en voor Leyla stond, wist Leyla niet wat ze moest zeggen. Ze waren nu ineens even lang, dat was nooit eerder zo geweest.

Leyla kuste Evins wangen en wist zich geen raad met zichzelf. Evin droeg een mollige baby in haar armen, die zijn vuistje in zijn mond stak en Leyla met grote ogen aankeek.

Lief, zei Leyla.

Mijn eerste zoon, zei Evin met een lach. Ik was zo blij om eindelijk een zoon te krijgen. Ik heb al drie meisjes. Ze zijn buiten, met mijn man. Leyla knikte.

Evins haar was met een elastiekje naar achteren gebonden, haar grijze uitgroei was nog groter dan vroeger. Ze had meer rimpels om haar ogen, talrijke kleine rimpeltjes. Ze droeg nog steeds rode nagellak, maar ze zag er ontzettend moe uit, dat was het wat er zo anders was aan haar. Ze zag er ouder uit dan Leyla zich ooit had kunnen voorstellen, maar dat kwam niet door haar lach, haar rimpels, de donkere kringen onder haar ogen of haar grijze haar.

Evin glimlachte nog steeds. Hoe gaat het met je, vroeg ze.

Goed. Valt wel mee. En met jou?

Niet slecht. Ben je intussen ook getrouwd, vroeg Evin.

Nee, zei Leyla.

Verloofd, vroeg Evin.

Nee, zei Leyla, en ze voegde er snel aan toe: Ik studeer nog.

Mooi zo, zei Evin. Dan kun je eerst je studie aan de universiteit afmaken en daarna trouwen. Maar heb je al een vriend?

Leyla schudde het hoofd.

Mij kun je het heus wel vertellen, lachte Evin, en toen draaide ze zich gewoon om en begroette ze de volgende vrouw.

Leyla pakte een snijplank uit de kast en begon Turkse broden klaar te maken. Ze was teleurgesteld. Het voelde al de hele tijd als verraad dat Evin was getrouwd. En nu voelde het als een tweede verraad dat de enige vraag die Evin haar had gesteld, was of ook zij inmiddels was getrouwd. Ze had niet geïnformeerd naar Leyla's studie, uitgerekend Evin, die in het dorp altijd de enige was geweest die vroeg wat Leyla zat te lezen.

Evin was altijd degene geweest die een eigen mening had, die het hardst lachte, die de grootste mond en de grootste neus had, zo zeiden de dorpelingen, die T-shirts in neonkleuren droeg, haar nagels rood lakte en Marlboro's rookte. In tegenstelling tot de andere vrouwen had zij niet voortdurend over trouwen en kinderen gepraat, Evin was degene geweest van wie Leyla had gedacht dat ze op een dag wilde zijn zoals zij. Maar wat had ze dan verwacht? Natuurlijk was Evin getrouwd, zoals Rengin was getrouwd, zoals Zozan op een dag zou trouwen, en zoals iedereen ook van haar verwachtte dat ze zou trouwen.

Leyla wist dat precies op dat moment, terwijl zij met de andere vrouwen neerknielde op de keukenvloer en wijnbladeren rolde, paprika's en aubergines vulde en kûlîçe en *meshabek* over borden verdeelde, haar moeder en tante Havin nog thuis waren om het lichaam van haar grootmoeder te wassen en het met water uit de heilige bron Zamzam te besprenkelen.

Leyla stond bij het fornuis net wijnbladeren op te stapelen in een pan toen tante Havin haar opbelde.

Je vader neemt zijn telefoon niet op, zei ze, ze klonk boos. Je oom ook niet. Maar we kunnen oma's lijkwade niet vinden. We vinden hem gewoon niet, zei ze. Breng je telefoon eens naar je vader. Leyla klemde de telefoon tussen haar schouder en oor, waste bulgur en gehakt van haar handen en liep de mannenhal in.

Ze zocht de rijen tafels af, overal zaten oude en minder oude mannen met snorbaarden, in urenlange gesprekken verwikkeld. Het was druk in de hal. Miran, Welat, Roda en een paar andere jongemannen liepen in hun spijkerbroek en op witte sneakers heen en weer tussen de rijen tafels en serveerden thee en koffie.

Het duurde even voordat ze haar vader ontdekte. Hij zat aan het uiteinde van een tafel, tussen vijf andere mannen, die hij haar allemaal voorstelde als zijn neven, twee van hen waren destijds, tientallen jaren geleden, net als hij lid geweest van de Communistische Partij. Uiteraard hadden ze het over politiek.

Thuis kan tante Havin oma's lijkwade niet vinden, zei Leyla.

Hoe moet ik weten waar die is, zei haar vader, en hij leek geërgerd. Zeg hun dat. Ze moeten maar een andere doek pakken.

Leyla liep de keuken weer in. De vrouwen waren intussen klaar met de wijnbladeren, Leyla voegde zich bij hen en droogde borden af. Ineens stond Rohat – al een kop groter dan zij, maar nog altijd even ernstig als na zijn aankomst in Duitsland – in de keukendeur. Leyla, je vader vraagt naar je.

Haar vader schonk thee voor zichzelf in en roerde de suiker om. Intussen zaten er nog meer mannen in de zaal, de hal zat stampvol. Het gerinkel van lepels in theeglazen ging verloren in de gesprekken, de lucht was bedompt. Leyla wurmde zich naar een stoel aan de rand van de tafel. Heb je trek, vroeg haar vader. Leyla schudde het hoofd.

Haar vader nam een slok van zijn thee.

Toen je grootmoeder bij ons aankwam, zei hij door het geroezemoes van stemmen heen, zag ik wat ze in haar koffer had gestopt. Haar kam, haar zeep, haar schort, wat kleren en kousen. En die witte doek, haar lijkwade. Die lijkwade kon ik niet verdragen, zei hij. Ik heb alles verdragen. Behalve het idee dat ze wist dat ze, toen ze wegging uit ons dorp, nooit meer thuis zou komen.

Hij dronk van zijn thee.

Ik heb hem weggegooid, zei hij. Alsof ik geloofde dat ze nog een keer naar huis kon gaan voordat ze stierf zolang ze die lijkwade maar niet had.

Hij dronk zijn glas in één teug leeg en zei toen, zonder Leyla aan te kijken: Jullie hebben vast veel te doen in de keuken. Leyla knikte.

Haar neven droegen de doodskist op hun schouders de zaal in. Het hout, dacht Leyla, is zwaarder dan het lichaam dat erin ligt. De sjeik ging aan het hoofdeinde van de kist staan. Hij sprak het dodengebed uit. Maar Leyla hoorde niet wat hij zei, want hij was nog maar net begonnen of er brak tumult uit, een doordringend gehuil en gekrijs, dat afkomstig was van de vrouwen. Ze rukten aan hun jurk, trokken zich de haren uit het hoofd en sloegen uit alle macht met hun vuist op hun borst. Leyla was ontdaan, ook al had ze geweten dat de oudere vrouwen zouden weeklagen. En toch was hun uitbarsting zo plotseling en heftig, zo ver verwijderd van alles hier, van Bielefeld, van Duitsland. Daarnet had ze nog voor altijd hier bij de anderen willen blijven, nu was ze het liefst de hal uit gerend en helemaal in haar eentje zomaar een kant op gelopen, steeds verder, tot haar voeten haar niet meer konden dragen en ze moest gaan zitten. Maar Rengin pakte haar hand en sloeg vervolgens een arm om haar schouders. Het was goed om zo door Rengin te worden vastgehouden, goed om hier met de anderen te staan. En het was of het gekrijs van de vrouwen een dam brak in Leyla's binnenste, die lang, heel lang haar tranen had tegengehouden, als een rivier. Ze had thee geserveerd, de afwas gedaan, tomaten en komkommers gesneden, ze had haar lippen op elkaar geperst, geslikt, ingeademd en uitgeademd. Maar nu welden er tranen op in haar ogen, ze stroomden over haar wangen en drupten van haar kin in de stof van haar bloes. Naast Leyla stond Zozan, naast Zozan haar vader, naast haar vader oom Memo, naast haar oom de nicht van haar grootmoeder, en naast de nicht van haar grootmoeder haar man.

Al die mensen om haar heen werden wazig onder haar blik. Zozan greep haar arm beet, ook zij stond stilletjes te huilen, net als Leyla. De oudere vrouwen jammerden en krijsten. De mannen huilden niet, ze staarden naar de grond voor hun voeten, naar de doodskist of langs de jammerende vrouwen heen in de verte. Tot haar vader ten slotte vol ontsteltenis uitriep: Genoeg! De kist werd onder het luide geweeklaag van de vrouwen de hal uit gedragen.

Drie dagen later brachten Siyabend en Rohat de kist naar Turkije, naar Nusaybin, naar de Syrische grens. De laatste mensen die nog in het dorp waren achtergebleven, namen daar de kist over, Siyabend en Rohat vlogen weer terug naar Duitsland.

De dorpelingen stuurden foto's, gemaakt vanuit een auto die achter de pick-up aan reed waarop de doodskist was vastgesjord. Het zag eruit als een van de autostoeten die Leyla vaak bij bruiloften had gezien. Links en rechts van de kist zaten een man en een vrouw gehurkt in de wind, met een doek voor hun gezicht tegen het stof, de kou en de wind. Leyla zoomde in op hun gezicht, maar hoe meer ze inzoomde, hoe onscherper het beeld werd.

Keer op keer keek ze naar de foto's die de dorpelingen hadden gemaakt van haar grootmoeders laatste reis. De groene middenberm, de paradewegen in de stad. Op het trottoir een moeder met aan haar hand een kind, je kon alleen hun rug zien. Huizen, en tussen die huizen een braakliggend terrein waarop schapen stonden te grazen. De kleur van de huizen, de kleur van de aarde. Het stof dat de rode lak van de pick-up bedekte, het stof in de vacht van de schapen.

Alleen degenen die geen geld hadden gehad voor de smokkelaars of die te oud of te ziek waren om weg te gaan, waren in het dorp gebleven. Vluchtelingen uit Sinjar waren in de leegstaande huizen getrokken, ze maakten eten klaar en deelden het uit.

De dorpelingen stuurden een nieuw filmpje, opgenomen vanaf de heuvel in het midden van het dorp. Haar vader keek ernaar en zei toen: Als ik doodga, wil ik in Koerdistan worden begraven.

Op het filmpje was te zien hoe de dorpelingen haar grootmoeder naast haar grootvader begroeven. Rondom hun graf de andere graven. En rondom de heuvel de vlakte, met in het noorden de bergen, de grens met Turkije. Ze lieten de kist in de grond zakken.

Ze stapelden stenen op de kist, een bedekking van stenen. Daarna de grote hoofdsteen. Het verhaal ging, zo zei haar vader, dat de doden de levenden wilden volgen en 's avonds met hen terug wilden gaan naar het dorp. Maar dan stootten ze hun voorhoofd tegen de hoofdsteen en wisten ze weer dat ze dood waren.

Leyla zat naast haar ouders voor de televisie. Het was al laat en ze waren moe, maar geen van hen maakte aanstalten om op te staan. Op de televisie werd de ene videoclip na de andere gespeeld. Ze aten alle drie gezouten zonnebloempitten, de schillen kraakten tussen hun tanden. Op de televisie waren kale bomen te zien, een herfstlandschap. Onder de bomen zat Şivan Perwer saz te spelen, zijn handen gleden over de lange hals van het instrument. Hij droeg şal û şapik, de wijde broek en het wijde overhemd, met het lange lint om zijn middel geknoopt. Zijn overhemd had epauletten, het zag eruit als een uniform. Plotseling klonken er schoten, machinegeweren, zo hard dat ze de muziek verscheurden. Nu stond Şivan in een loopgraaf achter een bolwerk van zandzakken, met naast hem soldaten, hij zong: Ik ben een jonge Koerd.

De soldaten hielden hun machinegeweer in de aanslag. Ze schoten op het weidse, kale landschap, waar geen mens te zien was. Leyla had die beelden zo vaak gezien, het uitgestrekte land, hier en daar huizen.

Şivan zong: Je draagt een bom en een geweer.

Het volgende beeld was een woonkamer met daarin een televisie. Op de televisie een kaal berglandschap, hartje zomer, beelden uit Sinjar die Leyla ontelbare keren had gezien, mensen die renden voor hun leven, moeders met hun baby op de arm, kinderen, vaders, grootvaders, grootmoeders, het stof en de uitputting op hun gezicht.

Een jongeman zat in de woonkamer voor de televisie en keek naar het berglandschap en de gezichten van de vluchtende mensen op de televisie. Ik ben een jonge Koerd, zong Şivan.

De jongeman streek met zijn linkerhand over zijn gezicht, alsof hij tranen uit zijn ogen veegde.

Şivan stond weer op de zandzakken te zingen.

Er kwam een vrouw in beeld, waarschijnlijk de moeder van de jongeman. Ze zat achter hem op een plastic matje, op net zo'n matje als die in de woonkamer van Leyla's grootouders, ze droeg een wit-blauw gebloemde hoofddoek en een dito jurk tot op de grond, met daarover een rood jasje.

De jongeman – pas nu zag Leyla hoe tenger hij was, hoe rank en slank – kwam met een ruk overeind, hij leek niet te stuiten. Zijn moeder keek geschrokken naar hem op.

De jongeman stond voor een kast. Hij deed de twee deuren open en haalde een broek en een jas met camouflagepatroon tevoorschijn.

Ik ga naar de oorlog, zong Şivan.

De jongeman knielde neer voor zijn moeder, kuste haar hand, haar haar. Als ze me doden, moeder, huil dan niet, zong Şivan. Ik ga naar de oorlog, ik trek ten strijde.

Zo. Genoeg, zei haar vader en hij zette de televisie uit. Ik ben moe, ik ga naar bed. Hij stond op en liep de woonkamer uit. Haar moeder streelde Leyla's haar en volgde hem.

Leyla bleef naar het zwarte televisiescherm staren. Toen trok ze een jas aan en liep ze de tuin in. Ze zocht in haar jaszak naar tabak, een filter en vloeitjes. Ineens voelde ze zich opgelucht. Haar beslissing was allang genomen, dacht ze, alleen had ze dat niet geweten. Ze stak haar sigaret op, inhaleerde de rook en blies die uit.

Toen ze weer in Leipzig was, ging ze meteen op de eerste dag naar de club. Het adres had ze moeten zoeken in haar Facebookberichten. Alleen een groepje oude mannen zat in het clublokaal aan een van de tafels thee te drinken. Op de televisie aan de muur was het journaal bezig, Ronahi TV. De mannen keken haar verbaasd aan toen ze zei dat een kennis van haar een tijdje geleden had verteld dat hier in de club elke dinsdag een groepje Koerdische studenten bijeenkwam. Ja, dat klopt, zei een van de mannen ten slotte, maar ze komen inmiddels op donderdag bijeen. Leyla knikte en wilde alweer weggaan. Toen vroeg de man wie die kennis van haar was. Leyla noemde zijn naam. Ben je een Koerdische, wilde de man toen weten. Leyla knikte. Hoe heet je, vroeg hij. Ze noemde haar naam. De man zei dat ze nog even moest wachten, hij ging zijn dochter bellen, die woonde vlakbij. Je kunt beter met haar praten, zei hij. Als dat niet te veel moeite is, zei Leyla. Wil je een *chai*, vroeg de man, mijn dochter komt er zo aan. Leyla knikte, trok haar jas uit en ging aan een van de tafels zitten. De man bracht haar thee. Leyla deed er twee lepels suiker in, roerde om en wachtte.

Ah, daar is Ruken eindelijk, zei de man niet veel later. Wat fijn, zei Ruken, ze zette haar bril met de beslagen glazen af, trok haar muts, sjaal en jas uit en begroette Leyla met kussen op de wang. Ze glimlachte. Wat fijn dat je bent gekomen.

De ochtend was nog niet aangebroken. Leyla zat aan de keukentafel en stak met haar bijna opgebrande peuk een volgende sigaret op. De lucht boven de huizen kleurde grijs. Leyla poetste haar tanden en stopte haar tandenborstel in de rugzak die ze destijds met Bernadette had gekocht. Verwarming uit, ramen dicht. Lichten uit. De lucht werd grijs, misschien zou het gaan regenen.

Weggaan is in de eerste plaats een opeenvolging van stappen. Leyla stond op, deed haar rugzak om, zette een stap, toen nog een, liep de hal in, trok de deur van haar flat open, stond in het trappenhuis, deed de deur achter zich dicht, liep de trap af, mikte de sleutel in de brievenbus, trok de voordeur open, stapte over de drempel en ging op weg.

Dankwoord

Ik wil graag mijn vader bedanken voor de verhalen, mijn familie, en dan vooral mijn zus Nesrin en mijn broers Dilovan en Jindi, en mijn vrienden, in het bijzonder Julia, Judith, Luna, Cemile, Saki, Svenja, Eser, Beliban, Duzen en Isabel. Ik wil ook mijn community bedanken, mijn mentoren en alle anderen die me hebben gesteund en van wie ik heb geleerd, mijn agent Elisabeth Botros en mijn redacteur Florian Kessler.

Ik dank ook Künstlerhaus Lukas voor de verblijfsbeurs, Literaturbüro Lüneburg voor het Heinrich-Heine-Stipendium en de stad München voor de werkbeurs.

Ronya Othmann

De vertaler ontving voor de vertaling van dit boek
een projectbeurs van Literatuur Vlaanderen.

LITERATUUR VLAANDEREN

Oorspronkelijke titel: *Die Sommer*
© 2020 Carl Hanser Verlag GmbH & Co. KG, München

© 2023 Uitgeverij TZARA / Standaard Uitgeverij nv
Franklin Rooseveltplaats 12, B-2060 Antwerpen
en Joëlle Feijen

www.standaarduitgeverij.be
info@standaarduitgeverij.be

Vertegenwoordiging in Nederland
New Book Collective, Utrecht
www.newbookcollective.com

Ontwerp omslag en binnenwerk: Herman Houbrechts
Opmaak binnenwerk: www.intertext.be
Auteursfoto: © Cihan Cakmak

ISBN 978 90 223 3983 1
D/2023/0034/374
NUR 302